庫

# ニセ札つかいの手記

## 武田泰淳異色短篇集

武田泰淳

中央公論新社

目次

# ニセ札つかいの手記——武田泰淳異色短篇集

# めがね

女の眼鏡はごくかすかな音をたてて割れました。

巌の公園といわれるだけあって、湿気をおびた茶褐色の岩たちが滴を光らせて傾斜している。岩苔が岩肌の黒々とした地色に白っぽくうかびあがる。大岩にはさまれた石段は踏む者もなく、高みに向って隠れては、またあらわれている。秋の樹々が真紅にちぢれた葉を時々落す、靄《もや》の色が次第に深まって、ゆるやかな霧のうごめきのため庭全体のかたちが片はしから崩れたり、なかほどで断ち切られたりしています。

灰色の生木《なまぎ》に似せてつくられたコンクリートのベンチの上に置かれた女の眼鏡が、杉が不注意にうごかした小さなトランクの下になり、ききとれぬほどの音を残して砕けました。女はおそらくその音にきづいたのではない、薄いガラスの置かれた場所に男が軽いトランクをおろしたその動作で、もろくもこわれた眼鏡の運命をすぐ悟ったのでしょう。弁当のパンを食べるのをやめて、かたわらの杉の方へふり向きました。

「われた?」

「失敬したな。われたよ」

杉は失錯にあわてましたが女は平然として「いいわ」と弱々しくつぶやき、パンを食べつづけます。

「ふちなしだからね、こわれやすいのよ」

「わるいことしたよ」

「かけなくても不自由しないからいいわ」

女が眼鏡を使用したのを今まで見たことがない、予定の宿に着く前に公園で一休みしていた女が、何のつもりか珍しくサックからとり出した近眼鏡をかけて風景を見まわしてから、ふと何の気なしに並んだ杉と自分の間にそれを置いたのです。強度の近眼、それも乱視をまじえた杉にとり眼鏡の喪失は重大な意味があります。荒々しいコンクリートの肌をすかし見せて、割れた断面を繊細に光らせている薄いレンズの破片はゾッとするほど痛々しく眼を打ちました。或る貴重なかたちをやっとのことで保っていた弱々しいものが、あっけなく無意味な破片に化してしまった、その感覚が強く来ました。

海から泳ぎもどるさい首のうしろからかぶさった大波に眼鏡をさらわれる、酔って乗った人力車の上で目ざめると眼鏡がなくなっている、「敵襲！」の声にあわてて手さぐりする背嚢《はいのう》の中で容易にそれが探しあたらない、眼鏡一つにからまる不安は不治の病に似てはなれたことがありません。

「俺のでなくてよかった」杉は一番廉《やす》くて丈夫といわれる黒い鉄ぶちの眼鏡をはずして、たちまち一面にうすぼやけた庭園にたよりない視線をなげました。さげられた眼鏡のつるは彼の皮膚の油で鈍く光り、ブランブランとはずみをつけて揺れる。細い金属の食いこんでいたあとの鼻のつけ根を二、三度こすってから、しっかりとかけなおしました。

すると岩はいかにも岩らしくかたくなに鋭く、濃緑の樹々の茂みはその黒みがかった緑色のひだをことこまかに打ちひらいて、杉の眼にうつりました。けわしい峰にかくれて日光はよほど前から射さなくなっている、それなのに大理石でかこわれた円い池の噴水が風に傾いて、その水しぶきがうす紫の石の紋様を洗い出すのまでが、あざやかに見えました。濃淡さまざまな紅葉と緑葉が一つの夕闇に溶け入って行く直前の神秘的なひととき、眼鏡を割られたことも気にとめないほど深い物想いにふけっている女の淋しげな微笑。その微笑をささえている病弱の女の生理と心理までが、自分の近眼鏡をとおしてはっきりと読みとられて来る気がしたのです。

「君、いままで眼鏡かけたことなかったろ。だからうっかりしたよ。よっぽど悪いのかね」

「そうね。かなり悪い方よ」女はものうげに答えましたが、自分の欠点を恋人に発見された具合わるさなどは少しもなく、黄昏の庭園にふさわしい力ない姿勢をくずしませんでした。

「でもいいのよ」「そんならいいけどさ。俺だったら閉口するよ」

「そうね。あなたはね」女はやさしみのこもった瞳を男に向けましたが、それは会社員と

して の男の暮しの忙しさに同情するようでもあり、また立身出世をのぞんで緊張するそのきまりきった日常をあわれむようでありました。

「君だって困るだろ」

「……困らないわ。いいのよ」

女はかなり明確な口調で言い切りました。

「どうしてそんなに気にするの。そんなこと」

「だって僕にとっちゃ眼鏡は命から二番目に大事なもんだからな」

霧がすばやく亭の内へ流れ入って細雨のように二人を濡らしました。杉の眼鏡は無抵抗にくもり、力ない女の咳《せき》が白い水滴の壁の厚みの中できこえました。

宿は杉の友人の経営するごく小さな旅館でした。二階もない暗いつくりの宿屋の一室は、うすい天井板も細い柱もみじめに黒ずんで、湿った埃の匂いが古畳にしみついていました。しかし温泉へ出かける余裕のない二人にとり、その貧弱な部屋でも晴がましい、わざとらしい場所として、向いあった居ずまいが具合わるく感ぜられました。

「女学生の下宿みたいね」同様にぎこちない坐り方はしていても、女の方がいくらかあたりにかまわぬ、自分の心の深みをとり失わない態度に沈んでいました。(あとでわかったのですが、女の病勢はその日それほどとりかえしようなくすすんでいたのです)

「宿帳をつけるとき、あなたがあわてやしないかと思って心配したけど。案外すましてて書いてるから安心したわ」

「大丈夫さ。何でもないじゃないか」

「あなたやっぱり心臓の強いところがあるのね」

そこで男は自信ありげに「フフン」と鼻さきで笑う。その笑いの軽薄さをわきからつつみかくすように女が呼吸の苦しさに堪えて、隠花植物の花が花と思われぬひかえ目な白さで暗い水ぎわに開くように、陰気に笑う。それだけで二人はけっこう大胆な（？）火遊びのはじまりの快感、相手の未知の内奥へまさぐり入れる指さきのねばりを感じたのです。もちろん社会も世界も忘れはて、男は自分が眼鏡をかけていることを、女は自分が眼鏡を失っていることを気にとめるひまなどない、互いに自分たちはそっくりそのまま相手の中に溶けこんでいると信じ、そのことにニコニコと酔っていました。

どんな街中の便利な風呂場でも杉は眼鏡をはずしたことがない、まして艶のない蜜柑色の電灯が一つ湯気ににじんでボンヤリと灯っている田舎くさいその温泉の流し場では、かけたままでもなかば足さぐりになる。湯垢か苔かヌルヌルする。タイルも化粧煉瓦も用いない板ばかりの湯舟は、湯のあふれるへりの板がすりへったり、くびれたりしています。造りの無細工なわりに天井も高く四囲はひろいが、入口も奥もうす暗く、自分一人なのがたしかめられるまでに二、三度見廻しました。人工の遊び場というよりは、古くさい地獄に近い、なま暖かな洞窟といった感じでした。

たてつけのわるいガラス戸をあけて白い身体をあらわした女は少しふざけながらもおちついて「眼鏡をはずしなさい」と命令しました。恋人の裸身を眺めるのははじめての杉は、白い姿がガラスの向うに浮んだときすでに、硫黄くさい湯でジャブジャブとやたらに顔をぬらしていたので、眼鏡は湯から出した片手で握っています。女の肉の丸みもくぼみもわからぬままに、白いゆたかな塊として近づいて来て、のびた肩や曲げた膝がばかに大きく鼻さきに迫ったと思うと、ズブリと女は横向きに湯に入りました。

「眼鏡かけてもいいかな」「いいわ」

湯に揺れながら水棲動物のように自由に女の周囲を廻って見て、杉は女の皮膚が意想外に毛ぶかいこと、ゆたかに見える肉づきが肺を病む人の不健康さをひそめているのに気づきました。

二人とも異性と共に湯につかった経験がないため、物めずらしいおどろきが、酸味の強い果実を口にふくんださいの唾液に似てほとばしり、全身を支配しました。女の疲れをおそれて杉は遠慮ぶかいたわむれをすぐ切りあげ、女の持参した西洋剃刀でいいかげんに鬚《ひげ》をそると、さきに浴室を出ました。赤ん坊を抱いたおかみさんが一人、入れちがいに浴室に入る、早くあがってよかったと思案しながら部屋にもどる。

どてらにくつろいで眼鏡のふちの鼻にあたる部分にかすかについたろく青《しょう》を紙でふきとる。憎らしいほど明るい純粋な緑いろ、その粉末が眼に入ったさいの痛み、それから……。

その時、杉は恋人が眼がわるかったことをあらためて思い出しました。二人が会ったときも、それ以前も、またこれから先ずうっとわるいのです。自分よりも近視の度は弱いにしろ、自分と外界との間に眼鏡を仲介にしてよこたわるあやふやな関係は、女にもあるわけです。視力の点で二人は同類です。その二人が恋しあっている、その恋は二人のわるい目の上に成り立っています。そんな簡単なことに何故今まで気がつかなかったのでしょう。

そういえば彼女は事務所でいつも机にかがみこみ、帳簿すれすれに首を下げてペンを走らせていました。ついこのあいだの昼休み、会社の六階の屋上に立って秋の陽を浴びていた杉がふと下を見ると、恋人が四階のヴェランダに出ていました。他の女事務員たちとにぎやかなおしゃべりをしている、その仲間たちはすぐ杉に気づいて、笑顔になったり手を振ったりしたのに、恋人だけが視線を上方に向けません。会社での恋愛は秘密にされている、そのために知らぬふりするのなら、むしろまずい技巧です。恋人は仲間の一人に肩を叩かれてから、片手を額にかざして、まぶしげに眉根をしかめて六階の屋上を見上げました。しかしそのまま笑顔にもならず、手も振りませんでした。今想いかえしてみるとその仕草は技巧でも何でもなく、単なる視力の問題だったのです。

「よっぽどわるいんだな」眼鏡をかけた妻を持つ、その予想で杉はちょっと不機嫌になりかかりました。「しかしよくもかけずにいられたもんだな。大変な苦労だろうに」神経のいらだちをやすめてくれる硫黄湯のぬくもりを楽しんで湯治客じみた安逸をまねている杉に、女が今まで眼鏡なしで気をはって暮して来た日々の重苦しさがしみじみと伝わって来ます。

女は障子をあけて部屋へもどると、それを閉めようともせず座蒲団の上に崩れるようにつっぷしました。目だたない事務的な灰色のスーツを脱いで、男物の荒い縞のどてら姿に濡れた髪がやや乱れている。それが異常にはなやかに、かつなまめかしく見えました。ひどい疲れ方で、やっと持ちあげた顔は蒼白くこわばり、視線の先もさだまらず、呼吸さえ停止させたようすです。いきなりすそを乱してにじり寄ると男の膝にしがみつく。その大きな見ひらかれた両眼には涙がたまり、長いまつ毛が下向きにこびりついて、赤くふくらんだ瞼がヒクヒクとふるえています。

「どうかしたの」

「わたし、赤ん坊を剃刀で斬っちゃったわ」

「どうしてそんなこと。一体どうしたの」

男が寒けだって問いただすと、肩を小きざみに上下させて、おし殺した泣き声が苦しげにつづきました。

「……どうしてだかわかんないけど、首の処剃ろうとしてこうやって腕を上げた時よ」

「赤ん坊どうした？　どこんところを？　どのくらい斬ったの」

「奥さんが抱いてあわてて連れてったわ。ここらへんらしいの」と女は指で自分の胸のあたりを掻きまわすようにして教えました。

「血がスウッと出て来て。深さやなんかよくわからないの。深いことないわけなんだけど」

「あんな広い場所でどうしてまたそんな」

「……そうなの。鏡の前でわたしが剃ってたら、その奥さんが赤ん坊抱いてて、自分も髪を洗おうとしてたらしいんだけど。……わたし怕《こわ》くて口が全然きけなかったわ」

「よくその女のひと怒らなかったな」

「そうなの。驚いてしまって怒れなかったのかもしれない。ウアアッと騒ぎ出されたらどうしようかと思ったわ。顔でなくてよかったけど」

「赤ん坊っていくつぐらいの？」

「まだ歩けないらしいから、二つになってないわ」

「そんな小さな子供を……」

乱暴に圧せば露の出そうなくらいやわらかい赤ん坊の肌、そのけがれのない可愛らしい肌を非情な刃が切り裂く、そして無残なまでに真紅な血が湯の粒をよけてうねりながら流れおちる……気色わるい身ぶるいをがまんしている、その男の心理をピリピリと感じとって、女は「怕いわ、こわいわ」となおも胸もとにしがみつきました。

それは怕いにちがいありませんでした。赤ん坊を傷つけたことがおそろしく、それによって生れたその女親のおどろきや怒りや悲しみがおそろしい。そのうえそんな事件をしでかした自分が何とも不安定な危険な、しまつのわるい存在として反省されないではいません。男がこれからそんなあぶなっかしい女として自分を観察しはじめるかもしれぬ、その不安も胸もとをしめつけるはずです。

「そのくらいですんでよかったけど。あぶないね。……そのことね、君の眼がわるいということもあったんじゃない？」しばらくして男はそう言って女をなぐさめました。「僕も眼の疲れで足もとがふらついたり、手もとが狂ったりすることよくあるからね」

女はうるんだ眼でジッと男を見つめています。狂った頭に電気の衝撃をあたえて治療されるときの精神病患者、そんな必死な抵抗をこころみる顔つきでした。そしてまたはげしく泣きじゃくりました。眼のことにふれたことが女の致命傷をいじくる結果になったかと男は警戒しました。しかし女の心根がいかにもいじらしく、同病相あわれむ気持で男はなおも「眼鏡をかけたら」とすすめました。

「僕に対してだったら何も遠慮することないもの。眼鏡かけてたってやっぱり君のこと好きだよ。かわらないよ。君だって、僕が眼鏡かけてても好きになってくれたじゃないか」

宿についたらたっぷり肉慾を満足させようと、現金ずくな予定もたてて来た男ですが、真剣な女の涙でつい精神的な述懐もしてみたくなりました。

女は泣き笑いで「わたしよく自動車にひかれそうになることがあったわ」と打ち明けま

した。「路でひとに挨拶されても知らん顔で歩いて来ちゃうらしいの」

「そりゃそうだろう。馬鹿々々しい話だよ。でもよくがまんしてたもんだな。意志が強いのかな。僕にはとてもそんなまねできんよ」

眼鏡を買う金を何とか工面してやらなけりゃ、杉は今さらながら公園のベンチでの失錯を悔いました。いずれにしてもコーヒー代まで節約してやっと実現できたこの遠足を台なしにするわけにはいきません。化粧をすますと狭い部屋一面に敷かれた厚い木綿蒲団の端に坐って、女は「わたし綺麗になるようにするわ」と言い、男の気分をひきたてるように笑いました。眉毛の下がいくらかはれぼったくなってはいるが、情愛もこもり、感覚もこまやかな大きな眼を、実に美しいと男は感じました。近視のために醜くしなびている小さな自分の眼を厭がっている杉は、近視でもみずみずしく輝いている女の眼に新しい救いと深い喜びを発見しました。

その夜降りつづいた雨は翌朝ははれ、会社の事務でしこり固まった杉の心身は、女の精気を吸いとって（優雅とはおかしくて言えませんが、少くとも）柔軟な弾力をあたえられました。

客商売には向きそうもない世帯やつれした女中が、岩の庭が売られる話などしました。「庭を売るって、あの公園全体を？」「そうですの。お金持が一人でひきうけて買いとるんだそうです。まわりに全部垣根をやって中へ入れないようにするんですよ。新しく建てる旅館の庭にしてしまうんです」「ひどいことするなあ」「そうなんです。いい時いらっしたわ、もう普通のひとは入れなくなりますものねえ」

「いい時見せてもらったわけだな。いい庭だものな」古く小さい旅館の女中が新興の大旅館の横暴を憤慨する、それを面白がって杉は連れの表情をうかがいましたが、女は「え？」とものうげに聴きかえすばかりでした。

紅葉でうずめつくされた渓谷にそって滑り降りて行く登山電車の中でも、女はその打ち沈んだ態度をつづけました。乗客のまばらな車内には腰かけに張られた布の上にも、白く乾いた板床の上にも、明るい外光や断崖の影が次々と落ちて、線路にかぶさる山の樹々の葉をもれて、強い日光が、チラチラと女の横顔を照らし、時々枯葉のかたちが蒼白い皮膚にクッキリと染め出されます。車輪は不機嫌にきしみ、車体は神経質に小ゆるぎをしてずり降りて行く。

「……わたし、眼鏡かけようかな」

「あたりまえじゃないか。まだそんなこといってるの。昨日約束したじゃないか」

「そうだったわね」

トンネルの闇を断ち切って、陽にかがやく谷川が白い歯をむいて眼下にあらわれる。毒々しい血のような紅葉が黄色や褐色の林の平和をかき乱すように立ちあらわれてゆっくりと後ずさりして行く。

「……昨日。君、あの公園で一度眼鏡かけたね、あれは何故なの」男はあらたまった口調でたずねました。

「そうね、……やっぱりかけたくなったのよ」

「何故かな。今までそんなこと一ぺんもないのに」

深い闇と向いあって思いつめているらしい女の緊張が次第にこちらの身にしみてくるにつれ、男は何げない女の挙動一つも、眼鏡のガラスに着いた塵に似て気がかりになります。もしかしたら最後の風景でも眺めるために、あの時あの場所でわざわざ……。そんな不安もかすめ過ぎる。西洋剃刀を持参していた、そんな女らしくない用意も陰惨な暗示につながりました。

「あのとき君、眼鏡かけて僕の顔見たのかね」

「いいえ、見なかったわ」

「僕の顔見ないで、庭だけ見たのか」

「ええ」

へんじゃないかと聴きただすのは露骨すぎるので男は「そうかねえ」と苦笑するだけにしました。剃刀のことは、女が赤ん坊の怪我を想い出しておびえるのを心配して口にしませんでした。

「……わたし、眼鏡かけてあなたの顔見たこと一ぺんもないわ」と女はおちつきはらって説き加えました。「一ぺんもよ」

「……そうなんだな。だけどそりゃ君、大へんなこったな……。君は平気でそんなこと言ってるけどさ」大げさに言えば、杉はその瞬間、自分の愛人が死の彼岸に移り住んで、生の此岸にしがみついている男においでおいでをしている、つまり声のとどかぬ夢中の人物を相手にするもどかしさを感じたのです。

「そりゃ君、困るよ。それじゃ君、僕をほんとに知ってないことになるんじゃないかな」

「大丈夫よ」

「大丈夫じゃないよ。それじゃ、ことによると眼鏡をかけさせない方がいいことになるかもしれないもの」

「大丈夫よ、わたしは」と女はしずかに確信を示しましたが、その確信を男は、女の精神の貝殻の表面に誰にも知られず海辺でひとり淋しげに光っている、その白色とも紫ともつかぬ冷い光の反射のように感じました。

二人は東京駅にもどり着くと、すぐその足で立派な眼鏡店へ行きました。そこは二人のとのわない服装では気おくれするほど堂々たる専門店で、宝石や時計、黄金と銀とその他高級金属のとりすました光輝にみちていました。清潔な感じの女医さんが、テキパキと慎重に検眼してくれましたが、女の眼は杉の予想どおりきわめて悪質な近視でした。「お勤めですか。数字などを見る？　困りましたね」と医師は言いました。「疲れていますよ。

とてもひどく。過労なのよ。眼の質がもともとよくない上に無理をしているのね」

　女がレンズ係りの婦人に医師の診断を走り書きした紙片を差し出しに去ったあと、女医は杉を小わきに呼んで小声で注意をあたえました。「できたらお勤めを止めさせた方がよろしいのよ。御結婚は？　それならなるたけ早くね。眼だと思って馬鹿にしないでね。これが原因で神経病になるひともいるくらいですから。眼は心の鏡と申します。（と、そこで患者に向って言い慣れた教師口調になりました）その鏡がゆがんだり、ひび割れたり、へんな色がついたりしていたらどうなります。この世は闇ですよ。その闇も単純じゃないのよ。実に複雑なの、おそろしいくらい。われわれ専門家に言わせればね」そして最後に「それにしてもあの方《かた》ずいぶん忍耐づよい方ね。少し頑固な方じゃないの」とつけ加えてから、健康そうな眼の端に皺をよせてチラリと敏捷な笑いを見せました。

　眼鏡の球は工場に注文せねばならぬため、早くて二週間、或いはもっと時日を要するとの話でした。前金を払うため指定されたレンズの値をたずねましたが、二人が思わず顔を見あわせるほど高価でした。ほんのわずか申しわけの金を置いて店を出ました。二週間という時間とその金額の数字、その二つが、ピカピカに磨かれた人造石の階段を降りて行く杉の顔の正面に密着した眼鏡の皮膚にふれる感覚となって、なまなましくしみ入りました。

「あの眼鏡割ったのは惜しかったな」

「いいのよ。……あれ死んだ弟のだもの。度が合ってやしないのよ。……それよりあなたの眼鏡どうなの？　眼が疲れるって言ったじゃないの」

「そうなんだ。僕のももう弱くなってるんだけど、まあ君のをこしらえてからのことさ」

愛人の眼を守ってやるという勇みたった気分ではありません。結婚相手の視力の衰弱のおかげで二人の上にふりかかるかもしれぬ災難から身をよけるため、消極的な抵抗をいやでもしなければならぬ、そんな追いつめられた気持でした。

だが女に眼鏡を買ってやるという簡単きわまる約束がサラリーマン杉の生活になみなみならぬ影響をあたえることになったのです。楽しい（と言ってもみじめな楽しさでしたが）一泊旅行の翌日、女は喀血して入院しました。それは何の貯えもない二人にとり近視乱視どころではない大災難です。昼間でも電灯をともしてある暗い事務室で杉は充血した眼をいらいらとしばしばだたきながら、まばゆい光線のとても射しそうもない自分たちの未来について思い悩みました。

杉の執務する事務室こそはまた現在の杉にとり皮肉な意味でうってつけの場所でした。社内の部屋わりのさい、課員の数の関係からか杉の課はその一室をわり当てられたのですが、敏腕の課長が自分の犠牲的精神と寛容の心を示すため、わざわざその有難くない部屋をひきうけたとも噂されました。陽当りが悪いと言うより、全然それがないのです。

照明といえば三列に並べられた机上に天井からつり下げられた普通の電灯が六つ、しかも具合わるいことに杉の席は斜めにさしかける電灯の光線が帳簿たてやカード箱の陰になり、机半分しか充分の明りがうけられないのです。おまけに入口に近く窓には一番遠い壁を背にした位置にあるため、穴蔵の奥に坐りこんだかたちです。

それでも穴蔵に甘んじた杉は夜業までしてがんばりました。病院の女にとどける栄養物、とりわけ約束の期日に受領せねばならない眼鏡のために、残業手当をかせがねばならないからです。数字、ペン字、活字。数字、ペン字、活字。さまざまな紙にしるされた黒や青や赤のインキの痕を走りたどって瞼が重くなり、書類や人の顔が二重三重にずれ出したりすると、今では肉体の一部になっている大切な眼鏡を皮でもへがすようにはずし、ひといきつきます。眉毛や頰の脂肪のこびりついたレンズはいつのまにか霧をふきつけたようにくもり、室内の塵埃がそれにうすく積っています。それは杉にとり全世界が脂づき、宇宙が塵埃にうずもれることを意味します。その脂と埃のただなかで、水晶体とか角膜とか（その他杉には名称不明な）ごくもろい、痛々しいほど光線に感じやすい構造をもつ二つの穴（文字どおり恐怖を以て杉はそう感じたのです）をたよりに、ひたすらそれにしがみついて働くのです。仕事が終る頃はほとんど昏迷状態におち入り、地下室の小使部屋で顔を洗う、眼鏡をはずすのも忘れ、水がレンズにかかってから驚きあわてます。夜の道をいそぐと印形屋の店では電気スタンドに鼻をすりつけんばかりに、親子して印形を刻んでいる。二人とも同じように強度の眼鏡をかけ、同じように気むずかしげに眉根をしかめ、細《こまか》いこまかい手仕事に全身の注意を集中している、その真剣な姿勢にゾッとします。針のめどに糸を通しているお婆さん、銀色の活字の密林と睨めっくらする植字工、衰弱した視力を酷使する人々にわが身の運命を悟っておびえました。

それにつけても女の眼鏡は約束どおり届けねばなりません。不治の病にたおれた今となっては、床《とこ》の中でそれがはたしてどれほど役立つか疑問ですが、何が何でもと杉は意地わるいほどこの一挙を固執しました。女のためにレンズを二つ買ってやるそのことが、そのことだけがこのやたらに眼を疲らせるめまぐるしい世の中、そのくせいやに固まった世の中をときほぐす救いであるとさえ考えられます。献身、努力、奉仕、義勇、純情、とてもかなわぬ美徳のかずかずはこの一挙を措いてふたたびつかむことはかなわぬぞ……。

病院は有名な伝染病研究所でした。守衛のひかえた役所風の正門、砂利をしきつめた長い自動車路、花壇のある明るい広場、両側から車が滑るようにして昇って行ける気持のよい玄関、そして五階だての褐色煉瓦の建物はどっしりと大きな翼を張って広大な構内の奥にそびえ立っていました。

女は三等病室の八台ばかり並んだベッドの一つに、幸福そうに横たわっていました。部屋の二面に天井までとどく大きなガラス窓から白い壁に向ってさんさんと注いでいる日光は、患者たちを暖く包み、杉の事務室とは比べものにならぬ新鮮な空気が流れています。その病室は貧しい施療の患者が多く、住む家がないからと老人に附添った老婆がベッドの傍に住みこんで離れなかったりしています。その老婆は見舞いの菓子を女に持参した杉を見つけると、大声のお世辞で近寄り、頼みもしないのに煙草のマッチなど貸してくれます。甘いものも買えぬ老婆は菓子がもらいたくて仕方ないのです。子供が泣き騒ぎ、夫婦喧嘩もあります。そんな貧乏ではあるがいくらか滑稽な、にぎやかな、またぶざまな患者たちの中で、女はひとり冷静に乱れも見せず微笑まで浮べて杉を迎えます。その態度には年長者が少年に接するようなおちつきが具わっている、死が近いのを予感してのあきらめかとも思われますが、喀血後の衰弱のうちに苦痛や惑乱を示さずに堪えているのは、杉には不可解な支えが女の胸にできあがってしまったためかもしれません。

岩の庭園に近い安宿の一夜、すでに女は少量ながら喀血し、しかもそれを男にはかくしていたのです。浴場へ降りる階段に倒れ伏して永いこと呼吸をととのえてから、やっと部屋にもどったのでした。泣きもせず、叫びもせず、悲しみを訴えようともしないのは、若い女医が慧眼に見やぶったごとく「忍耐づよい」ためでしょう。しかし杉は女のおちつきをうす気味わるく感じ、忍耐の「忍」は残忍の「忍」と同じ字だったなと思ったりしました。

「もうじき眼鏡ができるわね」女はそのことだけを楽しみに待ちうけている様子でした。

「本も読めなくなったのにこしらえても仕方ないんだけど、何だか急にほしくなったわ」

「もうじきだよ。眼鏡なんか何でもないさ。問題は病気だよ」

たとえ視力は弱くても男の焦躁と疲労を女の眼は見抜いているにちがいない。見抜かれてしまった自分の始末に困って、杉は食べたくもない菓子を呑みこんだり、湯をわかしに部屋を出たりしました。炊事場の裏手には枯葉がつもり、塵芥の山の上では棄てられた試験管や注射薬のアンプルの破片が、茶色や紫色の光を秋の陽にキラキラ反射させていました。裏口に近いガランとした一室ではこの病院に勤務する若い男女が、まずい腰つきですが、それでも楽しげにダンスのステップを練習していました。

「Hの絵を見たことあったでしょう？　あの中に『心眼』という画があったのおぼえてる？」と女は杉にたずねました。

「『心眼』？　ああ、おぼえてる。あの気持のわるい画ね」

Hとは十数名の銀行職員を毒殺した犯人として新聞をにぎわした人物です。画家だったHの絵が数点、Hが犯人と決定されてから小さな画廊で展覧に供されたことがありました。二人して見物したその画の中に「心眼」と題された変った絵がありました。田舎芸者らしい丸髷の女が鏡に向っている姿、その女は盲目なのです。後の窓からは灰色の雪景色がのぞき、派手な和服の芸妓の顔は白粉がばかに濃く、その画家の兇悪な犯罪をつきつけられたあとのせいか、どことなく残忍の気がその画面に漂っている気がしたのです。固くとじられた眼が見えぬ鏡に向けられている、わざわざそんな暗い画材をえらんであったことが杉の印象に強くのこっています。

「それがどうしたの」

「あの絵のこと、あなた残忍で厭な感じがしたって言ってたわね。わたしもあの時そう思ったけど、このごろそう思わなくなったわ」

「……ふうん、そうかね。それどう言うの」

「盲目の女のひとが鏡を見てるでしょう。あれ何もあの女のひとにかぎらないもの」

「……盲目でも見たがるというの？」

「そんな気がするわ。誰でもそうなんじゃないかしら。見えなくても見るのよ。だから見ても見えないのよ」

男はかすれ声で話すあおむいた女の顔が冷くきつく、まるで濃く白粉を塗られたあの画の女の顔のようにこわばっているのを驚きをもって眺めました。

「わたしこの頃、人間というものはみんな見てる積りでも見えないんだな、と考えるのよ。そうすると何だかホッとして安心するの」

「いやに悟ったな」眼鏡の話から連想がそこへ飛んだにしても、自分とはかなりちがった場所でちがった動き方をしている女の「心眼」を、杉はそらおそろしいものに思いました。

女が入院して二週間目にやっと杉は眼鏡をとどけることができました。その間の悪戦苦闘、自分の眼鏡を給仕の少年に踏んづけられそうになったり、小使室の流し場の下に紛失したり、自分の眼か女の眼かどっちかつぶれるとなったらやっぱり自分の眼の方を残して置きたいなどと苦しまぎれにつまらぬ判断をしたりしました。

患者の夕食も終り、窓外は黒々と暮れはてた時刻でした。発熱した女は頰を上気させ、いかにも嬉しげに眼鏡のサックをうけとり、それを痩せた両掌の間にしっかりはさんで、感謝のまなざしを男に投げました。注意ぶかくサックから取り出した眼鏡を手にして、細い銀色のつるをふるわせながら、それに眺め入っています。庭園で割れた眼鏡、死んだ弟の眼鏡のふちを使ってという女の望みでしたが、それは両眼の間隔がちがうため不可能で、廉《やす》いが軽そうなふちを買ったのです。

「やっと安心したわ」「掛けてごらん」

杉がやさしく声を掛けても女は放心したようにただ新しい眼鏡を眺めたままでした。

「掛けてごらんよ。具合がわるかったら明日行ってなおして来るから」

「いいわ、掛けなくても」

「どうして。あんなに楽しみにしてたのに、掛けてみたらいいじゃないか」

女は枕にのせた首を弱々しく左右に動かしました。「掛けるのはもったいないから、枕もとに置いとくわ」

「つまらないじゃないか。せっかく苦心して買ったのに」勢いをそがれた杉は鼻じろんで言いました。

「……掛けるわよ。だけど今は掛けないわ」

「いつ？　僕が帰ってから？」

「そうね。病気が全快するまで、掛けないで置こうと思うの。それまで楽しみにとっておこうと思うの」

　突然、醜く充血した杉の両眼に熱い涙があふれ出し、それをとめようと瞼をギュッと合わせると、熱い液体はかえってはげしくほとばしり出ました。「わたし、がまんできなくなって掛けちゃうかもしれないわ。だけど退院するまでは掛けないでいたいわ」女も泣いているのか低いつぶやきがとぎれとぎれにきこえます。杉は自分の眼鏡を乱暴にもぎとり、クシャクシャにしかめた頬をだらしなくつたわる涙をこすりとりました。

　例の老婆は、また今日も杉が土産物を持参したかとのぞきに来ました。「おやおやいい眼鏡ができましたね。高いんでしょうね」近寄った老婆のうす赤くむくれた瞼のふちに溜った眼やに。黄色い膿がカステラの上の砂糖のように固まっています。「わたしも眼鏡がほしいんだけど、なかなか買えなくてね。わたしは色盲でね。真紅《まっか》な樹や緑色の火が見えるんですよ。真紅な樹や緑色の火がね。たまったもんじゃありませんよ、ねえ」

　誰か若い患者の咳、氷嚢の氷をとりかえに走るスリッパの音、男の身体の一部を話題に廊下を通行するつきそい看護婦たちの声、感謝と信頼、そのほかに心眼の秘密をひそめて熱っぽくかがやいている女の眼、それと向いあっているのが胸ぐるしくなって、杉は病室を出ました。

　昼休みには白い手術衣の医師や白服の看護婦がバレーボールに打ち騒いでいる広場を、

雨を告げるいくらかなまあたたかい夜風が渡っています。患者の汚した衣類をくるんだ風呂敷包みを重そうにさげた中年の女が一人、正門の方へいそいで行く、その砂利をふみにじる下駄のおと。建物の裏手の古く高い樹々が風に鳴り、中年女の姿はすぐ闇に吸いこまれます。ふりかえると、のしかかるような建物の五階のあたりで、窓の明りが一つフッと消される。街の喧騒をはなれたひろびろした構内のくらがりの中で、杉はなかばひとりでに眼鏡をはずし、それを上衣の胸ポケットにしまいました。

　杉が眼鏡なしで地上を歩くことをしなくなってから何という長い月日がたったことでしょう。歩き出す。見まわす周囲の闇はたちまちふくれあがる。地面はまるで呼吸する大きな生物の腹部のように不安定なものと化しました。外灯の明りはにじみひろがり、そのポンポンダリアの丸々とした花のような光りの輪の中に光りの花弁がうきあがる。花壇のコスモスが風に揺れると、白い絵の具がおうような刷毛で殴り描きに黒い画面を走るのに似ています。ゴチャゴチャと複雑なものはもはやありません。ものの形は角《かど》がとれ、ものの線はおっとりとうすれました。せせっこましいもののわかれ目は消え、ものどもは互いに溶けあってくつろぎました。見上げた星空さえ、ひかえめに遠ざかる。正門の守衛の疑いぶかい顔、そんなものは一つの黄色い塊に見えます。電車は赤みがかった光の筋をつけた黒い四角形となって走りすぎました。看板や広告塔からは文字が消えています。並びつづく商店街はまるでおしつけがましい商売をやめてしまったかのように、ただ赤や青や黒の色どりで染めわけられた壁にかわってしまいました。どぶ泥の溝、狭くるしい路地、きたならしい街角は原始自然のうす闇の中におちつきはらっています。路行く男女が怒っているのか泣いているのか、それすらわかりません。人々はひたすら人形土偶のように近づいてはすれちがい、はなれて行きます。

はじめはあぶなっかしく、しまいには冒険心にさそわれ、杉は変貌した街を歩きつづけました。するとほんのわずかですが、やさしい人情みと共に生きる勇気が彼の身うちにわきあがって来ました。眼鏡をかければもとどおり厭らしくはっきりした風景につつまれてしまう、それと同様にその人情みや勇気がやがてすぐ消え去ることはよくわかっていました。だが今それをごくわずかでも自分が持っている、そのことが彼に小さな喜びをあたえました。「女があの眼鏡をかけられるようになるのはいつのことだろうか」わかりません。かけられないで終ってしまうかもしれませんでした。「女は死の寸前でも眼鏡をかけようとしないのだろうか。それが二人にとっていいことなのだろうか」そんな不吉な予想があいかわらず心の隅にひっかかってはいました。自転車が何度もぶつかりそうになる。それでも胸ポケットにしまいこんだ眼鏡をとり出さずに、ふだんよりは張りのある気持で省線の駅の方角へゆっくりと歩いて行きました。

# 「ゴジラ」の来る夜

アレがやってくるまでの一週間、われわれ日本経済の中枢部に位置する大実業家が、目のまわるほど、いそがしかったのは言うまでもない。

どんな多忙でも、へたばらないのが我々の通有性であるが、我々とちがって、ろくな金も儲けられない連中までが、めいめいの多忙に、不平を言おうとはしなかったのだ。

その多忙たるや、たんにアレがやってくるがために発生した、無意味ないそがしさにすぎないのだ。だから、常ひごろ不平不満でふくれあがっている、あれらの金に縁のない国民が、なぜ自分たちの無意味ないそがしさに、あれほど熱中していられたか、不思議なのである。

「恐怖」の効果たるや、まことに怖るべきものがある。などと書けば、テレビ俳優の得意な、ゴロ合せのようにきこえるだろう。

ゴジラを目撃したはずの、国民も少しはいたはずだ。しかし彼らは、ゴジラを目にしたあと、残らず死滅してしまっていた。したがって、現に生きている者のうち、誰一人、ゴジラの正体を見とどけた者はないのである。

目に見えない「恐怖」は、東京湾に上陸しない前から、目に見えない巨大な四足（あるいは数百本の脚）で、われわれのあいだを歩きまわっていた。

ゴジラブームがふくれあがるにつれ、かつてウォール街を襲った、あの大恐慌より、数十倍もひどいパニックで、株は暴落をはじめた。どこに上陸するか、その地点に指定された国の経済界は、いずれも、みじめなことになった。どこと「指定」することは、自由にできるのであるから、今日は、あの国、明日はその反対側の国が、指定をされた。

ゴジラの気持は、神さまのほかには推察できないのであるから、あらかじめ、どこの国の海岸へなどと予定するのは、もちろん、ばかげたことであった。

しかし「ここへは絶対に上陸しない」と、断言したところで、その保証はどこにもないのであるから、パニックは、資本主義、社会主義のいずれの国家を問わず、起りうる可能性があった。また、事実、次々と、まんべんなく、どこの国にも起ったのである。

自分以外の国、どこか他の国土へ、ゴジラが早いところ上陸してくれればいい、というのが、各国の首脳部の切なる願いであった。また、そうさせようと、あらゆる戦術がもちいられていた。そうさせようと、試みたとはいうものの、どこの深海にもぐっているのか、どこの砂漠のはずれに隠れているのか、所在さえつかめない「怪獣」を、誘導したり、逐いはらったりできるわけのものではない。

どこの国の映画製作者も、もはや一昔まえにはやったようなゴジラ映画は、つくらなくなっていた。あの天下泰平の時代には、スクリーンで逃げまどう群集は、たいがい、その映画のつくられた国の国民であった。ところが、ここ半年のあいだに、各国の映画陣が競って売り出したフィルムは、自分以外の国を舞台にし、自分以外の国民の、逃げまどう光景ばかりであった。

その慎重で、あくどい神経戦術が、かえって逆効果をおよぼした。と言うのは、「それほどまでお偉方が神経をつかっているからには、どこに上陸するか、先のメドはつかないにせよ、ゴジラがどこかへ上陸することは、やっぱり、まちがいがなさそうだゾ」と、誰でもが信じはじめたからだ。

ゴジラ恐慌を防ぎとめるために、「ゴジラ如きモノは存在しない」と、宣伝し教化することは、各国の政府にとって、まずい方策となった。「存在しない」と説教されれば、ますます「存在するゾ」と、思いこみたがるのが、人情だからである。

それよりも、むしろ「ゴジラは動きつつある。その身長、体重、性格、能力はかくかくである」と、ほかの国にさきがけて、くわしい「情報」を発表した方が、その国の科学力を、世界に知らせる役に立ちそうであった。そうやって、自分の国の科学力のすばらしさを、自国民にも外国人にも、よくよく心得させておけば、その国の情報局の発表や予言は、正確無比なものであると、世界じゅうの人々に、思いこませることができるわけだ。そうしておけば、「あそこの国に上陸することは、疑うべくもありません」という、自信たっぷりな声明によって、ねらった相手国をちぢみあがらせることが、可能になる。事態がこうなると、宣伝の下手な、科学力に自信がない国は、いつ「ゴジラ」を上陸させられるか、知れたものではない。

こういう奇怪な「上陸作戦」の、どす黒い渦の中で、日本国が、はたしてうまく立ちまわったか、どうか。

ゴジラ情報を製作し提供するのは、政治家やジャーナリストの役わりで、われら経済人はひたすら、息をひそめて「日本がゴジラに好かれている」という、うわさのひろまらぬよう願っていた。

ゴジラの視覚、あるいは嗅覚、また食欲や破壊欲が、とくにアメリカ人とか、ポーランド人とか、日本人を好むということは、あり得ないはずだった。

西欧側では、

「ゴジラはもともと、アジア的混沌から生れたものであるから、未開のアジア、熱帯あるいは温帯のアジアをなつかしがるであろう」

という、ニュースを流していた。

アジア諸国では、もっぱら、

「この前代未聞の怪獣は肉食獣であるから、肉食を愛好する人種に、親しみを感ずるにちがいない。ことに、怪獣の皮膚が青黒いものと仮定すれば、自分とは、反対色である白色の生物に、興味をひかれたり、憎しみを感じたり、また奇妙な倒錯的な愛着をいだくにちがいない。彼は、原始的な性向の所有者であるはずだから、自分とは異質な、文明の匂いに、いらだったり、興奮したりして、そっちの方へ近寄って行くであろう」と、主張していた。

両方が大量に醱酵させたり、流布させたりしている、ニュースと主張を、総合してみると、「もしかしたら、日本ではあるまいか」という不安が、早くから、私の胸中に芽ばえずにはいなかった。

日本こそ、アジア的でもあり、ヨーロッパ的でもあり、原始と文明のゴチャまぜ状態の国であったからだ。

それにしても、経済団体連合会の副会長たる私が、ゴジラ特攻隊の隊長に、こんなに早くえらばれようとは、予想してもいなかったのである。

警視総監の来訪をうけたとき、彼のただごとならぬ顔つきで、私は、社長室の椅子をきしませて、起ち上った。

ゴジラ関係だナと、すばやく私は見てとった。

「ゴの字ですね」

「そうです」

警視総監は、沈痛なおももちで言った。

彼は、うつむきかげんに、椅子に腰をおろす前に、まぶしそうに花山嬢の方を見やった。

社長室に入った客は、きまって、あまりにもなまめかしいミス花山（私の秘書）の方を、そんな目つきで、チラリと見ないではいられないのだ。

「では、極秘の用件ですな」

「そうです」

「それじゃ、花山君、だれもここへ入れないようにして。それから君も、しばらく遠慮して下さい」

「ハイ。承知いたしました」

タイトスカート、ナイロン靴下、靴下どめ、海水着、コルセット、Gストリング、ハイヒールなど。女の肉をしめつける服装を発明した先覚者に、祝福あれ。

タイトスカートの彼女が胸をかがめて、一礼し、脚と脚をこすりあわせて歩み去る姿を、私はいつもながらの、ほれぼれとした感嘆の念をもって、見送った。

「あなたが、おいでになったのでは、経済総動員計画の方の、お話じゃありませんね。大蔵省や、通産省や、運輸省の連中とは、毎にち毎ばん、うんざりするほど会ってますからね」

「経済界のゴジラ対策で、お骨折をねがって、おいそがしいことは、よく承知していますが、今日は、あなたの専門外のことで、どうしても引受けていただきたいことがあって……」

「おっかない話ですか」

「まあ、そうでしょう」

私が、十代で有名になったのは、上海の工場で、二千人の職工が暴動を起したさい、ワンワンする中へ一人で入って行き、騒ぎを取りしずめたおかげだ。それいらい、ストライキでも、工場占拠でも、デモの乱闘でも、殺気だった現場には、いつも派遣され、弾圧屋のあだ名まで、つけられている。

「はてな。ゴジラに関するかぎり、今のところ組合の指導者も、ぼくら資本家に協力してくれていますし、不穏の形勢は、どこにも見えないんだが」

「いや、いや」

と、総監は、あわてて手をふった。

「ゴジラ様のおかげで、不穏分子の取りしまりは、すっかりらくになっています。その方は、大いにありがたいんですが、問題は、ゴジラそのものなんです」

「ゴジラそのもの？　しかし、ゴジラを弾圧するのは、いくらぼくでも」

「いや、弾圧は、できるものでありません。そんな相手では、ありませんからね。弾圧されるのは、ゴジラではなくて、我々なんです」

「まあ、そうなるかも知れない。しかし、あなた方までが、そう弱気じゃ、困るじゃありませんか」

「そうです、そこで、特攻隊を組織することに決めたんです」

「特攻隊って、あんまり悲壮なのは、ぼくは好きませんな」

「そう、そう。悲壮な特攻隊などは、時代おくれです。地雷を抱いて戦車の下にとびこむ、勇気。そんなものでは、ゴジラに刃向えない。また剛勇無双の大力とか、射撃の名人、戦術のうまい参謀、そんなものも無意味です。何より必要なのは、物に動じない人物、いかなる事態が発生しても、沈着に事に処せる頭脳なんです」

「さあね。ぼくなんかも、おちつきはらって腰をぬかす方じゃないかな」

「いや、いや。今までの御経歴から言って、あなたこそ最適任の人物なんです」

ゴジラの襲来は、空襲とはちがうから、どこにいれば安全と、きまった地点はないはずだった。それに、いざ上陸したとなったら、大東京のみならず全国の経済の動脈も神経も、いっせいにストップするのは、わかり切っていた。そうなったら、社長も会長も、あったものではないのだ。万が一、生きのこったとすれば、最前戦で、とっぱなにゴジラの実物にお目にかかっていた方が、有利だった。都内各所の、堅固な高層ビルの一室に、「特攻隊」は、それぞれ第一班、第二班といった具合に、配置されるという話だった。

「特攻隊は、女ッ気ぬきですか」

「いえ、いえ、とんでもない。その点はこちらも、充分に配慮します」

こんな質問を私がしたのには、理由があった。

私は、小学生のときから「人身御供《ひとみごくう》」の話が、大好きだった。怪獣に要求されて、美しい女を、さしあげる物語だ。岩見重太郎の「ヒヒ退治」、スサノオノミコトと八岐《やまた》の大蛇《おろち》の武勇談。それにアメリカでは、キング・コング。いずれも、肌もあらわな女性の肉体を、縛ったり、とじこめたりして、怪獣の好きなようにさせる。結局は、犯される寸前に英雄が助けてくれるのだが、私に快感をおぼえさせるのは、縛られた女の、悲鳴、カッと見ひらかれた両眼、ねじあげられた腕や脚、つまり身もだえであった。インディアンの根拠地に連行された白人の女、アフリカの魔術師の掌中におち入った女探検家など、おなじ趣向である。キリシタンの殉教悲劇だって、若い女が十字架にくくりつけられるから、スリルがあるので、あれが爺さん婆さんの逮捕や処刑だけだったら、おもしろくも、おかしくもない。

ゴジラは、大蛇やヒヒよりも、はるかに巨大で機械のような動きをするであろうが、現在の常識では、メスオスの区別のある「けだもの」の一種ということに、なっている。無機物ではない。また、単殖細胞でもない。いちおう、怒ったり喜んだりする「怪物」と、予想されている。

ゴジラにとって、人間の女性はあまりに小さすぎるから、彼がこれに「性慾」を感ずることはまずあるまい。しかし、われら人間の男どもにとって、「ゴジラ」の来る夜の女体ほど、なまめかしく、魅惑的なものはないであろう。

「この女性は、いかがですか」

総監は、一葉の写真を私にわたした。

それは、かずかずのゴジラ映画で有名になった、一女優の写真だった。

「ふうん、これだったら、専門家だから、もってこいではあるだろうが。しかし、恐がるのが専門の恐怖女優が、ホンモノの恐怖の突角陣地に泊りこみを志願するかな」

「実は、この光光子《ひかりみつこ》と申す映画俳優は、現在、ゴジラノイローゼで、精神病院に入院中なのです」

「精神病院？　それじゃ、だめじゃないか、気ちがいじゃァ」

「いや、まだ、精神病者と確定したわけではありません。あまりムリに恐がって、その過労のため、ドック入りをしただけです。光さんにしてみれば、今まで急に、ゴジラで有名になり、ゴジラで大もうけしたところへ、ゴジラ上陸説がだんだん猛烈になってきたので、それだけでもショックをうける。もしも、ゴジラに情報網があり、スパイ組織があるとすれば、光光子こそ、かつての東京ローズのような『もっとも悪質なお人形』として、ねらわれていることになります」

「ゴジラに、人間なみの愛憎の念があればね」

「そうです。東大のM博士の御話によれば、ゴジラは無機的な有機物、有機的な無機物ということです。しかし、そんなわかったような、わからないような学説は、一ぱん民衆にとっては、どうでもいいことで、国民にとっては、ゴジラはあくまで『怪獣』でなければならんのです。国民がそうと決定したら、そうなるのが、民主主義国のモットーなのです」

「映画会社が、宣伝に使おうとしてるのと、ちがうかな」

「それもあるでしょうが、本人の希望ですし、院長も逆療法で効くかもしれないと、賛成してるそうですから」

そんな調子で、内定している第一班のメンバーは、次の如くだった。

ゴジラ側に内通したり、寝がえりを打つ人間がいるはずはないが、それでも人選は、思想健全、班の任務に役立つ者、組合せの妙など、なかなか苦心してあった。最上の待遇をあたえると言ったところで、この危険な任務につきたがる志願者が、こうまで殺到しているとは、いかなる心理によるものであろうか。

大鞭聖人。五十歳。

これは、宗教家。戦闘的な新興宗教の教祖だ。

「わしはかならず、ゴジラを教化してみせる」と、かねがね豪語していたから、教徒百万の衆望をになって、出馬したのか。それとも、大鞭の日ごろの傲慢をにくむ反対派が、わざとかつぎ出して、一敗地にまみれさせようとしたのか。なにしろ、武力で対抗できない相手であるから、こうした心臓男の、あるのか無いのか不明な、精神力を動員したくなるのであろう。

熊沢大五郎。二十七歳。

これは、天才的な脱獄囚である。彼が脱獄できない刑務所は、日本に存在しないそうである。熊沢大五郎とは、名前もすさまじいし、牢破りのために生れてきたような男ときいて、胸毛の濃い、鬼の如き兇悪漢を想像したが、これが案外、貴公子風の美青年であった。彼ならゴジラの鉄壁をも、ことによったら乗りこえるかも知れないと、その才能を買われたのであろう。

もう一人、ずばぬけてタフな男。

その男の名をきかされたとき、さすがの私もうんざりした。だが、資本家の代表者として私をえらんだとすれば、同じ班員として、労働者側の代表も選定するのが、公平だったにちがいない。河下委員長といえば、これまで何回となく歯をむき出して激突した、敵側の総大将である。いよいよ、人類を抹殺しようとするゴジラが出現する瞬間に、兄弟よりも戦友よりも密接な、運命を彼と共にするのは、これまた一興かも知れなかった。

「で、どうなんですか。河下君は、ぼくといっしょでも、さしつかえないんですか」

「河下さんも、のぞむところだと、張切っていますから」

「けっこうです。いずれも、ひとくせあるメンバーだから、楽しみだ。そのほかには？」

「それは、籠城していただく当日までに決定します」

かつて、帝国大学の建築学科の卒業論文に「廃墟」という題が、あったそうだ。のちに有名な詩人になった学生であるから、建物を建てる学科のくせに、そんな皮肉な題目をえらんだのである。

だが、人気のない深夜の大都会を眺めていると、その学生の気持もわからないことはない。ことに、一千万の大人口のほとんどすべてが、退避してしまったあとの東京都は、破壊される前に、すでに「廃墟」なのだ。

十五年ばかり前、私は一兵卒として、中国大陸に侵入した。はてしもない農耕地をよこ切って、進軍をつづけ、やがて一つの町につく。疲れ切って、城門をくぐると、住民は誰もいない。城壁も、家々の土塀や石壁も、石だたみも、そっくりそのまま残っているが、人影も人声もない。ささやかな農村でも、住民の逃げ去ったあとは、不思議な感じがするものだが、商業などさかんな町だと、無気味さは、ひとしおだ。

まして、東京駅にちかい国立病院の、十三階の一室から、見わたした街は、全く荒涼そのものであった。

防衛司令室は、都民の強制疎開を、命令しはしなかった。脱出するかふみとどまるかは、都民の自由意志にまかせてあった。

ゴジラにおびえたとあっては、末代までの恥辱だと、ムリをした男たちもいた。国会議事堂の地下室には、代議士たちが、首をあつめて、ちぢかまっているはずだった。次期の選挙をひかえて、投票を失いたくないばっかりに、彼らはヤセがまんして、残留せねばならなくなった。郷土を守るためだと、逃げ口上をこしらえて、東京をはなれた代議士は、すぐ東京へ逐いかえされた。

ゴジラ献金は、大へんな額に達していたから、残留者は、自分のマネーは一文もつかわず、ぜいたくな暮しができそうだった。

献金は、国債を買うかたちで、行われた。総天然色の債券には、ゴジラを踏んづけたアマテラスオオミカミの姿が、印刷されてあった。

大鞭聖人の教団は、献金に於ても、おどろくべき成績をあげていたから、やがて、債券の図がらは、オオミカミから聖人そのひとに変るだろうなどと、うわさされていた。

予定された日、私は花山嬢の運転する、スポーツカーで、国立病院にでかけた。

正門前には、二組の壮行祝賀団体が、たむろして殺気だっていた。

一組は、言うまでもなく、大鞭をホンモノの聖人と信じこんでいる、教徒の青年行動隊であった。

もう一組は、河下委員長を見送る労組員、これも威せいのいい若者たちであった。

白はちまき、白だすきの聖人組は、ラッパ隊までかり出して「悪獣ゴジラ、なにものぞ」と軍歌調の合唱をやっていた。

赤旗をひるがえした労組側は、

「きけ万国の労働者。とどろきわたる反ゴジラ。反ファシストの歌声を」

と、白だすき組をにらみながら、歌っていた。

白はちまきが、

「赤色魔獣、おそるるな。来るなら来てみろ、アカトカゲ」

と歌うと、もう一方はすぐさま、

「帝国主義の怪物は、やがてほどなく消えゆかん」

と、歌いかえしていた。

つんぼになりそうな大騒ぎを通りぬけて、内部へ入ると、そこは冷蔵庫か屍体置場のように、しずかで、ひんやりしていた。

もちろん、患者も医師も一人のこらず、よそへ移されていた。守衛も、エレヴェーター係もいない。最上階へのぼると、そこで、美しい白衣の看護婦がたった一人、出むかえてくれた。

それが、われらの班員、光光子嬢であった。

ほほえむばかりで、口かずの少い、マリリン・モンロー型の光子嬢が、包帯のまき方を知っているか否か、まことに疑わしいが、彼女は救護係という名目だった。

名目といえば、私の要求で班員に加えられた花山嬢は、通信連絡係ということになっていた。

そのため花山嬢は、ひとまず南極観測隊員そっくりの、アノラックにズボンの、男のような服装で入場したのである。

私も河下氏も、自動車競争の選手のように、革ジャンパーを着こんでいた。服装といい、かっぷくといい、この二人は、見わけがつかないほどよく似ていたので、お互いに顔見あわせて、苦笑したものである。

教祖さんは、スサノオノミコトを思わせる「神代服」を、身にまとっていた。三種の神器も、忘れなかった。すなわち、悪魔をてらす鏡を胸にさげ、クサナギの剣を腰につるし、右手には、ウラン鉱石でこしらえた玉をにぎっていた。

「さあ、みなさん。くつろいで下さい。来襲までには、まだ時間がありますし、三日間は、ここで寝起きしなくちゃ、なりませんから」

愛想よく隊員をねぎらう、隊長の私までがいささか、緊張していたのだから、到着した隊員たちが、こわばって居たのは申すまでもない。それにしても、これ以上、快適な第一線陣地は、いまだかつて無かったであろう。

地下室の倉庫まで降りないでも、最上階の食堂には、五百人ぶん、一週間の食料がつまっていた。どんな一流ホテルにも負けぬ、献立をも組むことができる。とび切り上等のビフテキも、これ以上はない葡萄酒やウィスキーも、とりそろえてあった。どんな異常な手術をした重病人でも、安らかに睡れるように考案された、大小さまざまの、型のちがうベッドを、自由に使用することができた。

睡りたければ、死刑台を眼前にしても一分間で睡ってしまう薬。三日三晩たてつづけに女性とたわむれても、疲れをおぼえぬ薬。笑うための注射薬。泣くための塗りぐすり。何でも、あった。

さしあたっての仕事は、「待つこと」だけであった。

熊沢大五郎くんはなかなか現われなかった。

「これを保管してもらう、金庫はあるじゃろうか」

おもむろに、三種の神器を取りおろした教祖が、私にたずねた。

光さんが「まあ、きれい」と、マガ玉にさわろうとすると、大鞭は「シッ、シッ。さわることは許しませんぞ」と、逐いはらった。

「そんな大切なものを、こんな場所にもちこむのが、大体まちがってるよ」

と、委員長がひやかした。

「失礼をば、申上げるな。さがりおれ」

と、教祖が長い袖でふり向いたので、卓上の神剣は、もう少しで落っこちそうになった。

「宮中にも、三種の神器があるそうだけれどね。それと、これと、どっちがほんものなの」

「唯物論者には、精神の尊さがわからんから、話すだけムダじゃよ。卑しきやからに、尊いものごとが、理解できるはずないわい」

「とにかく、一致団結してもらわないと、困ります」

と、私は二人をなだめてやった。

「そこで、みなさんの御意見を、隊長として、いろいろ伺っておきたいのですが。まず、この場所はいかがですか。隊長としては、申しぶんのない根拠地であると、一おう満足しているわけですが」

「場所は、わるくないですよ。ただ、仲間が感心できないけど」と、河下さん。

「国立病院て、すばらしいわ。これなら、一生住んでいたくなった」と、光さん。

仕事熱心な花山嬢は、しきりに、最新式の無線電話器をいじったり、各所の電気やガスのスイッチをひねっていた。このインテリ女性は、めまぐるしく立ちはたらいていると、実に可愛らしく見える。坐って考えこんだりすると、年よりふけて見える。それを自分も、よく知っているので、コマネズミのように、うごきまわるのが好きだ。その点、ぼんやりとして、身うごきの少い光嬢とは、正反対である。ミス花山は、硬い美人。ミス光は、やわらかい美人。この二種類の美女を、はべらすことのできた我らに、文句を言う余地があるだろうか。

しかるに、大鞭さんの意見は、おそろしく否定的であった。

「国立病院なんて、こんな役にもたたぬ、でかい設備が、わしはもともと気に入らんのじゃ」

と、彼は意地わるく言った。

「病は気から、と言われる。大切なのは『気』である。精神である。『気』をよくしなければ、たとえ鉄の心臓が発明されようが、出血しないメスが生れようが、病人は、いくらでも出てくる。こういう馬鹿大きい病院を、国民の税金で建てなくちゃならんという現実が、そもそも唯物論的な医学の行きづまりを、示しとるのじゃ」

彼は、女ふたりをおびやかすように、自まんの腕をのばし、神秘の「掌」をひろげた。

両肩をすくめ、腰をうしろにつき出し、眼をカッと見ひらいて、首をさしのばした。

「マア、そうやると、ゴジラみたい」

と、ミス光が叫んだのも、もっともであった。

「ハッハア。全く、そうだよ。結局、ゴジラなんて、大鞭さんみたいな存在なんだ」

と、委員長が、光さんのそばへ寄って、親しそうに肩を叩いた。

「今にわかる。今に、わしの有難みがわかるんじゃ。おぬしらのように、フワついた人間に何ができる。わしのほかの誰に、ゴジラとやらを調伏する力があるか」

「まあ、まあ、まあ、まあ」

と、私は言った。

「とにかく、我々は、どうごまかそうったって、ごまかせないところへ来てしまっている。そりゃあ、相手がアメリカやロシアだったら、手をにぎるか、手を切るか、人さまざまで、もみあったり反対しあったりするでしょうが。相手が、なにしろゴジラなんだからね、ゴジラと手をにぎろうなんてことを、主張するものはいやしない。つまり、我々は最初っから意見が一致している。いやおうなく、団結するようにできているんだ。そうでしょう。ぼくは何も、隊長ぶって、各員一ソウ奮レイ努力セヨなんて、号令しません。だって、号令するまでもないことなんだから。こればっかりは、三つの子供でも八十の婆さんでも、自発的に抵抗しようとする敵なんだから。ですから隊長といたしましては、あなた方の自発的な意志、賞讃すべき勇気、たっぷりしたエネルギー、立派な才能を、あますところなく発揮できるように、あなた方をはげまし、あなた方におねがいするより方法はありません。かつての中国民衆が、抗日統一戦線をつくったとき『金ある者は、金を出す。力あるものは、力を出す』と主張した、あの偉大なる精神でやりましょう。ゴジラは、やってくる。まちがいなく、やってくる。これが我々の当面する、もっとも重大な事実であります。我々の眼の玉に焼きついてくる、我々の耳の孔にもぐりこんでくる、我々の鼻と口におおいかぶさって息の根までとめようとする、この重大事実にくらべれば、小っぽけなもめごとや、けちくさい心配ごとなどは、みんな雲散霧消してしまうはずであります」

女二人は、そろって拍手してくれた。

男ふたりは、不機嫌にだまっていた。

私の命令に服従するのが、イヤだからだ。イヤではあるが、どうやって反抗していいか、わからないのだ。私の命令といったところで、要するに腰を低くした、相談にすぎないのだから。

「この種の特攻隊が、滑稽に見えるのはあたりまえなことですよ」

と、私は、なおも言った。

「隊長ともなれば、なおさらなことだ。できもしない『任務』をかかえて、何をまごまごしているのかと、恰好も、歩き方も、しゃべることの一言一句、ばかばかしく見えるのも、やむを得ない。しかし、これは誰がやっても、結局はおなじことなんで。弁解するわけじゃないが、事実、そうなんです。我々はつまり、選抜された代表者、えりすぐった選手であると同時に、もっとも道化た道化役者なんだ。冷静に、合理的に考えると、どうしても、そうならざるを得ない。お互いさまに、かつて十八や二十の若さで、桜の花のごとくパッと散ったああいう航空隊の青年将校とはちがうんだから。彼らのように、ああ単純に、死ぬわけにはいかない」

「そうだ。君の命令で死ぬのは、ごめんだ」

「そうじゃ。わしが何も、この男の命令で死ななきゃならん理くつは、ないわい」

と、委員長と教祖の意見は、その点で一致していた。

「それで、よろしい。ぼくだって、ぼくのために死んでくれなんて、あなた方にたのんでいやしない。しかし、河下さんは日本の労働階級のためなら、喜びいさんで死なきゃならんでしょう。また、大鞭さんは、教徒信者諸君のためなら、みずからすすんで死ぬ覚悟でしょう。ぼくだって、日本経済を破壊から守るためなら、この命一つは、あっさり棄てる決心なんだ。ほかの奴ならとにかく、ゴジラに好き勝手なマネをさせたら、労働者も信徒も経済人も、みなごろしになる。目的はそれぞれ、多少ちがっていても、決死の勇者であることにかわりはない」

「まア、どうしましょう。死ぬんですの」

と、光嬢は悲しそうに言った。

「そうよ。社長さんのおっしゃる通りよ。私だって、その覚悟で、参加したんですもの」

と、花山嬢は、怒ったように言った。

「まア、ちっとも知らなかったわ。何とか死なないですむ方法は、ありませんの」

そう言ってみんなを見まわす光嬢の目つきが、あまりに可憐で色っぽかったので、男たちは、めいめいのとげとげしさをやわらげて、くつろいだ気分になった。

「あの女優、アタマは大丈夫なのかね」

彼女が化粧室へ去ると、河下が私に耳うちした。

「精神病院から、出たばかりだそうじゃないか。チトおかしいんじゃないかね」

「少しおかしい方が、適してるんじゃないか。心配なら、質問して試してみようか」

「今さら心配したって、どうしようもないが。おれには、ああいうマスコミで人気のある、芸能人の心理が、まるでわからないんだ。ほんとに白痴化しているのか。それとも、狡猾で、人気を利用しているのか。バカが利用されて、いい気になっているのか。それとも、相当の才能があって、それを悪用しているのか。とにかく、ぼくら、まじめに生産に従事している労働者から見ると、ひどくあぶなっかしい、根のない存在に見えるからなあ」

「彼女に、質問してみようじゃないか。我々みんな、ゴジラのあたえる影響については、詳しいけれど、ゴジラの本体については、無知なんだし、彼女は今まで、とにかく、幻想のゴジラ、でっちあげたゴジラ、ニセのゴジラにはちがいないにせよ、ゴジラらしき物とつきあいがあったたった一人の隊員だろう」

化粧室で、看護婦の白服を、イブニング・ドレスに着かえて来た彼女は、ますます、あでやかになった。

「光さん。隊長として、あなたにおたずねしたいんですが」

と、私は切りだした。

「あなたの観察し、研究したゴジラについてですな。そのオ、何でもよろしいですから、お話しねがえませんか」

「ハイ」

ソファに腰をおろした彼女は、実におとなしかった。きっと警視総監から「行儀よくしなくちゃいかんぞ」と、申しつかって来たのであろう。

「精神病院の院長さんもおんなじ質問をなさったわ。わたくし、ゴジラ映画には、十五回出演しました。でも、いつでも、ゴジラとわたくしが、別々に撮影されて、あとでフィルムをつなぎ合せるやり方ですから。わたくしが、悲鳴をあげるのは、実さいは、ゴジラを見ないで悲鳴をあげるんです。ソラ、来ましたよ。あっちから来ましたよ。ソウ、ソウ。そっちを見つめて、と監督さんが指図すると、わたくし、そっちを見つめるんです。ホラ、ゴジラの掌が、光さんの首のうしろに伸びてきたぞ。ホラ、もうちょっとで、あんたの首に大きな大きな爪の先が、ひっかかるんだ、と言われると、わたくし、キャアアアアッと……」

と、彼女は真に迫った表情で、起ちあがった。

「なるほど、なるほど。ああ、そうですか」

と、私は感心したように、うなずいた。

「で、ゴジラの掌など、ぜんぜん見えないわけですか」

「ええ。でも、わたくしが恐がらないとダメなので、ほんとに掌を出してくれることもあります。でも、わたくし、あのゴジラの掌は、きらいですわ。なんだか、ペンキみたいな、とてもなまぐさい匂いがするんですの」

「ふうん。ペンキみたいな、なまぐさい匂いがね」

「わたくし、あの匂いだったら、いつでも嗅ぎわけられますわ。人間の掌とまるでちがって、ほんとに厭な匂いがするんです」

「で、ゴジラに対する、光さんの恐怖ですね。ゴジラ・ノイローゼで入院なすったくらいだから、そうとうの恐怖だと思うんですが。その恐怖の程度は、どんなものですか」

「ハア。その点は、院長さんからもくりかえし、質問されたんですけど」

彼女は、恥ずかしげに腰をくねらせて、下うつむいた。

「わたくし、恐がらなくちゃ、恐がらなくちゃ、と年中思いつめていますでしょ。ですから、うまく恐がれなかったら心配だもんで、それでノイローゼになりましたのよ。ほんとに恐ければ、よろしいんですが。ゴジラって、要するに単純なものでございましょ。ただ大きな怪物で、気味のわるい恰好をしている。そのほかは、別だん複雑な好みとか、下心はありませんのよ。それに、最後はかならず、人間の知恵で退治されてしまうんです。ですから、今度だって、きっとそうなると思っていますの。ただ、わたくしの役割は、怪獣が退治されるまで、できるだけ上手に、大げさに、恐がったり、騒いだりすれば、よろしいんでしょ」

「ええ、まあ、たぶん、そういうことになるでしょうが。それにしても……」

「ねえ、隊長さま。どうぞ、わたくしを逐い返したりしないで下さいまし。わたくしは決して、ミスキャストじゃありませんもの。わたくしほど、巧みに恐がれる女優なんて、他にいるはずがないじゃありませんの」

「あんまり巧みすぎて、どうなることやら、先が思いやられる」

と、委員長は皮肉をこめて言った。

ものの十分もたたぬうちに、彼女の演技が、いかにすばらしいか立証された。

彼女が突然、キャアアッと叫び声をあげたとき、我々ぜんぶが、彼女と同じゴジラ映画にうつされている「恐怖せる群集」に、なったみたいだった。

熊沢大五郎さんは、エレヴェーターを使用せずに、屋上から、縄でぶらさがって出現した。

縄のきしみ一つたてずに、かるがると降下した大五郎青年は、彼女に発見されるまで、窓ガラスの外で、なかをうかがっていたらしかった。花山嬢が駈けよって、迎え入れる前に、彼は自分で窓をひらいて、入ってきた。

繊細な感じのする、清潔な美青年は、どちらかと言えばハムレット型だった。街の不良少年の、あの無神経で粗野なところは、少しもなかった。

「おそくなりまして」

と、隊長に挨拶する彼の、スマートで上品な態度を見たとき、私は、

「入社試験、合格！」

と、胸の中で、つぶやいたほどだ。

光さんも、理想的な勇士の到来に「ハアアーッ」と、感嘆のため息をもらした。

物に動じない、理知的な花山さんまで、かなりの性的ショックを受けたらしいと、私は見てとった。彼女は、キビキビした調子で、本部へ無電の連絡をした。それも、青年の注意をひくために、特にやっているように見うけられた。

とっくに青春から遠ざかった、われら三人の男が、彼に嫉妬を感じたのは、言うまでもなかった。

「よかったわ。あなたが来て下さって」

と、光嬢は青年のそばへ、寄りそった。

「中年や老年の方ばかりじゃ、気づまりだったの、わたくし」

憂鬱そうな青年は、しかし、美女には興味を示さなかった。

「屍室《しかばねしつ》はどこじゃね。屍体を安置する場所、礼拝堂などはどこにあるのかね」

教祖は、腹だたしげに言った。

「地下室にございます。私が案内いたしますから」

「そこが一ばん、大切な場所になるんじゃ」

花山嬢は、うるさ方を階下へ連れて行った。

「ぼくも、地下室を見てきます」

と、青年が出て行こうとするのを、私と光さんが、おしとどめた。

「おちついて、おちついて。脱獄するのは、ゴジラの腹の中へ入ってからで、よろしいのだから」

と、私はおちついたフリをして、言った。

入獄した経験のある委員長も、青年に興味をいだいた様子で、そばへ寄ってきた。

「君は、脱出の名人だそうだね。どうかね。ゴジラの巨大な魔手から、脱出できる自信が、君にありますか」

「さあ。……ぼくには、自信ありません」

「ふうん、だめかね」

「いいえ。だめというわけではありません。ぼくはいつでも、自信がないんです。自信がないから、やってみたくなるんです」

「ははア。そうか。困難は困難であるが、絶望的ではないわけだね」

「ええ、そうです。絶望的なほど困難なことに、とりかこまれていないと、ぼくは生きがいを感じないものですから」

「偉いぞっ」

と、河下さんは、はげますように言った。

「君はつねに、官権の弾圧をはねのけ、支配者のはりめぐらした、高い厚い壁をのりこえてきた。君はつねに、半封建的ブルジョア政府の鼻をあかして、権力の網の目をくぐりぬけてきた。君は、かの鼠小僧にもおとらぬ、勇敢な義賊だ」

しかし青年は、委員長のさし出した掌を、にぎろうとしなかった。彼は、相手の好意に困ったように、悲しげに首をふった。

「いいえ、ぼくはただ、人生を楽しんでいただけなんです。ぼくはむしろ、監獄をこしらえてくれた政府、犯人を看視する警官がいてくれることに、感謝しています。監獄も看守もいなくなったら、ぼくはもう、死んだも同然なんですから……」

「ふうん、なるほど。そうすると、君にとっては、ゴジラの襲来は、願ってもない生きがいということになるんだね」

「ええ、そう思います」

「厭な野郎だよ」

と、委員長は、がっかりして言った。

花山嬢は、ひとりだけで、もどってきた。

「教祖さんは、地下の礼拝堂にとじこもって、調伏のお祈りをなさるそうです」

と、彼女は報告した。

「あの野郎、うまいこと言って、地下室なら安全だと思ったからだよ」と、委員長。

「お食事も、地下室でするから、運んでもらいたいと、おっしゃってます」

「よせ、よせ。お祈りなら断食させといた方がいい」

「なんだったら、わたくし、運んであげてもいいわ」

と、光嬢が申しでた。

「あの方、鎌倉市をそっくり買って、大鞭教のメッカにしようとなさったでしょ。わたくし、お金持にサービスするのは、大好きですから」

「それじゃ。あなたにお願いしますわ」

と、花山さんは冷く言った。

「いや、いや。女性は行かない方がいいよ」

と、私はいましめた。

「心が乱れて、お祈りが効かなくなるといけない。それに、ぼくだって御二人のような美女を、あんなヒヒ爺さんの餌食にしたくないよ」

「餌食になるのは、わたくしの役目なのよ。それから、隊長さま、あのオ……」

と、女優は私の両掌をなでたり、もんだりした。

「あのオ、今晩、寝るときには、どういうことになりますの」

「もちろん、不寝番は、交替でやってもらわなくちゃ」

「いいえ、そうじゃなくて。男と女の組み合せは、どういうことになりますの」

さすがの隊長（経営責任者）も、その種の人員配置は、今までやったことがなかった。

「つまり、誰と誰が一しょに寝るというような……」

「ええ、それが根本問題だと、思いますの」

「しかし、ここは慰安所でもなし、ダンスパーティでもなし、隊員はやっぱり、全員一カ所にキャンプすべきだと思うがね」

「別室では、いけませんの」

「禁止はしませんよ。だけど、任務が任務なんだから、ベッドの組み合せを決めたりするのは、よしましょう」

「まア、つまらないのね」

「光さんの選ぶのは、わかってるからね。だから、選んだり組み合せたりするのは、隊長として反対なんだ。選ばれなかった者は、どうしたって淋しくなったり、ヤケになったりするからね。そうなると統制が乱れるし、仲間われができたりするからね」

「そうよ。わたくしの選びたい相手は、決まってますの」

と、彼女は熊沢くんの方を流し目に、見やった。

「でも、隊長さまの御命令なら、わたくし、順番に、えこひいきなしでも我まんしますわ。どうせ特攻隊ですもの」

ラジオもテレビも、放送を厳禁されていた。ゴジラは、グロテスクで原始的な皮膚にもかかわらず、電波には、ひどく敏感だと想定されていたからである。

競馬も、競輪も、映画館もキャバレーも、閉鎖されていた。ゴルフ場では、牛や馬があそんでいた。結局、人類の男性のお楽しみといえば、食べること、それから、ナマ身の女性とたわむれることになる。マージャン、花札、ルーレットなど、魅惑的な勝負ごとも、ゴジラ相手の必死のゲームにくらべると、血の気のうすい退屈なものであった。

「どうかね。わが隊に入隊してからも、君はまだ、探偵小説が読みたいかね」

と、私は、その方のマニアである花山嬢にたずねてみた。

「いいえ、読む気が起りません」

「ふうん。それから君は、むずかしい哲学の本。西田哲学とか、カントとかフロイドとか、いろいろ好きだったじゃないか。あの手のものも、読みたくないかね」

「ええ、さっぱり」

「それは、いい傾向だ。しかし、急にそうなったのは、なぜだろうか」

「ええ。私もそのこと、反省してみたんですけど。哲学にしろ、自然科学にしろ、ゴジラを克服できない学問が、急速に色あせて行く。これは、社長さんのおっしゃる通り、必然的にそうなりますわね。探偵小説の方は、なぜか。これはつまり、この場所、この人物たち(すなわち我々)が、あまりにも探偵小説的にできあがっていますし、推理ミステリーのページの、活字のあいだから立ち昇る犯罪の煙より、もっと濃厚で息苦しい犯罪ガスが、現実に特攻隊基地にみちみちているからではないでしょうか。自分たちが実生活で、ミステリー・スリラーを演じているから、読む必要がなくなるのとちがいますか」

ミス花山の探偵眼、推理力は実にたいしたものであった。

翌朝、大鞭氏は地下室で、死体となって発見されたからだ。

とじこもった教祖は、我々との協力をこばんで、その夜の不寝番にも立たなかった。百歳を越しても死にそうになかった、このアクの強い宗教人が、まっさきに屍体と化そうとは、意外だった。

朝食を運んで行った花山嬢が、

「大鞭氏が、殺されています。本部に連絡いたしましょうか」

と、報告に来たとき、私は突発事件に胆を冷やすとともに、眉一つうごかさない報告者の冷血と称したいほど冷静な態度にも、おどろかされた。

むりやりキッスしようとして、青年を追いまわしていた光嬢。ながいながい遺書を、執筆している河下氏。いずれも、意外であるような、当然であるような顔つきで、私の周囲に集ってきた。

一同そろって、地下室へ降りた。

階上より明るいぐらい、蛍光灯でアカアカと照された地下の、ボイラーの前に、血まみれの大鞭氏が倒れていた。

どんな非情の犬殺しでも、これほど残忍な殺し方はしないであろうような、メチャメチャな殴り方で撲殺されていた。火掻き棒、シャベル、ハンマーなど、鉄製の器具があたりに散乱して、どれもが血にまみれていた。一人の犯人が、これほど沢山の兇器を使ったのであろうか。頭蓋骨フン砕。四本の手脚の骨は、ことごとく打ち折られている。ただたんに、殺害されたというより、バラバラにバラされた感じなのだ。

「おれも、この男は気にくわなかった。死にゃアいいのにと、思ってはいた。しかし、こんな殺し方は、俺にはできないな」

と、蒼ざめた河下氏は、うんざりして言った。

「ぼくもこういう、非合理主義で民衆をだます奴は、大きらいだった。隊員の中で、誰かに死んでもらうとなったら、こいつを指名したにちがいない。しかし、こうまで、むごたらしくは……」

と、委員長と似かよった意見を、私ものべた。

熊沢くんは、礼拝堂から屍室、さらに解剖室から廊下へと歩きまわっていた。

「ゴジラの仕業でしょうか」

と、光嬢は、恐そうに爪先き立っていた。

外部からは、めったなことで侵入できないはずだった。そうすると、我々のうちの誰かが？　そういう、もっともらしい疑念で我々は、お互いに顔を見あわせた。他の者の睡っているあいだに、我々のうち誰かが、十三階から地下室へ降り、また引返してくるのは、わけのないことであった。

「本部への連絡は、しばらく待ちなさい。よく調査してからにしよう」

と、私は花山嬢に命令した。

「その方がよろしいと思います」

名探偵きどりの彼女は、屍体の上にかがみこんだり、周囲を探索したりしていた。

地下室の洗面所をしらべた彼女は、犯人がそこで手を洗ったらしいと、報告した。グシヨぬれになったタオルには、かすかに、うす赤い血が付着していた。

「これはしかし、本部に連絡すべきだよ。我々だけじゃ、どうにも仕方ないだろう」

委員長は、気よわく言った。

「けれど、報告や連絡はいつでもできます。その前に、我々だけで解決できることは、解決した方がいいと思います」

と、花山探偵は、あくまで自信ありげだった。

「解決するって、どういう？　犯人を探し出すことかね」

「ハイ。そうです」

「我々の中にいるのかね」

と、すっかり私は、気味わるくなっていた。

「ハイ。私には、大体の見当はついております」

「そんな男がいたのかね、隊員のなかに」

「男とは、かぎりませんよ」

と、女探偵が答えると、光さんはキャアアッと叫び声をあげた。もはや我々には、女優の悲鳴が、名演技なのか、それとも本音の恐怖なのか、見わけがつかなくなっていた。

「す、すると、ハ、犯人はあなたなの？」

と、女優は女探偵にたずねた。

「この殺人事件は、特攻隊第一班の全員に関係あることですから、我々ぜんぶで考える責任があります」

と、花山嬢は、専門のレクチュアでもやる主任教授のように、おちつきはらっていた。

「動機は一体、なんなんだい。ここにいる者は、被害者とは昨日ここへ来て、はじめて会ったんじゃないのか。みんな、奴とは初対面だったんだろ？」

一同は、河下氏の質問に、一せいにうなずいた。

「二十四時間もたたない、初対面の相手に、殺人の動機が生れるかねえ」

「動機は皆さんの心の中にあります」

と、女探偵は言った。

「皆さんだって？」

と、私は思わず口走った。

「そうです。私をもふくめて、皆さんぜんぶです」

「しかし、それじゃ、誰が犯人か決められやせんよ」

「誰が犯人か、決める必要はありません」

「え？」「それじゃア」「何だって」と、一同は不思議そうに、彼女を見まもった。

「皆さんは、どなたも昨夜、就寝前にキルドルムを服用なさいましたね」

それはまさしく、その通りだった。

キルドルムは、覚醒薬と睡眠薬、ことにトランキライザーの安静作用を兼ねそなえる、最新式の輸入薬だった。誰かにつけねらわれているギャング。常に相場の変動で緊張しながら、おちつきたい株屋さん。徹夜の科学者。気のよわい自殺志願者などに、愛用されている妙薬だった。

キルドルムの服用を、花山嬢が提案したとき、まっさきに賛成したのは、隊長の私である。ゴジラの恐怖に抵抗するには、睡るのが一ばん良い。しかし、イザというとき、だらしなくボンヤリしていて、活動力を失っていたら、なんにもならない。それには、活動力を倍加しながら、沈静と睡りをあたえる、この新薬がもっとも適していると判断したからだ。

「私がみなさんにおわたししたキルドルムは、定量の三倍だったのです」

と、花山さんは説明した。

「ゴジラの襲来に対処するには、そのくらいでないと、効き目がないからです。それが、いけなかったのです」

「と言うと」

「殺人的睡眠薬は、効きすぎると、名前どおりの作用をするのです」

「ええと、ええと。そうするとだな……」

私は、うす気味わるいのを通り越して、背すじが寒くなってきた。

「もう、おわかりになったと思いますが」

「すると、我々ぜんぶが？」

「そうです。第一班ぜんぶが、自分たちの知らぬまに、大鞭さんを寄ってたかって殴りころしたのです」

彼女がそう宣告すると、もはや悲鳴もあげることのできなくなった光さんは、コンクリートの床に膝をついてしまった。

「まさか、そんな」

「ひどいよ、そんな。いくらなんでも」

「このひと、自分が少し、おかしいんじゃないかなア」

騒ぎ出す男たちを、女探偵は冷ややかに眺めまわした。

「お疑いになるなら、皆さんの衣服を、めいめいでおしらべになって下さい。きっと、どこかに血が付着しているはずですから」

「君自身は、どうなんだい」

「私は、ブラウスに血痕がついているのを見とどけて、さっき着がえをすませました」

ジャンパーを脱いだり、スカートを裏がえしたりして、我々はくるくる舞いした。

「アッ。そこそこ。その袖口に、付いてるじゃないか」

「ひとのこと言うけど、君のズボン、見てみろ。血のしみがベットリ」

と、互いに探しっこした。

最後まで血潮の洗礼が発見されないで、喜んでいた光さんの、鹿革のハイヒールにも、教祖の血がしみこんでいた。

「すると、我々が殺害犯人」「殺したのかねえ、ぼくが」「へんな薬、のませるからいけないんだ」

顔面蒼白となった一同は、

「本部に連絡いたしましょうか」と、花山嬢に問いかけられると、首を横にふらずにはいられなかった。

誰か一人が、特殊の怨恨や目的のため、大鞭氏を抹殺しようとはかったのなら、話はわかっている。しかし、こんなにも種類のちがう隊員が気をそろえて、無意識のうちに、集団をなして教祖に襲いかかったのは、フにおちなかった。

どうして、彼だけが、被害者にならねばならなかったのか。

「まア、まア。かりに我々が、集団的な殺人者になってしまったのが事実だとして、どうして大鞭氏をねらうことになったんだろうか。それに、ぼくだって河下氏だって、戦闘的ではあるが、殺人という暴力手段には反対な男だし、まして、あなた方恵まれた美貌の女性に、そんな趣味があるわけはなし。ぼくにはどうしても、納得が行かんがね。花山探偵から、御説明ねがえませんか」

「説明できるだけのことは、説明いたしますけれど」

と、花山嬢（もはや博士と言いたいところであるが）は、考え深げに言った。

「ゴジラ時代の犯罪心理に関しては、まだ先進諸国でも、充分の研究がすすんでおりません。あまりにも急速に、人類の歴史はゴジラ恐怖に突入することになったので、研究者、科学者そのものが、自分たちの踏みこんだ妖怪屋敷の入口でよろめいているのです。

ただ一つ明白なこと。それは、ゴジラが人間のあらゆる種類、差別におかまいなく、すなわち、善人であろうと悪人であろうと、強者、弱者の区別も、美女と醜女のわけへだてもすっとばして、大小さまざまの権力の有無にかかわらず、あらゆる人類を抹殺しようとしていることです。ゴジラによる人類殺害は、もちろん人間の眼から見れば、無目的であり、無意味であり、なんとも形容しがたいほど圧倒的に腹立たしきかぎりでありますが、それ故にまた、『彼』の殺戮は、絶対平等だとも言えるわけです。ただただ人間であること、そのことが、ゴジラに抹消される理由なのです。

したがって、ゴジラ的殺人の動機は、今までの推理小説の『動機』とは、まるでちがっています。我々にとって問題なのは、アレやコレやの動機などという、ノンキなものではありません。殺し尽そうとする『彼』の絶対性、どうやっても改心させることのできない『彼』の、意志と行動なのです。ゴジラの殺意を、いくら批判したり、分析したりしても、なんの役にもたちません。ゴジラが存在する、それが、絶対に防ぎとめることのできない『動機』なのですから。

そして、困ったことに、われら感情的な動物は、いつのまにか、ゴジラ的動機を理解するようになって行くのです」

「ぼくは、ゴジラとはちがうぞ」

「そうです。むろん、社長さんも委員長さんも、また脱獄の名人も、シャッチョコ立ちしたってゴジラになることはできません。しかし、ゴジラ恐怖に圧しつぶされそうな時代には、ゴジラになれないことが、そのまま、ゴジラ的になる理由ともなるのです。

抹殺することは、抹殺される者（つまり我々）の側から言えば、迷惑しごくなことです。抹殺は、されたくない。しかし同時に、かならず抹殺されるという予感（あるいは確信）が、私たちをスッポリと包んでいます。

無意味に、無目的に、泣こうが騒ごうが、殺されるときは殺されるという、未来感覚がしみわたってくる。そうすると、にくむべき死の絶対平等が、なんとなく解放感や救いに変形される。そこまで行かなくても、ゴジラが存在するという事実が、あまりにも大きくのさばって、ふくれひろがっているので、もしかしたら殺害や殺戮、抹殺や抹消は、きわめて日常的で、まちがいない出来ごと、いなむしろ、自然現象のように思われてくるのです。

ここまでは、一般論です。

では、なぜ大鞭教祖が第一の被害者に、えらばれたか。彼が、想像図のゴジラを想起させる、風格をもっていたこと。これも、かすかながら、原因にはなるでしょう。しかし、真の原因は、別に一つあります。

大鞭氏だけが、安全そうな地下室にかくれたこと。大鞭氏だけが、私たちの集団をはなれて、勝手な行動をとったことです」

「でも、そんなことぐらいで」

「そんなことぐらいが、充分に理由になるのです。定量三倍のキルドルムで睡眠中の私たちは、ほんのわずかの理由でも、ムリヤリ発見して行動にうつるのです。私たちは、睡りながら、ゴジラのあたえる絶対平等の被害を、待ちうけている。念願してるとは言えないにしろ、期待している。そのとき、仲間のなかの誰か一人が、別の安全な場所にいて、この絶対平等にそむこうとしている。奴を、あのままにしておいてよいのか、と睡眠者たちは、考える。そんな、わがままは許せんぞ。集団のおきてを破って、ただ一人助かろうなんて、そんなまちがった自由を許しておくことはできんぞ。ゴジラ恐怖は例外のない恐怖なのだ。例外をつくることは、ゴジラ時代にふさわしくない。起《た》て、ゴジラ特攻隊。行け、人類の代表者。起ち行きて、かの不こころえ者を罰せよ」

「まア、勇ましい」

と、光嬢がつぶやいた。

「勇ましいどころか、臆病な恐怖心、陰惨な衝動にかられて、第一班はベッドから起き上り、地下室へ降りて行く。手あたりしだいに、人殺しの道具を手にする。そして、寄ってたかって、鉄の棒やシャベルで……」

「キャアアアッ」

と、光嬢は叫んだ。そして、失神して倒れた。

大鞭氏の死体は、ボイラーで焼かれた。

いそがしい、味もソッ気もない葬式だった。しかし、加害者たちが全員そろって、ねんごろに、真剣に、被害者をとむらうなどということは、あまり例がないであろう。

軍命令で殺しておいてから、「キミは護国の鬼となられた」などと、靖国神社の前で涙をながす、陸軍大臣の心境より、もっと複雑な感慨をもって、我々は、我々の殺した男の肉と骨と髪と爪の焼ける音をきき、焼ける匂いをかいだ。

我々は、人の命のはかなさを痛感した。生きているあいだ厭でたまらなかった男も、死ねば（ことに、殺されれば）気の毒にもなった。しかし、涙は流れなかった。たぶん、我々のおち入った状態、あるいは運命が、あまりにも無気味で、思いがけないものであったので、涙の源も涸れてしまったにちがいない。ふつうの常識をもった社会人なら、「人を殺せば自分も死ななければならぬ」と、考えるはずだ。

その考えは、私にも皆さんにも、とりついていた。

「死ななければならぬ。しかし、死にたくない」

次に湧きあがる想いは、コレなのだ。

第一に、我々の犯罪は、我々ぜんぶが犯したものであるから、密告者の出るはずはない。結局のところ、発覚しないですみそうだった。

第二に、今回の殺害は、キルドルムの作用であって、我々の意志ではない。したがって、われわれ加害者には責任がないという理くつが、生れた。

第三に、ゴジラ恐怖は、一教祖の生死にかかわらず、依然として続いているのであるから、我々も昨夜の被害者とおなじく、絶対平等の死に、やがては見まわれるにちがいない。そうなれば、犯罪者であろうが無かろうが、抹殺されるにきまっているのだから、何もそうキチョウメンに、死刑になりたがる必要はない。

ゴジラ対策本部が、第一班に要求するのは、ゴジラとたたかうことであって、罪の意識に溺れることではない。なるほど我々が、隊員の一人を殺してしまったのは、まずかった。けれども、我々の重大任務があいかわらず残存しているからには、とりあえず、その任務に邁進することは、一向にさしつかえない。

どうやったら部下の隊員を、厭世気分から脱け出させて、攻撃態勢に入らせるか。というより、むしろ私自身の淋しいような、たよりない感じを、どうやって吹きはらったらいいのか。

「キルドルムの服用は、今後、一さい禁止します」

「しかし、社長さん。あの薬の効き目は、まだ三日間は継続することになっています」

「まだ、三日間？　すると、今夜も、明日の晩も、我々はまたまた殺人を犯す危険性があると言うのかね」

「さようです」

光嬢は、失神から恢復して、すすり泣きをはじめた。私だって、泣きたいところだった。

「組合事務所へ、帰りたくなったよ」と、委員長。

青年は青年で、

「牢屋の方が安全らしいな」

と、こぼしている。

「わたくしも、もう一度、精神病院へ入ってよろしいかしら」

と、光さんは泣きながら訴える始末だ。

「しかしだね。皆さん、よく考えて下さいよ」

と、私は自信のない説得にとりかかった。

「もしもここで、第一班を突然、解散すればですよ。なぜ急に解散したか、その理由を本部に報告して、釈明しなければならない。そうすれば、我々の集団殺人は厭でも明るみに出ますよ。それでは、困るでしょう。どうですかね。ゴジラは三日以内に襲来する予定ですから、もう少しガンバッてくれませんか」

「しかし、君。ここにこうしている我々のうち、また誰かが誰かを殺すんですよ。もう殺す方も、殺される方もたくさんだよ」

と、委員長は抗議した。

「だからさ。殺したり殺されたりしないように、工夫をめぐらすのさ。花山くん。何か名案はないかね」

「はたして、うまくいくかどうか不明ですが、一つだけ方法があります」

と、彼女が答えると、我々はホッと安心した。

「共同キャンプをやめて、一人々々が個室にとじこもるんです。寝るときは、各部屋に鍵をかける。一人ずつ平等に孤立していれば、寄ってたかってという、集団殺人はなくなるでしょう。我々のうちの一人だけが、離れていたのが、いけなかったのです。全員がバラバラに、分れていれば、誰を目標にするということは、なくなるはずです」

彼女の提案は、すぐさま採用された。

一階、三階、五階といった具合に、階数のちがった部屋を、めいめい選ぶことにする。さすがに、地下室を希望する者は、いなかった。熊沢青年は、星をちりばめた青天井のあおげる、屋上がいいと言った。

「誰かと御一しょじゃ、いけませんの？　わたくし一人じゃ、こわくて、こわくて」

「でも、誰かと同室すれば、そのひとがあなたを殺すかも知れないわよ」

と、花山嬢は言いきかせた。

「いくら愛しあっていても、いけないんですの？　でも、それじゃ、ダブルベッドを使うことは永久にできないのね」

「美しすぎる人。強すぎる人は、こんなさい特に危険なのよ。美しい人や強い人は、めったにいないでしょ。だから、民衆のあいだに潜在する嫉妬心で、ねらわれることになるのよ」

「まア、それじゃ、わたくしも危いのね」

と、おびえ切った光さんは、つぶやいた。それからすぐ「失礼。わたくし、そんな美人じゃないわよ、ねえ」と、附け足した。

二日目の夕食は、できるだけ豪奢な宴会にした。音曲入りの馬鹿さわぎでもしなければ、刻々に迫ってくる不安を、どうしようもなかったからだ。しかも恐怖が外部からばかりではなく、われわれ自身の内奥にひそむゴジラ性から来ているのだから、なおさらのことだ。

銀座のクリスマスパーティも顔まけの、華やかな飾りつけもした。

脱獄青年は、サーカスの演題《だしもの》より、もっと危険な綱わたり、もっとむずかしい壁から壁への飛躍などを、やって見せてくれた。とんぼがえり、アクロバットと息もつかせぬ早業で、しまいには、光さんの髪の毛や足首をひっつかんで、アパッシュダンスの猛演技も披ろうした。

酔っぱらった河下氏は、重量挙げをやってくれた。重労働できたえただけあって、ほれぼれするほどたのもしい、筋肉の躍動であった。

木製の人体白骨をかかえて踊ったあげく、勢いあまって、ゴジラの標本を打ち砕いたときは、拍手せずにはいられなかった。美女たちの喝采にあおられて、河下氏がウォーッとうなると、ゴジラの咆哮もかくやと思われた。

二人の美女が、お待ちかねのストリップを見せてくれたのは、申すまでもない。

白痴型の光さんと、理性型の花山さん。こんなすばらしい裸女の組合せは、どこのミュージックホールでもお目にかかれないものであった。知的な手つき指さきで、一枚ずつ文化の衣をぬぎすてて、原始動物の柔軟さ、自由と欲望をとりもどして行く花山さん。それくような光さん。

とは逆に、奔放で魔女的なスッ裸から、天使的で文化人らしい羞恥のうす衣を、重ねて行

「あなた、なまぐさいわよ」

と、光さんが花山さんの胸のふくらみに、顔を押しつけると、

「こら、お前は血の匂いがするぞよ」

と、花山さんが光さんを、残酷に突きころばす。二人はかわりばんこに、男役と女役、いじめ役と、いじめられ役を演じた。なまめかしく、物騒になったり、古典的で陰にこもったりして、二つの肉は二個の機械の如く、精妙にからみあった。

「ああ、疲れたわ。もう、だめよ」「まだまだ。ホラ、くすぐってやるから元気を出さんか」「だめよ。いくら、そんなことしたって。ああ、いっそのこと殺してちょうだい」「殺すのは、わけはない。生かしておいて、ゆっくり首をしめてやるのだ」「アッ。可愛がらないで。おねがいだから、もう可愛がらないで」「サアア。おとなしくゴジラの人身御供になれ！」「いやよ。いやよ。私は、あなたのものよ。私を、ゴジラのものにしないでちょうだい……」

クタクタに疲れたのは、見物人の方であった。

本部から、無電の連絡があった。

翌朝までに、ヘリコプターを一機、よこすと言うのだ。イザというとき特攻隊が脱出す

るには、ヘリコプターが便利なのだそうだ。

なまぐさい宴会は、愉快に幕をとじた。各階の各室に、花山探偵が各人を送りとどけた。あとは、熟睡すればいいのだ。

「神よ。守りたまえ。翌朝までに、何ごとも起きませんように」

私は、七階の中央の一等病室で、生れてはじめて、天にましますわれらの「父」に祈りをささげた。

だが、その祈りは、急場の間にあわなかった。

三日目の朝が、うす墨色の雲の下であけそめたとき、またしても一個の死体が（今度は地階ではなくて）屋上に横たわっていたのである。

それは、我らの救援に飛来してくれた、ヘリコプターの操縦士の死体だった。

発見者は、屋上で睡った熊沢青年である。

しかも被害者の殺され方は、前回と全く同じだった。

あれほど厳重に、めいめいを閉じこめておいたのに、我々は、我々を救出するためにわざわざ来てくれた男を、よってたかって殺してしまったのである。

睡りこけている我らの耳に、ヘリコプターの廻転翼が、ゴジラ襲来を想わせるとどろきを、吹き入れたからだろうか。

もはや我々には、動機や理由を考えている、ひまさえなかった。

「よそから来た、よそ者」というだけで、もはや我々は彼を抹殺しようと決心したにちがいない。ああ、何という、絶望的に怖ろしいことだ。

もはや、我々の被服についた血痕を、いちいちしらべるまでもないことであった。

「ゴジラが早く来てくれないから、いけないのよっ」

と、光嬢は血にまみれた右手を振りあげて、泣き叫んだ。

「そうだ。ゴジラがもっと早く来てくれていたら、こんなことにはならなくてすんだんだ」

と、頬に血のこびりついた委員長も、悲痛の表情であった。

殺害に使用された兇器だけが、前回とちがっていた。被害者の飛行服には、よく光るナイフやフォークが突き刺さっていた。それらの食器は、宴会の席から護身用に、めいめいが持ち去っていたものであった。

死体は、まだ匂っていなかった。

「なまぐさいわ」

と、光嬢がつぶやいた。

たしかに、死体の匂いとも血の匂いともちがう、厭な臭気が屋上に漂っていた。ゴミ箱や溝の、あの腐ったような匂いともちがっていた。しかもその不可解な悪臭は、病院の屋上ばかりではなく、あまねく全都の空をおおっているのであった。鉛色をます空からの風がつよまると、臭気は強くなった。そして、風は、はげしさを加えはじめた。

「ゴジラだわ。ゴジラの匂いだわ」

と、花山嬢が言った。

「そうよ。もう来てるんだわ。上陸してるんだわ」

見わたす町々は、灰色にしずまりかえっていた。金属の屋根やコンクリートの壁が、鈍く光っていた。異様なとどろきが、東京港の方からつたわってきた。突風が吹きすさぶにつれ、異様な大音響は近よってきた。

そのさわがしさに反抗するように、ヘリコプターのエンジンが鳴りはじめた。廻転翼は、大きな鳥の羽音に似た、たよりない音で風を切ってまわりはじめた。操縦席には、いつのまにか熊沢青年が、のりこんでいた。光さんは、よろめきながら、離陸しようとするヘリコプターに走りよった。

国立病院の岩丈な建物ぜんたいが、何かの衝撃で、大きくゆれうごいた。そのため、私たちは、尻もちをついたり、横たおしになったりした。大震動はつづいた。

上昇するヘリコプターの上で、青年と女優が我々に向って、手をふる姿が見えた。しかし、それもほんの一瞬であった。次の瞬間、見えない掌で殴りつけられたように、ヘリコプターは揺れうごき、落下していった。

やっとのことで起ち上った私の、目まいでかすむ眼には、大東京の破滅の開始がうつった。

　見えないゴジラの脚が、一歩ふみ出すたびに、一キロ四方ぐらいの大穴が、街に口をあけるのであった。透明ゴジラは、家を踏みつぶしながら、進んでいた。

「目をやられた。目が見えない」

と、河下氏は私にとりすがった。

　何かの光線が、私たちを焼きほろぼそうとしていた。私の皮膚も、知らぬまに焼けただれていた。

　ふり向くと、化物のようになった女探偵が見えた。彼女の髪の毛はぬけおち、むけた皮が彼女の鼻さきや口もとに、垂れさがっていた。咽喉を焼かれた彼女は、声の出ない口をわずかに動かして、私に向って両掌をさしのばした。

「しっかりしなさい」

と、叫んだつもりの私も、すでに発声ができなかった。たえまなく、ゆすりあげる大地は、病院を呑みこもうとしていた。もはや、視力を失った私には、隊員の最期を、見とどけてやることができなかった。

「神よ。あなたはゴジラだったのですか」

という想いが、ブリキの破片のようにきらめいて、かすめ過ぎた。

　すると、かつて命令にそむいて偶像を崇拝した、古代の諸民族を、あますところなく打ちほろぼしたエホバの、おそるべき哄笑が、私の耳をつんぼにした。

「神よ。あなたは、ゴジラだったの、ですか……」

# 空間の犯罪

八一が足をダメにされたのは、全く偶然の理由だった。それは災難としてもかなり珍しい場合であった。自動車や電車にひかれて足を失うものもある。崖から落ちる者もある。喧嘩で斬られることもある。それらの場合は多く自分の不注意が原因をなしている。或は自らすすんでそんな運命を招いたのである。

ビッコをひきながら歩いていて、白い傷病兵の服をつけ、金属製の義足を光らせながら行く不具者が目につくことがある。そんなときでも八一は、「ああ、あの男は戦争でやられたんだな」と考える。「戦争なら、足もやられるだろう」そして、傷病兵と自分では、同じ不具者でもわけがちがうと感ずるのだ。

今度の空襲でも、倒壊家屋の下敷になったり、焼夷弾の雨におそわれて足を失った人々がいた。そんな人々を見ても、八一はやっぱり自分とはちがうと思う。「空襲だからな。あれには立派に、どうしても逃げられない理由があったんだからな。だが俺のは」

八一は小学校六年の時、足を折られた。秋の朝のことであった。毎年二百十日ごろ、風雨のはげしかった夜があけると、八一は近所の寺へでかけた。黒々としめった地面に落ちているどんぐりや銀杏を拾うためである。

おとなしい八一は、太い樫の黒々とした幹をよじのぼり、枝をゆすぶるような乱暴なまねはしなかった。また石や瓦をなげることもしなかった。ただめざめるような赤茶色の、臭気の強い皮肉をつけた銀杏の実、泥にまみれてはいるが新鮮なつやのある樫の実を、ゆっくり探し出すのが好きであった。焼いて食べたり、コマにこしらえたりするのも面白いが、その色どりや形、小さい可愛らしいものであることが、少年の八一をよろこばせた。

その日八一は、ほかの子供たちが帰ったあとでも、本堂の前に一人残っていた。そこには鉄で鋳た天水桶が、太い二本の柱の前に、一つずつ置かれていた。かなり大きいその鉄の桶には、昨夜の雨でタップリたまった水が、秋らしく澄んでいた。そして赤錆びた桶の内側には、水垢とも藻ともつかぬものが毛のようにムクムク生えていた。赤く、或は緑色にユラユラゆれるその気味のわるい毛の層は、深い海の底の巨大な海草のように見えることがあった。桶の底に落ちている木片や石が、水の光と影のため、沈んだ船の腹のように意味ありげに見えることもあった。八一はそんな光景をのぞきこむのが好きなため、冷い鉄桶のへりにつかまって、鼻さきを水でぬらしたりして、なかなか家へかえらなかった。

ふと気がついて桶をはなれ、敷石の間におちて緑色の尻をむいた樫の実を見つけ、腰をのばしてかがんだ時、ガラガラと音がして、ひどい打撃を脚にうけた。そして一瞬、気を失った。高い寺の屋根の鬼瓦が落ちたのであった。

昨夜の嵐でゆるんでいたためでもあろう。また何年も何年も風雨にたえて来た鬼瓦だから、永い年月のうちいつかひび割れていたにちがいない。しかし普通なら、風雨の最中にそのたけだけしい力で落下しているはずであった。それだのに、うららかに晴れた静かな朝になって、その重い大きな鬼瓦が急に落ちたのは不思議であった。しかもそれは偶然、正確に、八一のひ弱い足を折ったのであった。「もしもあのとき俺がみんなと一緒に帰っていたら、あんなことはなかったのに。鬼瓦が落ちたことさえ知らずに、何事もなく終ったはずだのに。たった一分、一秒でも、早いか、おそいかすればな」少年のころあまりくやまなかったこの事実が、年をとるにつれ、重苦しく八一をなやました。「あの年のあの月のあの日のあの時刻キッチリに、俺が、そのほかのどこでもなくあの場所にいたとは！」

不具のおかげで召集は来なかった。戦死もまぬがれた。製材場の事務所に通っていて、工場は焼けても生きのこることができた。小学校の仲間の、健全な者が多く死んでいた。「地球に引力がなければ、君は足を折らずにすんだのさ。引力をうらめよ」と冗談を言った、同級で首席だった友人も、技術士官となって、南の戦場で死んだ。しかし八一は、自分が不具のために生き残っていることを、自分にとってさして重い問題と考えはしなかった。むしろただ厚い鉛のように自分を包んでいるのは、自分が不具になったのは偶然だった、という少年の日の記憶であった。自分の一生を決めてしまった鬼瓦の落下は偶然だったという意識が、世の中のことは大海にうかんだ帆も梶もない小舟のように、あてどないものだという、たよりない淋しい気持を彼にあたえていた。

貧乏な不具者に似あわず、八一は心のやさしい男だった。人間というものはたあいないもの、つまらないものという感じから、他人を憎んだり、他人とあらそったりする気分がうすかった。その八一にも、ただ一人だけ、どうしても許せない男がいた。それは同じ町内にいる黒岩矢五郎という親分であった。

矢五郎は賭博のあがりや、ゆすりたかりで、戦時中も、終戦後もかなり派手な暮しをしていた。梅毒でいためたのか片眼に眼帯をかけたり、活気が強すぎる頭部にぬれ手拭をのせていることはあったが、いつも元気の良い、二十貫以上はある大男だった。五十年の一生の半分は刑務所でくらしたと豪語して、乾児《こぶん》を使って人を殺したこともあるうわさであった。彼が自宅にいる間、町内の人々は不安をおぼえた。酒屋や魚屋の店さき、或は狭い路のまんなかで、誰かをとらえて怒鳴りたてている声がきこえると、「またか」と、気の弱い女子供は顔色をかえておびえた。半年でも一年でも、黒岩が警察か刑務所に入っているあいだ、人々はホッと平和な気持にかえった。

「もし昔の戦国時代なら、黒岩は一城のあるじとなって自分たちを支配しただろう。黒光りする鎧を身につけ、重い鉄の棒をふりまわし、長い槍をにぎりしめ、馬にのって、横行する。そうなったら、自分のような者の命は、わけなくふみにじられてしまったにちがいない」矢五郎のエネルギーに満ちた、太く高い怒鳴り声を耳にするたび、八一はそう思った。

矢五郎は競馬にでかける時は、身軽な半ズボンに純毛の長靴下にハンティングといういでたち、町内を歩きまわるときは、冬も夏も立派な上物の和服を身につけていた。八一はいつも、そんな堂々たる矢五郎の姿を見ては、これが、軍服か、裁判官の着る法服だったらどうだろう、と考えた。もし黒岩にもう少し智慧があって、世の中で権威のあるそれらの服装を身につけたとしたら、もう誰だって、彼にかなうものはあるまい。もしそうなったら、たとえ黒岩がどんな悪人で、どんな悪事をはたらいても、町内の者は彼にはむかうことはできないだろうな、と想像した。

雪どけのした夕方であった。雨や風、それから雪どけ、そのような日は八一には苦しかった。片脚はまっすぐ前に出せず、少し外側へ廻すようにして運ぶ。そのためいくらか身体をななめにし、かつ少しかがみこんだ姿勢で歩みをつづけるため、疲れがはげしかった。自分の住む三軒長屋のある細路にさしかかると、もう矢五郎の猛烈な怒鳴り声が冷い風にのってきこえた。一日中、製材所の丸鋸《まるのこ》のピイピイと歯のうくようなうなり声にしびれている八一の耳にも、その矢五郎の声は一種特別の不愉快な、押しつけがましい感じをあたえた。

矢五郎は石屋の店さきで、そこの主人をおどかしているのだった。長男が戦死して、娘と二人暮しになった石屋は、小さな身体を青白い切石の上にかがめて、コチコチと寒そうにのみをふるっていた。店と言っても小屋のようなトタン葺きのみすぼらしい建物には、石材を置く場所もなく、石材は少し道路にはみ出して積まれていた。その日は新しく荷が入ったのか、平常より一尺ほどよけい、路の上に出ていた。

「いいか、この町内は黒岩がおさめてるんだから。よくおぼえておけ。俺がちょっとでも眼をはなせば、どいつもこいつもロクなことはしやがらねえ。いいか、道路というもんは公共のものなんだぞ、それをなんだ」

湯からあがったばかりのような桃色のハゲ頭に、四角にたたんだ手拭をのせ、肉づきのよい腕をまくりあげ、吠えるような大声で、たてつづけに喋っていた。

「すぐ片づけます、とは何て言い草だ。それですむと思うか。大体、てめえの顔つきが気にくわねえ。貧乏神みたいな面しやがって。いいか、俺を何と心得てるんだ。区役所へ行きゃ区長が向うからヘイコラ挨拶に来る黒岩だぞ。その黒岩に一言の挨拶もなく、町内の道路を使いやがって」

主人は何度も腰をかがめてわびるが、矢五郎はやめなかった。「こんな石の粉を毎日撒きちらしやがって、いい近所めいわくだ。こんなもの」一つかみ石の上から手ににぎると、いま新しい石の粉を投げつけたので、主人の赤黒く陽やけした頭にも、よごれた印ばんてんの肩にも、パッと白くそれがかかった。

八一は他人ごとにはかかわらぬようにしていたし、出しゃばった口をきくのは嫌いなたちであるが、あまり石屋が気の毒で、つい「あやまっているんだから、そんなに怒らなくてもいいのに」と通りしなにつぶやいてしまった。それは思い切りのわるい、ごく低い声だったが、黒岩はすぐグイとふり向いた。血色のよい大きな顔を更に充血させ、少したるんだ瞼の下から意地わるげな眼を光らせ、太い片腕をのばして、彼は八一の行く手をさえぎった。

「ちょっと待ちな。小僧！　おめえ今何て言った。え、何て言ったんだよ。だまっていたんじゃわからねえ。おめえも男ならハッキリ言ったらどうだ」

「……石屋のおじさんがあんまりあやまっていたから、許してやってもいいと思ったんです」

「大きなお世話だ。理くつがあるから談じこんでいる、それをわきからえらそうに言う、てめえは一体何だ。ギッチラオッチラ、チンバンひいてる片輪じゃねえか。戦争にも行けなかったいくじなしじゃねえか。てめえみたいな役たたずがいるから日本は負けたんだ。オイ」

矢五郎は八一の肩さきをつかんで、グイグイとゆすぶった。痩せた八一の身体はそれだけで中心を失って倒れそうになった。「ホレ、どうだ。何だ、しっかりしろ、案山子《かかし》みてえにフラフラしやがって。俺に向って口をきく気なら、もうちょっとしっかりしろ。ホレ」突きはなされると八一は二、三歩よろめいて、雪どけの泥路の上に両手をついた。背を蹴とばされると、両手は泥の中をすべり、膝や腹もベタリと泥の上に落ちた。鼻さきに溝があり、平日より澄んだ水が紙屑木屑の上を走っていた。泥の冷さと泥の匂いが、ほてった頬を打った。「なんだ、うらめしそうな顔つきをしやがって。くやしいか」という声が頭の上から落ちて来た。「くやしかったら、ガスタンクにでも登ってみろ。おめえにそれができたら相手になってやる」

家へもどってからも、矢五郎の最後の一句は八一の胸に灼きついていた。暴力に反抗できなかったくやしさだけではなかった。「ガスタンクにでも登ってみろ」という言葉は、たんなる侮辱以上のもの、自分の本質を実験台の上できりこまざかれるような、痛烈な批判となって、八一を圧しつぶした。

ガスタンクは、八一の住む長屋から一町ばかりの場所に、高々とそびえていた。夜など工場からもどるとき、十町もはなれた坂の上から、進駐軍の航空機に対する信号であろうか、タンクの周辺にとりつけられた赤色灯が、チカリチカリと空中に明滅するのが見えた。それは夜の花、血の星、その他いろいろの意味深い印となって、八一の瞳にうつった。規則正しく、間隔をおき、巨大な三本の輪をなした沢山の赤色の光の点が、一せいに発光するときは、不思議な面白さがあるが、それが消えた瞬間、あとに残った空間のあまりの大きさは、家へもどって想い出しても気味わるくなるほどであった。

何十尺何百尺あるのか、そのタンクにのぼる。それは不具の自分には全く不可能なことであった。口達者な黒岩の放った一句は、その不可能をグサリと言い刺していた。あの夕ンクの目のくらめくような高さ。そして地面ばかり眺めるようにして、這うようにして歩いて行く弱々しい自分。そのあいだにはとうてい埋めがたいへだたり、そらおそろしい闇の空間があった。だがもし自分がこのままの自分で生きて行くとすれば、黒岩をやっつけることは、この目のくらむような空間をよじのぼって行くようなものではないだろうか。「高いところ」。それは八一にとってあこがれの的であるとともに、不安の地点であった。今は焼けてしまったが、あの鬼瓦の載っていた本堂の屋根を仰いでさえ頭がクラクラした。だが黒岩との一件があって一週間ほどして、彼は思いがけず、その「高いところ」へ登ることになった。

新聞社につとめている友人が、その七階の屋上へ彼を案内してくれたのだった。「高いところ？　何だ、子供みたいに。大丈夫だよ。エレベーターがあるからな」

工事の木組の上を、二、三人労働者が動いているほか、屋上には誰もいなかった。「僕はちょっと会議があるから」と友人が去ったあと、八一は久しぶりで、広い都会の空間を、何におびやかされることもなく、自由に眺めることができた。見廻す空は方向によって、かすかに色彩が異っていた。落ちかかる雲か、立ちのぼる煙かわからぬ部分もあった。進駐軍宿舎らしい高い建物の煙突がすさまじい黒煙を吐き、そこへ斜めに、うす茶色の雲が傾いているところもあった。円型の劇場の前に列をつくる人間、広い橋を往来する男女、どれもみな小さく小さく虫のように見えた。年齢も性格も、境遇もわからず、ただゴチャゴチャとかたまったり動いたりしている。それが全く馬鹿々々しく、ただ本能的にいそがしがっている豆粒のような奴等だった。電車の中や、往来で、八一の身体に邪慳にぶつかったり、勢いよくすれちがう、あのしっかりした肉体をもった人間とは、どうしても思えなかった。

青黒く流れる河も、ベッタリ紙でも貼りつけたように見えたし、自動車も電車も、だらしなく、また臆病そうに走っているにすぎなかった。富くじの売場、選挙演説のトラック、それら真剣な場所がみんなひ弱いつくり物に見えた。そこまでは騒音もあまりとどかないので、なおさらそんな感じだった。

「フウン、凄いもんだな」

ゆるい風が、ザラザラした壁の上から、うすく削られた木片を吹き落した。木屑は八一の眼の前を少し上下に舞ってから、ゆっくりと廻転しながら落下しはじめた。それはスウッと前方へ吹きはらわれたかと思うと、また吸いこまれるように落ちた。そしてまた更に遠くはなれ、また落ちた。八一の視線は、その木屑に吸いつけられ、壁に置いた掌に力が入り、汗ばんだ。脚の力が抜け、腰がふるえた。自分の全身が屋上をはなれ、この高い空中に、フワフワ浮んでいるという錯覚が起きた。すると、自分がその木屑のように、頭を下にして落ちかかり、また旋回しては、大きな力で、はるか下方へひきずり込まれる気がした。

一瞬、キラキラした光線の中で、木屑が見えなくなった。気がつくと、それはもうはるか下を、新聞社の建物にそって、かなりの速度で小さく落ちて行った。都会の高層建築に特有な、灰色の、うす汚れた白色の、また黒緑色の色彩の中に溶けこむように落ちて行く。八一は眼がくらみ、よろめいた。

冷く固いものが差しのばした掌にふれた。それはズルリと動いた。そして外側へ落ちた。「アッ、落ちた」と胸の中で叫んでから、それが煉瓦だったことを八一は悟った。すると彼は、その重たい煉瓦がはげしいスピードで新聞社の正門へ落下して行く、その物質の正確な力を、たまらない明瞭さで、皮膚にも、肉にも、内臓にも感じとった。

どうやって昇降機のある階まで降りてきたのかわからなかった。係りの青年はジャリジャリと金色に光る扉をあけ、またジャリジャリとしめた。青年も他の客も無表情で立っている。そして八一の身体はひとりでに降りて行く。電灯のともった、この箱の中に入って、今自分がしでかしたおそろしい犯罪とは無関係に降りて行く。

「落してしまったんだ。今度こそ、自分の方で落してしまったんだ」

受付と待合室のある一階は暗かった。だが廻転ドアをあけると、白日の光線がはげしく眼を打った。そしてそこには予期したとおり多数の人々が口々に叫びながら集合していた。誰も八一に注意する者はいなかったが、その一人一人が彼にはおそろしい目撃者のように思われた。

「よりによって赤ん坊に……」

「誰だろう、こんなことをする奴」

「可哀そうに」

天上の夢からさめ、たちまちもとの地上にかえったように、暗く淋しい、ほとんど死にそうな悲しみにつつまれながら、八一は人ごみにまぎれ込んで行った。つかまるかも知れぬという恐怖もあった。しかしそれよりも自分の過失から無心の赤ん坊に負傷させたか、その命をうばったかしてしまったこと、そしてもはやそれがとりかえしようもない事実であること、それが彼の生きる気力をもなくしてしまった。

家にたどりつくまでに、車や階段の乗り下りに彼は数回つきとばされてころんだが、その痛さもあまり感じなかった。

もしも新聞社の屋上になど登らなかったら、もしも落ちて行く木屑に気をとられなかったら、もしも煉瓦がなかったら、そしてもしもあの時、あの場所に赤ん坊がいなかったら。

……

翌日の新聞で、その赤ん坊の死を彼は知った。「戦後の悪質の犯罪」ともしるされてあった。

事務所に出ていても、八一はたえず、

「なぜ、俺は高い所へなど登りたがったのだろう、柄にもなく」

と考えつづけていた。

「それは自分がそんな場所へ容易に登れない不具者だからだ。そして、やはりあの黒岩との一件があったからだ。あの時のくやしさもたしかに手つだっている。ああ、それにしてもどうして被害者が可愛い赤ん坊でなければならなかったのだろう。もう少しは悪い、にくらしい人間だったら、いくらか気も楽だっただろうに」

「あのとき煉瓦で頭を打ちわられたのが黒岩矢五郎だったらどうだろう」とも八一は思った。

「そうしたらほとんど後悔などしないかもしれない。イヤたしかに自分はあの過失を悲しみなどしない。それに相手が黒岩だったらひょっとすると、わざと自分は煉瓦を落してやったかもしれないぞ」

その考えは八一をギョッとさせた。だが同時に、そんなチャンスがあったら自分はそれを実行しそうだ。むしろすすんで決行するだろうという暗い予想が、八一の平たい狭い胸にみちた。

八一が今までも矢五郎を憎んでいたのはたしかだった。しかし「殺してやろう」とまで思いつめたことはなかった。自分と殺人とを結びつけることなど、これまでの八一には到底できないことであった。だがそんな自分が今では、立派な殺人犯になっている。あの赤ん坊殺しが、全く無意識のうちの偶然だったことが、かえって漠然と、自分が今後何をしでかすかわからないという不安を増した。そしてそれはたんに不安ばかりでなく、妙なあきらめと自信を彼にあたえた。

最近では日曜の朝、勤めからかえった夜、八一はガスタンクの周囲をよく歩き廻る。タンクの裏手は林のある丘、両側面は坂、正面だけが人家のたち並ぶ狭い路であった。疎林の落葉樹は冬は寒々と裸であるが、両側の坂に植えられた樹々は青黒く葉をつけている。その間からいつも八一はガスタンクの正体を盗み見て行く。はげた部分か、新しく塗られた部分か、赤黒いまだらがタンクの上半分に見える。そのまだら一つの大きさでも、それが自分の顔の前にひろがった時を想像すると、八一は圧倒されそうになる。「何クソ」彼は腹に力を入れる。正面にとりつけられたらせん階段は小さく続く鉄の踏段を、くるくる何重にも巻いて頂上に達していた。タンクの胴体の周囲にある鉄の支柱にも、遠くからでは梯子の形に見える鉄材が組みあわさっていた。その大まかな組みあわさり方でも梯子段の数はかなりあるから、その十分の一もないらせん階段の踏段がいくつあるか、考えるだけでゾッとする。「負けるものか」

八一はこの頃では「登ってやるぞ、今に」と考える、それが「殺してやるぞ、今に」という考えとかさなるのを感ずる。「登ってやるぞ」「殺してやるぞ、殺してやるぞ、登ってやるぞ」

その二つとも、不可能にちがいない。だがやらなければならぬ。やる以上、どちらか一方でなく、両方やらなければならぬ。第一、自分は、もう人を殺してしまった男じゃないか。逃れられぬ罪を犯してしまった、みじめな死にぞこないじゃないか。

八一は木組のしっかりした黒岩の家の塀外も、何回も歩き廻ってみた。黒岩が毎朝五時頃、家の前で木刀をふるうのもたしかめた。放火のことも頭に浮んだ。武器、場所、時間、その他、黒岩殺害のあらゆる条件も考えつくした。

だが八一がその計画を実行する前に、黒岩は自宅から姿を消した。仲間の者の腕を斬り落し、身を隠したのであった。

黒岩の行方不明は八一の目標の一つをなくした。それとともに、もう一つの目標ガスタンクの影もうすくなった。

だが黒岩失踪ののち一週間ほどして、朝まだ明るくならぬうち、八一は寝床の中で、何か急に驚いたように眼をさました。煉瓦で死んだ赤ん坊の夢を見たのであった。赤ん坊は八一の先に立ってらせん階段を登っていた。その白い長い服が、見上げると鉄の踏板の列の間からチラチラした。ほとんどたいした努力もなく、八一は次第に階段を登って行った。気持のよい、なま温い空気がやさしく彼を包んでいた。赤ん坊は面白そうにキャッキャッと笑っていた。かなり高く登ってから八一はフト下を見た。すると、登ってきた扇型の踏板のほとんど一枚々々に赤ん坊がいた。みんな白い長い服をひらひらさせて登ってくる。横を見ると、鉄の支柱にそってやはり赤ん坊が無数にいた。そして見廻すとタンクの胴体が、蝶のような無数の赤ん坊を身に着けていた。その数はますばかりだった。それがある一定の数になると、ガスタンク全体が空中にうき上るはずであった。それが、八一を安心させた。そうなれば昇る必要もなくなり、降りる苦労もなくなったからだ。ガスタンクは青い夜空にうかびあがったらしい。その軽やかな上昇がよくわかる。もう大丈夫らしい。

そのうち自分の頭のすぐ上にいた赤ん坊がこちらをふりむいた。ひどく醜い、大人のような赤い顔を苦しそうにしかめていた。そして「落ちるぞ」と言った。それは耳もとでささやかれたせいか、ひどく大きな響となって彼の耳の中で鳴りわたった。その響が終らぬうち、蝶のようにすがりついた赤ん坊たちの一番下の者、遙か遠くに小さく点のように見えていた、白い衣が一人落ちた。次のがまた落ちた。つづいて落ちる。その落ち方は速くなる一方らしかった。それと共にガスタンクは降下しはじめた。その巨大な体積が次第に空気を切って落ちて行く。落下音がはげしくなる。どうすることもできない。もうすぐタンクは大地に衝突して、粉微塵になるのだ。もうすぐ。八一は身体をよじり曲げようとする。そして、不具の方の足が突然たまらない痛みで冷く固くなった……。

床の中でしばらく考えこんでいた八一は、起きあがって、服を着た。そして夢の中でしていたような緊張した顔つきで二階を降りた。外はまだ暗かった。家々も坂も林も、うす青い闇の中にあった。

八一は丘の上の林をとりまく低い塀をのり越えた。栗の幹を一本々々つたうようにして、タンクの背面から、タンクに近づいた。急な傾斜を泥と枯草にすべりながら降り切ると、そこがタンクの底部であった。しめった石灰の匂いがした。構内の事務所や住宅には灯火が見えたが、人影はなかった。八一はタンクにそって、足音をしのばせ、正面に廻った。

登ると決心したわけではない。夢の現場をたしかめたいだけであった。靴の裏に打った新しい鉄の鋲のように、その鉛色の踏板は暗がりの中でも清潔に見えた。らせん階段の冷い手すりを握った。はなしてまた固く握った。仰ぎ見ると階段の曲り角から、いくつも夜空の断片がのぞいていた。夢の興奮のあとのせいか、あまり恐怖の念はわかなかった。

一段のぼってみた。カタリと靴の音がした。それは別に、駅の階段を昇るのとかわりなかった。それにらせん階段は、幾曲りかうねると、やや広い場所に出るらしかった。腕の力さえつづけば、かなり登れそうだった。一段、二段と八一は片脚をひきずりながら登った。最初の曲り角まででも、と思った。そして曲り角まで来ると、たちどまってホッと息をついた。タンクの胴体と階段とはかなりはなれていた。そのため、タンクに登って行くという感じは少かった。まだ足の丈夫だった少年時代に、はじめて機械体操の鉄棒にぶらさがった時の気分と、それは似ていた。

構内の池に山の水が落ちる音がしていた。八一は昇りつづけた。身体がほてり、脇の下や胸が、ジタジタ汗ばんだ。掌だけが冷かった。彼は次第に熱心に、機械的になった。腕が痛み出した。腰や足も重くなった。時々休んだが、しゃがみこんだり、下を見たりはしなかった。とうとう登りはじめた、本当に自分は登りはじめた、と八一は思った。

鶏が鳴いた。頭上の信号灯の赤い光線が、強くなった。幾曲りしたのか、もう止めようかと思うほど疲れたとき、登りつめたその曲り角が、タンクの周囲を廻り歩くための鉄板の路につづいているのがわかった。その路は割に幅がひろく、そしてやはり手すりがついていた。

かつて駅の近くの坂の上で見た夜空の赤い信号灯は、三つの輪をなしていた。その最初の輪に達したわけであった。

胴体をかたちづくる大きな鉄板のペンキの色が、少しずつわかりはじめた。そのつなぎ目や丸鋲も見え出した。空気も朝の匂いがした。鉄板に腰をおろして、手足をもんだ。休んだため、寒気で身ぶるいした。降りようと起ち上った。だがもう少しと思った。そして八一はまた登りつづけた。鉄の踏板と、鉄の手すり、タンクの胴体の鉄板、それから側面の鉄骨。そして地上とはどこかちがう空気。その中を八一は苦痛をこらえて登った。速度はにぶるばかりだが、休まず、一段々々をただこの一段と言いきかせて登った。

ガスが満ち退きするのか、風で鳴るのか、タンクは時々鈍い、うなるような音をたてた。八一は自分の手や服が、朝焼けのうすら明りで異様に赤らんで行くのに気づいた。そして明るさがますと共に、闇にかくされていたタンクの大きさが、疲れ切った八一の全身をはねとばすように、鼻さきの鉄の壁の色や形の上に現れて来た。

「自分の姿が皆に発見されたら」と八一は考えた。「騒がれたら」

手足はしびれ、背も腹も折れそうに痛んだ。二番目の鉄の路に達しても八一は休まなかった。休んだら決心が鈍るにちがいなかった。街のざわめきは、遙か下で高まっているようだった。れて、上方から徐々に下って来ては下へ消えた。登っているというより、ただ一尺でも一寸でも、身体を動かしている形で、八一は踏板を踏みしめつづけた。もはやどの高さ、どの位置、すべて忘れはてた。のろのろと執念ぶかく、手足をはこぶだけであった。汗が眼に流れ入り、咽喉が乾いた。登らなければ、疲れの震えで、立っていることはできなかった。腰を下しても、中心はとれないにちがいなかった。

時々、すっかり輝き出した空の色が眼に入った。それは明るすぎた。その明るい空の色をふり払うように八一はもがいた。それが自分の身体を手すりや踏板からひきはなし、宙に投げ出す憎らしい力のように思われた。泣こうとしても声が出なかった。

突然、鉄板の壁が見えなくなった。タンクの胴体はそこまでしかなかった。その上は鉄の支柱とらせん階段だけだった。おそろしい空の光は、もはや足の下にも、指の先にも、首のうしろにもひろがっていた。八一は眼をとじた。すると闇の中でぶ厚い風が吹きぬけた。空気の海の中にいるように、風の流れがつづいた。それは重たくのしかかるかと思うと、スウッとはなれた。風の流れが遠のくと、そのまま気を失いそうであった。

そのほかに感ぜられるのは、全身の痛さ苦しさだけであった。その痛い苦しい部分が少しずつ伸び、ちぢみ、ブルブル動く。そのほかに何もなかった。「落ちてもいい」と思った。「落ちるのも登るのも同じだ」そんな気もした。どちらにしても空気のみちた空間があるだけだった。そのつかみどころのない空間は、八一の感情を吸いとり、吸い消した。それに、これ以上の苦痛など、どこにもありはしない。

急にとじた眼の中で、闇の色が変った。そして思わず眼をひらいた。手すりがあと一尺ぐらい上で尽きていた。全身がガタガタ大きくふるえた。そのため掌は手すりからはなされそうだった。もう一度眼をつぶり、最後の力をしぼった。何度も力つきた。そしてまた試みた……頂上であった。

八一は頂上の丸い鉄板の上に這いあがると、そのまま動けなかった。自然と上半身がくずれ、かがみ込むように横になった。貧血のせいか、仰いだ空の色はぼやけていた。八一はベタリと板のようにのびた。そのままジッとしていた。それはかなり永い時間だった。

やがて八一はそろそろと身体を起した。まだふるえは止まなかった。そしてやっとの想いで立った。暖い日光が感ぜられた。そしてやや晴れた日の街の光景が一ぺんに眺められた。せまい路、汚ならしい長屋やガラス工場、いつもはつまらない町が、とりどりの色をつけて、油絵のようにクッキリと見えた。すぐ真下の構内の地面までが美しく、しずかな色をしていた。八一ははじめて、ゆっくりと息を吐いた。

その時、正門の前の路をジープが一台走って来た。ジープは人通りのない路をのろのろ音もなく動いていた。そしてその上には黒い警官の服がゴチャゴチャと一かたまりになっていた。そのひとりひとりの顔など見別けられなかった。するとその黒服のかたまりの中から男が一人、車の外へピョンととび出した。その男の服は黒くなかった。和服らしくふくれていた。帽子をかぶらぬ頭や、むき出した手足の色が肉色に見えた。警官たちもとびおり、逃げた男はつかまえられた。それらの人々は人形のように小さく、はかなげに、しかも滑稽なほどあわてて動き廻っていた。

八一はもっとハッキリその光景を見たいと思った。その男の顔はわからなかった。彼はジープの上にひきずり上げられ、再び黒服にとりかこまれた。「黒岩じゃないかな」八一は手すりの上に乗り出すようにした。「黒岩が自宅にたちまわったとき、つかまえられたんじゃないかな」男の首がこちらを向いているのだけはたしかだった。「きっと黒岩だ。黒岩にちがいない」

八一はたまらない喜びが全身にみなぎるのをおぼえた。黒岩に見られる。タンクの頂上にいる自分の姿を黒岩に見られる。黒服の人々が全部のりこみ、ジープは動き出そうとしていた。

「くろいわア」と八一は叫んだ。声を出してみて、彼は自分がどれほど高い場所、どれほどジープから遠くへだたった場所にいるかを感じた。空気の壁は厚く、声はその海のような深さの中で消えそうだった。「くろいわア。くろいわア」と彼はなおも叫んだ。ジープの人々はその声に気づいたかもしれなかった。小さく、高く、はるかはなれている八一の姿に気づいたかもしれなかった。だがジープはそのまま動き出した。「黒岩は見たかな。俺を見たかな」それがたしかめられなかった。男の首も、警官の身体のかげにかくれたらしかった。八一はジープの動きをとめようとするかの如く、また叫んだ。自分の声で鼓膜が破れ、咽喉が裂け、全身が大きくゆれ始めるように感ぜられた。足の下の鉄板がひとりでにもちあがり、首が重たげにグラグラした。血の気は失せ、眼下の街の色どりが灰色にかわった。その灰色の中で、キラキラ何か光った。そして何も見えなくなった。

八一の身体は更に大きくゆれた。そして手すりをはなれ、らせん階段の踏板の方に棒のように倒れた。二、三段、身体はころがり落ち、ちょっと止まった。それから手すりの下を、踏板の横へずり落ちた。意識のない八一の身体は、垂直に、タンクの胴にそって落ちて行った。それは全くむぞうさに、ただ音もなく落ちて行った。

# 女の部屋

日曜の午前十時、三階の花子の部屋ではニコライ堂の鐘の音がよくきこえた。狭い部屋を汚ながる山川に対して、花子はその思いもかけぬ西洋風な音色だけは自慢できる気がした。カランコロンと鐘の音がのびやかにひびきわたってくる、その方角に窓があったが、少しはなれて建っている裏手の三階にかくれて、堂のドームは見えない。夜になると高々と中空にかがやきだすドームの上の十字架の青色ネオンは、むろんそこからは見られなかった。日曜のその時刻に、その鐘に目をさますことがなければ、ここが有名な教会堂のあたりとは気づかぬにちがいない。それほどこの部屋の有様が、白々と清潔な線を延ばしている聖橋《ひじりばし》や、重々しく四角ばってうずくまる湯島の聖堂、それに異国風な緑色にふくらんでいる教会の丸屋根、その一角のひろびろと打ち展かれた美しい風景とは似ても似つかぬものであった。

前の下宿人が謄写印刷に精出したことがあり、そのしみ油が、黒々と壁についた墨の斑点から、古い地図のようにひろがっていた。かつて印刷機を載せた台が今も一つだけ残されていて、それが五畳ばかりの部屋の四半分を占めている。ビッシリと黒一色に染まった粗末な台の平面と、その四本の細い脚のあたりにはアルマイトの炊事用具や化粧品の容物、ビールや日本酒のビンが、ガラスや金属のさまざまな色彩を光らせてかたまりあっている。「この部屋なんだか臭いな」はじめて訪問した花子の弟が暗い階段をのぼりつめ、襖がわりの板戸をガラリとあけたとたんにそう言った。

「だって、ここには臭素がいるんだもの」

つっ立ったまま足をふみ入れぬ弟に花子が笑いながら言うと、山川も「臭素花子がいるからな」とすぐ言葉をそえた。新興宗教の話が出て、その宗祖には男がいいか女がいいか冗談の最中であった。この部屋に絶えず漂う臭気のでどころを、クンクン鼻を鳴らして嗅ぎあてようとする山川は、しまいには鼻をすりよせ花子の髪や首すじまでたしかめた。「わたしの匂いだと思っている」と花子は怒って後じさりする。「にんにくじゃない？」「ちがうさ。もっと悪い匂いだよ」「大根かな」「ちがう。君また御飯を残したままにしといたな」「アッ、そうだった」そんな騒ぎのあと、宗祖はもじられていつか臭素と化したのであった。

冬は大根、夏は胡瓜、十円買っただけで食べ切れなかった野菜が次第にちぢかまり、気味わるく変色して、かすかな匂いを寝ている枕下に流した。釜の底、ふかし器の隅、蓋はしめてあってももれ出す濃厚な臭気の方角に、山川が目をやると、花子はもじもじと膝をうごかして見つかったことの具合わるさを正直に示した。白い米飯の塊りはほとんど見事といってよいほどの変化を見せ、或る部分はうす青く、ある部分は黄紅色、そしてうぶ毛のようなかびを生じて、高山植物の一種を思わせた。「御飯をくさらせたら目がつぶれる」少女時代にばあやから言いきかされた文句をそのつど口にしながら、やはり彼女は始末を怠った。

鍋の水に漬けて忘れていたもやしが日毎に匂いを増すことがあった。白濁りした液体はやがてブツブツと油をうかべはじめる。花子は腐り傾いて使用できぬ物干台へソッと鍋を出す。そして窓を閉めておく。雨水がいくらか液体の臭気をうすめる、しかし陽が射すと更に堪えがたい異様な匂いを加えた。気がついた山川が半身のり出して鍋の水をあけようとして思わず中途で手をはなした。それほど液体の反撥がはげしかったのである。

「水をこぼすからいけないのよ。底に沈んでればよかったのに」

困り切ってドギマギする女と近々と向いあったまま、山川はタオルを鼻にあててうなずくばかりであった。「ゴミ箱に棄てれば近所の人に怒られるし、遠くへ行くにも鍋持って歩いてるあいだも匂うし。奥さんに見つかったら大へんだし」

「便所がいい。水洗の水を流しちまえばわかりゃしない。奥さん今いないだろ」

「勇気を出して、そうしようかな」

男が声をいくらか荒だてると、花子は悲壮な面持ちで鍋をかかえ、追われるように階段を下りて行く。

原因が不明なこともあった。腐敗した飯を棄てても室内の臭気は変らなかった。「これかな」男はながいこと栓をしたままの塩辛の容物を食卓からとりあげた。土産用の茶褐色の小さな焼物に中身があるかどうかもたしかめず、物干台の下にまだ家も建たぬ空地、焼けのこった灌木の茂みの中へバサリとそれを投げ入れた。悪臭はまだ消えなかった。「それじゃ、これかも知れない」物干台の青黒く朽ちた板の上に赤錆びた口をひらいてころがされている罐詰を、次から次へと、力いっぱい投げすてる。その山川を、花子は「へんねへんね」と心配げに小首をかしげて眺めている。すべての詮索もむだであった。匂いは少しうすまるかと思うとまたねばっこく部屋にみちた。まるでいらいらする花子を嘲笑するように、それは襲って来た。

苦笑して不機嫌に寝ころんでしまった山川の傍によりそい花子は「もしかしたらこの臭い部屋が嫌になって、このひとはもうここへ来てくれなくなるかもしれない」という暗い不安に、またしてもとりつかれるのであった。そのようにして白痴のようにだまりこんで、ジッと考えこんでしまうのが、一日に二、三回は起きる彼女の習癖である。自分の好きな男がいつかきっと自分のもとから離れ去って行く、それは自分がせっかく苦心して探し出した部屋からやがてかならず逐い出されるであろうという予感と共に、何かしら信念に似て彼女の胸にこびりついている重苦しい不安なのであった。部屋を得ることは男を得ることであり、部屋を失うことは男を失うことである。そのいじわるく密着した二つの不安は重なりあって重量を増し、兄の家をとび出して自活する彼女の小柄な全身を、いつもおさえつけていた。

　すばやく機転を働かせられるたちではなし、ふりの客に愛想の口もほとんどきかなかった。ついこないだやめた酒場では飲み役を一人でひきうけ、出される酒は、いくらでも飲みほした。二十五にしては子供くさい丸顔に大きな瞳をすえ、無言でコップをあける彼女を、客たちは面白がったり、気味わるがったりした。可憐とも見え図太くも見える彼女をよくよく観察したあげく、店のマダムは「あなたというひとは、あなたの内容がよっぽどわかったお客でなきゃとてもつきあえないわ」と嘆じた。そんな客は物好きな学生以外にあるわけはなく、時たま金のある老人が「妾にならないか」と口説くばかりであった。

「君は丈夫だな」と山川はよく感心した。「君は全く丈夫だよ」

　すると怨めしげに男を睨んでいてから（時には瞼のふちに涙までにじませ）いきなり肉づきのよい手をのばして相手の顔を正面からつかむか、ひっかくか、それとも腕や肩をドスドスたてつづけに殴りはじめる。

「どうしたのかね」女の意向はよくわかっていても、男はそうたずねるより仕方なかった。

「丈夫ということはつまり馬鹿っていう意味でしょう。わたしのこと嫌いなのね。そんなこと言って」

「そういうわけじゃないよ。ただ丈夫だなと思うからそう言う……」

「いいわ。丈夫々々ってそんなことばっかり言って、ちっとも綺麗ってほめてくれない。

やっぱりわたしのこと好きじゃないんだな」

「誰だって面と向って綺麗だなんて言えやしない。そうだろ。よく考えてみろよ」

「ウソよ。綺麗だと思ってれば少しはほめるはずだわ。つまらないな」

必死の形相は怒気を示すより多くは悲哀にこわばった。男のなぐさめもまるでうけつけない。しばらくは身じろぎもせずにいてから花子は「やっぱりわたし馬鹿かな。丈夫だからな」とあきらめたようにつぶやく。

花子は山川との恋愛の結果、堕胎手術を三度うけた。いつも同じ医者だったので、あまりの短期間の連続に商売はぬきにして手術はしない方がと医師はすすめた。全身麻酔はむろんかけない。入院の設備もない小医院、看護婦なし、医師夫婦だけの名ばかりの手術室で、三度目は完全に気絶した。悲鳴をあげてもだえる花子を「何て大げさなひとでしょう」と冷くたしなめていた医師の奥さんも、失心してなかば硬直した彼女の身体をまえにして狼狽した。それでも三時間ののちには電車にゆられてやっと家までたどりつき、その翌日は二階から階下まで、湯たんぽをかかえてころげおち、また三十分ほど気を失っていた。山川も主婦もいない板の間に、自から意識をとりもどすまでただひとり倒れ伏したままであった。山川が感心し、花子も厭々ながら自分の人なみすぐれた健康をみとめねばならなかったのは、その経歴のためであった。

「わたし拷問なんて平気だと思ったわ。だって気絶すりゃ痛くもなんともなくなるもの」

彼女は女特有のその経験を得意そうに弟に語った。「姉ちゃんなんかえらいな。もし入党して警察につかまったって大丈夫なんだから」

「気絶するまでが大へんだな」社会主義者の弟は、憂鬱そうにうつむいていた。

「そりゃとっても大へんだから。もう二度とやりたくないわ」

そんな無邪気な豪語をするくせに、花子には人一倍気弱な一面があった。部屋も男も失ってしまう未来を怖れて想いつめる日が多いのは、その単純なあらわれである。富豪の父の手一つで母なきあとの少女時代、甘やかされて育ったためか、あくどいこと、押しづよく他人の意志をふみにじることができない。少しでも手練のある相手に人情がらみで来られれば手も足も出ない。

その無抵抗性と思案ののろさがいれまじり、ついには呆然として時間の経過に身を委ねてしまう。その結果、おかしいほど下宿の主婦などに気を使いながら、わが一生に関してはおそろしい無計画におち入りがちであった。彼女の保護者であるべきはずの画家山川も、こんな彼女の性格を、どうとりさばいていいか、判断に迷うのである。

小田急沿線の旅館の裏部屋から、神田の商店街の三階へ引越してもう一年に近い。前の下宿を逐い出されたのは、泥酔のためである。勤めの晩《おそ》い夜、前後不覚に酔って帰っても、ふだんなら旅館の主婦へ丁寧な挨拶は忘れたことがない。家を失う恐怖心はルーズな彼女の日常神経を、その点だけはピリリとひきしめていた。その夜は駅前でチンピラに襲われ、泥路を逃げまどって足指から血を流していた。玄関にたどりついてからは、畳や廊下を這っては休み一息ついてはまた這った。手足やスカートにこびりついた血と泥は、涙や汗と共に、裏部屋までの曲りくねった家内に、動物があばれたような痕跡を残した。物も言えぬ昏迷状態で、大切な「ただいま、花子です」の一句がどうしても声にならなかった。二十女の酒量を越しても、客の酒代をかさませなければ月給がもらえない。お店での彼女の特殊任務を理解できぬ以上、誰が見てもふしだら女の許しがたい酔態であった。

夜半の女の一人歩きは、新生文化国家の首都でも危険きわまりない。都電の停留所へ二分とかからぬ今度の三階を選んだのも、短い期間に豊富に積んだ苦い経験に訓《おし》えられたからである。

焼け残った五軒一組のその商店街では、防火用の赤銅トタンが、通りに面した表側全体にビッシリと貼りつけられ、附近の主婦や娘たちの買物でにぎわう黄昏どきには、ギラギラと赤紫色に金属の光沢を放った。窓の上までのしあがっているその手軽な防火壁のおかげで、三階の窓から電車線路を見下すことはできない。少しひっこんだ三階の窓と防火壁の間には、二尺ばかりの張り出しがあって、枯葉を二、三枚つけた灰色の植木がぶざまな姿をさらしていた。植木を守ったはずの木箱はバラバラにこわれ、ずり落ちた泥が乾いた街の風に吹かれ、それでなくとも埃っぽい室内をザラザラさせた。坐れば頭部より一尺高いその張り出しに、隣の三階を修繕する大工さんの紺の股引だけが見え、ミシリミシリとトタンを踏む音が花子を怖がらせたりした。

雨が終って暑さをます頃から、階段にのぞむ板戸はあけはなしてある。朝鮮人の主人と別れてからの主婦はひっそりとした二階で物音もさせず、一階事務室の給仕女が炊事場をガタゴトさせる以外は、家内はたいがいしずまりかえっていた。一階はたえず商売をかえ、菓子屋から氷屋に、それが洋裁店にかわったが、今では正体のわからぬ金融業の看板をかかげ、事務室では元気のよい猥談にまじり朝鮮語の相談もきこえた。主婦と離婚した二階の主人と同じく一階の経営者も朝鮮の男であるが、荒々しい罵り声を発したことはない。時たま二階の主婦の朝鮮料理を炒める音が階段をつたわり、独特の匂いがたちのぼってくるが、にんにくを常用する花子には苦にもならなかった。もしもできることならこの三階に永住して、一週一回は通ってくる山川と共に、楽しい戯れをつづけたいものだ。これが花子のつつましい念願である。

しかし一九五〇年は、あらゆる日本女のひかえめな念願をも、ながつづきさせぬ気配を漂わせはじめていた。

花子の現在の職場は、下宿から一丁とへだたらぬ音楽喫茶店である。御茶の水駅の裏口から病院や学校の堅固な建物がつづく、その世帯じみない石材やコンクリートの壁で両側をはさまれ、真夏でも涼しい風の吹きぬける坂、それが都電の走る商店街へ出る一歩てまえにその店はあった。店のガラス戸を押して中へ入ると、正面に坐った電気蓄音機の大げさな木箱の上方に純白の壁をそこだけ黒光りさせて、楽聖ベートーヴェンのブロンズのデスマスクがかかげられている。いかめしいその死相は永遠の眠りに入りながら、なおもむずかしげに眉根や口もとをしかめていた。レコードを聴く店としては妙に明るすぎて、少しの屈折もなく並べられた椅子、テーブルは、かなりこったものであるのに、全体として待合室に似たあじけなさがあった。ミルク一杯で、五番だ九番だと十枚以上のレコードをかけさせる客がねばっていた。

「つまらないな。これじゃ商売にも何もなりゃしないわ。朴さんてなんにも知らないんだな」

注文の飲物を炊事場からつき出す狭い口の下の椅子に半日ばかり坐ると、花子はそう思った。

「レコードを聴くひとってみんな馬鹿みたい。自分だけ芸術がわかる顔つきしてさ。少しわたしが大声で笑うと、すぐこっちを睨むんだもの。お酒を出さないでやってけるはずがないじゃないの」コーヒーやサイダーだけではとても店はたち行かぬであろうと、その日のうちに彼女は主人に提案した。

「ここは上品な店なんですからね。そのつもりでいてくれなくちゃ困るよ」若い朝鮮人の主人は困った女だと、軽蔑するように答えた。「あんたは知らないだろうが、平壌にはとても大きなレコードを聴く店があるんだ。北朝鮮ではバーやカフェは一切禁止されているから青年たちはみんなそこへ集ってくる。朝鮮には世界的な音楽家がいくらもいるんだよ。みんな音楽が好きだからね。だから健全な高級な音楽を普及する店がどうしても必要なんだよ」

容貌もすぐれ立派な体格をした主人が堂々と理想をのべるのを、花子は無表情にだまりこくった顔を横向けようともせず、聴き流していた。

朴さんははじめての客が来ると、すぐ店の奥の壁に一枚だけ広告用に掛けてあるプラスティックの新盤をとり下した。その鮮紅色の盤はなめらかな軟かい光をふくんで、装飾用の宝石のように見えた。曲が終ると今度は電蓄をラジオに切りかえ、「ほら、お聴きなさい。今やっているピアノの音はちがうでしょう？　これはね、この放送室の壁の仕掛が特別うまくできてるからなんですよ。ね、日本でここが一番いい壁なんですよ」と説明する。そして最後には、一人息子にヴァイオリンを習わせている自慢になるのであった。五つになるその男の子はあばれるのがすきで「まさかねえ、そんなことないでしょう」などと大人をからかう方に興味をおぼえ、せっかく親が注文した高価な楽器にはほとんど手を触れない。若い父は子供用のヴァイオリンをいじくり廻して壊してしまい、「何てひとでしょう」と奥さんに叱られていた。若いわりに神経質な面もあって、花子がにんにくを常用していると聴くと「いけませんよ」とすぐそれを禁止した。「日本人の客はあの匂いをきらうからね。やっぱり朝鮮人が経営してることは表面に出さない方がいいんですよ」と噛んでふくめるように彼女に言いきかせる。その傍で病身の奥さんは「にんにくを使わないとおいしくないのにねえ」とこぼす。すると花子に対する丁寧な物言いとはうってかわった物凄い勢いで、血色のわるい妻に向って朝鮮語の罵言をあびせかけるのであった。

つい最近まで中国人の養女になりたがっていた花子は、相手が何国人であろうと差別をつける性質ではない。むしろ異邦人の方に気のおけぬ親しみすら感じていた。それには廉い放出物資が出まわる前、進駐軍用の品物を売りさばく行商になったことがある、その経験も多少影響していた。しかし華やかな割に無邪気に見える彼女の顔つきに、どこか混血児らしい可愛らしさがあり、中国人にも白人にも初対面で好かれるその楽しさが、毛色のちがい、不明な外国語に笑いかけたい気やすさをあたえているにちがいなかった。彼女を守ってくれる親兄弟がない、そのかわりいつ外国へでかけようが異議を申立てられる心配もない。ＰＸに出入するには中国人の養女になり、その証明書を入手した方が都合がよいと聞けば、すぐその気になれる自由さがあった。

ただ今度の店の場合、主人の朴さんがたよりなく思われてしかたがないのである。理想主義の好人物、それがかえって不満である。客あつかいはバーテンの仙波と花子に任せ、主人は仕入れに専心している。売れるはずのないカステラなど仕入れて来て、差出し口のガラス箱の中に陳列しておく。何日たっても一切れの注文もないとわかると、子供と二人で「うまいなあ、うまいなあ」と食べてしまう。仙波と花子が店にいない日、主人夫婦がいちごミルクの注文をうけた。「ありません」とことわるのが嫌いな朴さんはすぐ妻に苺とミルクを買いにやった。コップに苺をいっぱいつめてみたがうまくいかなかった。「たぶんこうやるんだろう」と夫婦して苺の実を全部つぶし、ミルク入りのジュースにしてテーブルへ運んだ。客はその桃色の液体の入ったコップを眺めて「近ごろは便利な苺ミルクができたんだな」と驚いた。

附近の若い者が来て「チャイコの五番をかけてもらおうかな」と慣れた調子で曲目をえらぶことがある。「ハイ」と答えて、レコードを探しながら「チャイコフスキーがチャイコなら、ベートーヴェンはベートかな。へんなとこで通《つう》がって、笑っちゃうわ」と彼女はそんな客が馬鹿々々しくなる。その種の客がコーヒーだけで十二時近くまでねばると、下駄の日はわざとガタガタ板床を鳴らして歩きまわった。

「もしも、一軒自分の店がもてたら。どんな小っちゃい貧弱なのでもいいから」裂けた腹から古綿のはみ出した蒲団と、桃色が垢と埃で鼠色にかわりかけた毛布の間に、けだるい身体をのばしながら、自分の未来を彼女は空想した。「やはりお酒の店がいい。現金主義にして。戦争がはじまれば、みんなヤケになるから、お酒を飲むんじゃないかな」

そんな時、かすかな蠟燭の火が遠くまばたくようにうす明るい前途がチカチカとあらわれかけるのであるが、すぐまた周囲のどす黒い闇がドッとおしよせてくる。朴さんは月給を今月もくれそうにない。たった一枚の夏服はビリビリに破れたし。占い師は三人が三人とも「用心しないと変死しますよ」とおどかしたし。階段からころげ落ちて気絶したとき打った腰はひどく痛む日がある。それに弟が口ぐせにする「革命」が今に起きたら、市街戦がはじまって酒場も喫茶店もなくなるにちがいない。そうすれば行商もできないし、靴みがきもできない。「俺は世の中が右になっても左になってもダメな男だ」と広言しているくらいだから、山川はそんな時になれば自分をかばってくれる力などあるわけもない。たよりになるのは十八歳の給費生である弟だけだ。あの弟が偉い革命家にでもなってくれれば、姉《ねえ》ちゃん一人ぐらいは何とか救ってくれるだろうけれど……。

それでもやはり彼女は夜店に並ぶおでん屋でもいいからと、その夢を棄てかねた。その相談を持ちかけると店の名だけはすぐつけてくれる年寄の客があった。「牡丹亭じゃな。これならいいよ。牡丹亭じゃな」風流な老人は何度もその名をくりかえした。

「わたしの顔が牡丹に似てるってわけかなあ」花子はその屋号の由来を山川にたずねた。

「牡丹灯籠から思いついたんじゃないかな」山川は花子のいきごみをうす笑いでつき返すようにそう答えた。

「牡丹灯籠って？」

「怪談のあれさ。死んだ女が男を想いきれずに、夜になるとカランコロンと下駄の音を立てて通《かよ》って来るのさ」

「あれは幽霊じゃないの」

「だからさ。幽霊になって通ってくるぐらい執念ぶかい……」そう言いかけて山川はすぐ「つまり情の厚い女の心、その意味だろうね」と言いなおした。

しかし男の口ぶりに熱心に注目していた花子はいきなりサッと顔色を曇らせた。

「イヤよ。幽霊なんてイヤよ……執念ぶかいなんて、よくも言ったな」そして悲しげに目を見張ると例によって、男の上半身をぶちはじめた。ひじから先を垂直に曲げ、肩よりすこし後へそれをひいて、二、三回ぶってはもとへもどす、その姿勢が幼女の喧嘩に似ていた。「そんな風にわたしのこと思ってる。好きじゃないんだな。やっぱり、だまって、そんな風に考えてるう」

腕や肩を殴られるにまかせていた山川は「ちょっと待てよ。もしかしたら中国の牡丹亭還魂記からとったのかもしれないんだ」と言った。

「それはどんなの」疑ぐりぶかそうに男を睨みながら、花子はたずねた。

「その方ならめでたい話なんだよ。その方なら、女が一度死んでまた墓の下から生き返るんだから大丈夫だよ。そしてしまいに想う男と結婚するんだから」

「ほんと？　そんならいいけど。死んでまた生き返るんなら」女はやや機嫌をなおした。

弟の源三の学内運動ははげしくなり、選挙が開始されると、大工場までアジ演説にでかける。疲れ切ったカラ咳で肩をひくひくさせながら、花子の部屋に入るとグッタリと隅の壁に背をもたれていた。外食券のうどんを日に一回たべるだけの血走った眼を、往来に面する防火壁にキッと向け、景気よく走る自由党のトラックから三階まできこえてくる学生アルバイトのメガホンの声に聴き入っていた。憎い奴めと苦笑しながら、それでも大人ぶったゆとりを示して「奴ら、俺たちがマイクもなしで演説してると傍を通っても恥ずかしくなるらしいんだ。『しっかりしろお』ってトラックの上から怒鳴って行きやがるのさ」と、姉のそぶりも見ないでつぶやいていた。そんな弟を「狸みたいな顔していて可愛いな」と花子は考える。「こんなことをやっていてしまいに死んでしまやしないかな」と心配にもなるのであった。

酒好きの源三は焼酎一本たいらげても、平気で自分の下宿にひきあげた。その下宿でも源三の思想傾向がわかってからは、出て行ってくれと毎日のように催促した。そのため姉の三階にころがりこみ、泊めてもらう夜が多くなっていた。「源三は姉《ねえ》さんにほれてるって、友だちのあいだで評判なのよ」と彼女は山川にも自慢していた。山梨県の山村に病気の父と共に疎開していたころ、別荘から下の村まで配給の米をもらいに、けわしい山路を彼女は往復した。そんなときまだ幼なかった源三は、姉のあとからまといつくように石ころ路を走って行った。農民の子供たちにいじめられても、あくまで反抗して逃げ出さない弟は、顔じゅう血だらけにして家へもどる。そのめんどうも花子一人が見てやっていたのである。

「俺、工場の組合大会へ行くと、来賓席の椅子に坐るんだぜ」そう言って現在の弟はニヤニヤする。

「俺、要領がいいからなあ。最初は工場の連ちゅう、どこの餓鬼が坐ってるかと思ってるんだ。ところが一たん喋り出せばシンとしてしまうんだ。チャンと拍手させようと思えばそこで拍手するからな」「姉ちゃんだっていざとなれば度胸がいいんだから」

弟を相手にすれば花子は負けていなかった。「姉ちゃんなんか、本なんか読まなくても意識はいいんだから。女子大出の学生なんかキャアキャア議論したってダメよ。すぐ泣いて親の家《うち》へもどったりするじゃないの」

「ウン、姉ちゃんはわかることはわかってるからな」

「そうよ、そうだろ」

横坐りした腰をはずませて、姉は嬉しそうに笑う。「ウンウン」合槌を打つ弟は、適当に姉をおだてる術も心得ていた。

「姉ちゃんが人民裁判にかけられたら助けてくれるかい」

「ウン」

「山川さんは？」

「……あのひとはどうにもならないな」

「どうして」

「画家としたってもう行きづまってる」

そう言い切られると花子は弟の自信が憎らしくもなった。山川の画は今でもあまり通用しないが、月々の部屋代を半分はすけてくれる。その金も手に入らぬ時期、それよりも山川の生存が無意味になる時代が近づいてくる。その予感が彼女を時々苦しめた。「あんた生意気言ったたって山川さんの本質わかるの？　あのひとだって偉いんだから」とむきになって弟に抗弁した。「たとえあのひとが無視される時代が来たって、わたしは好きなんだからいいよ」

姉を苦しめるのを嫌う弟は、口をつぐんで淋しげな苦笑に意見をまぎらした。

外食券食堂で一食十三円の米飯だけを鍋にもらって帰ってくる。そんな日がつづいた頃、花子は卵を好んでいた。遊びに来た山川が買ってくれた鶏卵を生《なま》で飲みながら「何ともいえない味だわ」と、舌なめずりしては目を細めていた。それ故チップが余った夜などは、痩せおとろえた弟に、今度は自分で卵を二つ買ってあたえた。茶碗に落した色のよい卵を源三はニコニコして掻きまわす。念入りに掻き廻してから唇を黄色くそめ、嘗めるようにゆっくりとそれをすすった。眉と眉のあいだがひらいている両眼を細めて「うめえなあ」とつぶやく、その入神の状態が姉そっくりであった。

姉を訪ねて喫茶店へ来る源三を、朴さんはひどく歓迎した。もちろんこの十八歳の学生の思想が気に入っていたからである。「そうですよ、そうですよ。今度の政府のやり方は全くひどいですよ。お話にならないね」と源三を相手に青年らしく語り出す。その話になると主人は商売はそっちのけにして、いつまでも熱っぽく喋りつづけた。

店のさびれ方がはげしいので朴さんは酒を出すことにしぶしぶ賛成した。焼酎に酔った若い客たちが板床をふみ鳴らしてでたらめのダンスをやる夜などは、主人夫婦は、狭い炊事場につづく四畳半に、眉根をしかめてちぢかまっていた。酔漢をきみわるがる主人は、「ダンスはなるたけ入口に近いところでやってくれないかな。奥の方は板が腐って弱ってるし、第一電蓄にもしものことがあったら大損害だからなあ」と、憂鬱そうにこぼした。店の状態は彼の真面目な理想とは次第にかけはなれ、レコードに耳かたむける常連のかわりに、荒々しい酔い方をする客が出入した。日覆いのない店先からは夕暮まえ、街埃をうかべた日光がジリジリと射しこんだ。油絵一つ掛けてない三方の壁はただ白々と照し出されて、客の姿の見えぬ店全体が、荷を持ち出したあとの物置場に似てくるのであった。

主婦がキリスト教徒であるため、日曜にはしばしば同信の朝鮮人たちの会合が行われた。一文の金にもならない二十人もの客たちは、花子にはわからぬお祈りをささげてから、皿に盛りあげた大量のライスカレーを、おいしそうに平らげる。それでも足りずに、まだ残りはないかと炊事場をのぞきに来た。そのカレー汁も、一、二回は、花子が朝早くから精出してこしらえたが、しまいには「月給もくれないのに」と日曜の出勤は自分勝手にやめにした。朴さんが下宿までむかえに来ても、三階にとじこもって階段を降りないでいた。

「朴さんは人の使い方を知らないからきらいだわ。それに、あのキリスト教の朝鮮女たちは、日本の女に指図できるのが嬉しいもんだから、むやみやたらに用を言いつけるんだもの」そんな時にはニコライ堂の鐘の音まで空々しく宙にひびいて、彼女の胸にしみ入らなかった。「朴さんもあんなお客ばかり集めていたんじゃ、お店ももう終りだわ」ガスをとめられて、炭火でコーヒーをわかす。自慢の電蓄も買い手を探していた。店の前を往復する夜学の学生たちは、授業時刻や帰途をいそいで、この内容の模糊とした喫茶店を見向きもしない。ブラブラと大学の校門から坂を降りてきた昼間の学生も、ビール一本いくらかと胸算用して容易には入りかねていた。

客のない店の奥にぼんやり腰をおろした花子は、明るい道路の向う側の八百屋の店の人だかりに、昨夜の酒と煙草でうす黄色く濁った眼をジッと大きく見開いて、蚤の食いあとのある脚を組みなおしては眺め入っていた。いかにも古めかしい青錆びた石垣の下に、古トタンの屋根がさしかけてあり、路の曲り角にだらしなく場所をとった野菜の荷は、青く白く、或いは鮮紅色の植物の艶《つや》をかがやかして並べられてあった。樽からつまみ出された沢庵漬の黄色は、白昼の光線の下では何か邪悪なまでの濃厚な色彩である。若い衆の黒い手からおかみさんのデブデブした手に渡されるとき、沢庵は動物の尻尾のようにピクピクと揺れた。白系ロシアの青年と手をつないで、背の低い横太りした洋パンガールが、ふざけ半分の買物をすることがあった。背の高い少年じみたロシア男は、女のあげる金切り声が恥ずかしいらしく、何度もそこから逃げ出そうとして、またひきもどされていた。その気弱な男の腰にたくましい肩をこすりつけながら、女は楽しげに品物をえらんでいた。

　山川の足がとだえ、弟も姿を見せず、夕方の食事の金もあぶない日には、彼女は突然たまらなくなって、店の入口のガラス戸を押しのける。道路を横切って八百屋の小僧さんの前につっ立つと、「玉葱を一つちょうだい」と叫ぶ。それは全く胸の底から重苦しい都会の夏の空気を切り裂くために、彼女の叫べる唯一の言葉であるかのようであった。「ヘイ、玉葱を一つ、それから何をさしあげましょうか」

「それから……」小僧さんのかける計量器の針は、たった一つの玉葱の重みでブルブルと気ぜわしく左右に廻った。「これが三円になります」「それからもやしを少し」……「ヘイ、もやしを少し」両掌で桶の水からつかみ出されたもやしは、水の滴に白く光りながら指の間からもれ落ちた。グズリと白くよじれながら落ちるとき、それは、植物の芽というよりは、むしろ泥から掘り出された幼虫か、抜けおちた奇怪な牙のように見えた。小僧さんは丁寧にそれを新聞紙でくるんでくれる。「丁度、全部で十円になりますが」まるで十円しかない彼女の懐中を見すかしたように、見る見る濡れだす新聞の包みを八百屋はグイと手渡してくれた。

　そのようにわびしくさびれはてた店内が、或る日突然活気をおびた。いつもあまり店さきに顔を見せぬ主人の朴は、顔面を蒼白に興奮させ、筋骨たくましい色白の腕に静脈の筋を盛りあがらせ、来る客来る客に向って、喋りつづけていた。「オヤ、北軍が宣戦を布告したな」夕刊をとりあげて客の一人が驚くとすぐ、彼はその客の傍に椅子をひきよせる。

「宣戦だなんて大げさな。自分の国をとりもどすんですよ」

「ともかく戦争か。えらいことになったなあ」思いもかけぬ珍事が起ったと、日本人の客は声を高める。「どっちにしたってロクなことないな」

「北軍は強いからね。じきにソウルを落すよ」

「そうだろうか」

「そりゃそうですよ。韓国軍は逃げるばかりだからね。いつまでたったって平壌へは行けませんよ。南朝鮮各地にゲリラがいるしね」

「しかしわからんぜ。末はどうなるか」

「北軍には思想があるからね。南の軍隊はとてもかなやしないですよ」

日本人の無理解を怒るように朴は執念ぶかく主張しつづけた。客が話をそらそうとしても、その話題を手放さなかった。

「朴さんてあの話がしたくてしたくてしようがないのよ。さっきからおんなじことを何回も何回もくりかえし喋ってるんだもの」何も知らずに主人の意見に反対しようとする客に、花子はソッと忠告してやった。

「今に見てろよ」と、まるで自分が実戦に参加したように勢いづいた主人は、暑さで弱りはてた妻にも、おっかぶせるように言い放った。「お前の親類なんかみな殺しになるから」

そうおどかされるたびに、おとなしい妻はおびえて子供を抱きしめるのである。彼女の生家は南朝鮮で有名な旧家なのであった。苦学生だった朴は大学を卒業してから、彼女の家から金をもらって今の店をはじめた。妻の親戚の者の経営する会社にも入ったが、事務はまるで出来なかった。「うちの主人は大きなことばかり言って、何もできやしないんですよ。わたしは何度離婚しようとしたかわからないんですよ」常々、花子や仙波に向って嘆かわしい自己の不運を彼女は打ち明けていた。「この子がおなかにある頃だって、わたしのおなかをギュウギュウふんづけたりしてね。とても乱暴なことをするんですよ。こんだまた気が強くなったから、どんなことされるかわかりませんよ。逃げ出せば殺されそうだし、逃げて行くところもなくなりそうだし」

殺気だったその当日から、たしかに朴さんは荒々しくなった。妻を蹴倒し、髪の毛をひきむしり、唾を顔に吐きかけては口汚く罵ることが度重なった。怒り出せば、他に人がいても暴力をふるった。あのおとなしい主人のどこにそんな狂暴なエネルギーが匿されていたかと、はたでながめる花子までが細君に同情した。「人民裁判にかけて、俺を馬鹿にした奴らはみんな殺してやるから」眼をすえてはそう口走る。金銭的にかなり慎重だった彼が、酔ったまぎれに入口の大ガラスをぶち割ったりした。戦時中、警察官にいじめぬかれ、終戦後も日本人の冷眼でジロジロなめまわされ、世話になった同国人から無能力者としてさげすまれてきた怒りが、曲りくねってあらぬ方へ噴出しているにちがいなかった。九月一日、大震災の日の朝鮮人虐殺の恐怖が、二十余年の後までも反動となって、彼の神経を錯乱させるのかもしれなかった。

今まで古沼のように無気力にしずまりかえっていた店の内部は、たえず出入する朝鮮の男女の口々に叫ぶ激論のため、発見されたばかりの油田のように湧き返っている。主人の弟はあくまで大韓民国を防衛せよと主張する。兄より更に一まわり大きいその学生は、赤銅色の頰の骨をグリグリ動かしながら「左翼の奴ら、今度こそ全滅させてやる」と卓を叩いて断言した。「このあいだの学生大会の時も長い棍棒でもって奴らの脛をかっぱらってやった。煉瓦や石ぐらい投げやがったって負けているもんか」兄と弟は憎しみの視線をギラギラと交しては、相手を屈服させようと猛りたつ。今にも血を流しそうな兄弟の口争いを耳にしながら、貧血する頭部をむりにシャンとさせ、病弱の妻は暗い炊事場でにんにくをきざんでいた。日本人の客に対する気がねも忘れた朴さんは、久しぶりで朝鮮料理を許可した。薄い輪切りにして浮べた胡瓜の緑色と、たっぷり撒かれた唐辛子の粉の赤さ、冷水の表面を光らせる油の色、精分の強いその料理を流しこんでは、朴一家とその同郷人は神経をピリピリと緊張させる。骨肉相食むそのすさまじいもつれあいに、けだるい身体を持てあましていた花子までが知らず知らず殺気だってくるのである。

「仙波さんがわるいのよ。わたしをこんな店に世話して。一体いつになったら月給を払ってくれるの」小男のバーテンを相手にとって彼女も人並みの怒気をあらわした。「あなた、自分だけは奥さんから日給もらってるんですってね。それであなたはずかしくないの。ストライキやるなら二人して心をあわせなきゃ駄目じゃないの」

南軍か北軍か、どっちの味方かと朴一家に問いつめられるたびに、主人、細君、その弟の三人に三様の答えのできる腕前のある仙波は、女の酔いがさめるまでの辛抱だと、のらりくらりした返事でごまかした。

「外食券はある？　なければ僕のを貸してあげましょう。腰はまだ痛む？　まだもみ方が足りなかったかな。横におなりなさい。今晩は充分にもんであげますから」

仙波は白く細い手で指圧療法を試みる。呼吸がつまるほどもみほぐされても、何物へとも知れぬ怒気は容易におさまらない。われひとり雨脚も風の行方も見えぬ暴風雨にさらされているような怖れと怒りは、それでなくても棄てばちになりがちな花子を危険な目まいにひきずりこもうとする。

「ええBの十六番、Bの十六番。お次はGの四番、Gの四番」三階の部屋では通りの向うのビンゴゲームの係りの声が十時すぎまで聴える。「お次どうぞ。慎重にねらっとります。さあどうぞ。アッ、投げました。玉は転々としてNの十五番……」ラジオよりかん高く夜の街にひびくその声は、せせこましい調子で彼女をいらだたせた。この建物の正面から隣家との間の細い出入口をくぐると、一階の横手にひらいた入口、そのガラス戸をひきあけるとき、けたたましいベルの音がする。今度は山川かなと聴き耳を立てているとあし音は二階まで来てとまってしまう。日本人の妻と別れた朝鮮人の主人は、正式に離婚した後も時々あそびに来ていた。

「どなた？」寝床に入ったままベルの音に問いかけた主婦が安心したように「ああ、あなたなの。こないだ来たばっかりなのに」と言う、すると花子は「なんだ金山さんか」とガッカリするのであった。

一度離婚した主人が何故今でも奥さんを訪ねて通うのか、異国人どうしの男女関係のむずかしさは理解できないが、二人がそろって自分に親切にしてくれる以上、花子は無関心である。ただ血なまぐさい未来を前ぶれする朴一家の毎日の緊張ぶりが「金山さんはどういう思想だろうか」と、つい彼女らしくない気づかいをさせた。この下宿には、一階の事務所にも韓国人がいるが議論らしいものはきこえなかった。朴さんと同年輩の金山は貿易商を営んでいるとかで、背は低いがガッシリした青年であった。山川と酒をくみかわした時の様子では老成した商売人で、おちつきはらった冷静さが、無邪気でそそっかしい朴さんとまるでちがっていた。

「日本はどうなりますかね。なかなかむずかしいようですが」山川に対してそれとなく意見をたずねるぐらいで、自国の政治には触れたことがない。下の事務所の職員にも権力を持ち、別れた主婦が病気の折などは、手下の少年をよこして炊事その他のめんどうを見させている。凄みのある眼のふちに皺をよせ、下宿人の花子にも丁寧な挨拶をした。

「わたしらの国の者でも終戦後はだいぶ儲けた者もあるんですが、みんな自動車買ったり特殊喫茶へ入りびたったりしてパッパと浪費したから、たいがい一文なしになってしまってね。わたしなども、どうやら工場だけは一つ残しましたがね。金の入りがわるくて困ってます。どうやら二十人ばかりの職工は食わせるだけは食わせていますが」

　自信のある実業家らしく山川に語っていた口ぶりなど想いあわせて「金山さんはきっと南軍派だわ」と花子は判断している。山川の職業を画家と知ってから口のきき方も特に鄭重になった。その芸術家好きらしい金山の態度も花子の気に入っていた。しかし源三の意見を参考にすれば北軍派だけが真の愛国者だとも考えられる。弟が北朝鮮派と同じ目的のために、あんなに真剣になって闘っている。イールズ事件以後、いつか学生の源三は捉まってしまう、そして牢屋の中で死んでしまう、きっとそうなる、そのような不安がすぐ眼前で青白い火花を散らせる。その火花の閃光であたりが急に、真紅にひらめく旗が路上にほとばしる血潮のような色で燃えあがるのを感ずると、この下宿をとりまく南朝鮮系の人々の灰色の生活が、何かあまりにのんき過ぎるような気もして来る。

　本郷から神田までお店の客のかけをもらいに行ったかえりみち、重い足をひきずって歩いて行く彼女の頭上に、低く小さなビルの屋上から花吹雪に似た紅白のビラが舞い落ちてくる。青く澄んだ空の一角をかすめ、灰色のコンクリートや黒ずんだ板壁の傍を、ビラは軽やかに騒ぎながら降ってくる。

靴のかかとがねばりつくほど灼けたアスファルト道路の表面に、ピッタリ吸いついてはまた横すべりして吹きあげられて行く、一葉の藁半紙を、彼女は面白がって追いかける。からかうように風に踊るビラをやっとつかまえると「祖国防衛委員会」と青インキの署名が印刷されてあった。「こんなものを拾いましたわ」電話口では朝鮮語で喋れる二階の主婦に、たぶん見たがるだろうと、彼女はうっかりそれを手渡す。するといつもは気むずかしくない主婦がグキリと肩をひいて「あなた、そんな物どうして拾ってくるの」と、毒虫をさしつけられた固い表情になった。

「気をつけた方がいいね」

日毎に北びいきになって行く女の、てんで周囲を忘れはてたたかばなしに、山川が注意をあたえることがあった。

「だってビラって面白いじゃないの。急に天から降って来るんだもの。わたし山梨の山の中にいたときだって、アメリカのビラを拾って読んだもの。みんなこわがってたけどさ」

「源三君みたいに決心がはっきりしてる者はいいが、君みたいなひとはあんまりむきにならん方がいいんだ」

「だって源三の言うこと、わたしほんとだと思うわ。正しいんだもの、あの方が」

「そりゃ源三君としては正しいかもしれんよ。だけど正しいということは常に一方的な意味で正しいんだから」

「一方的だっていいじゃないの」

「それでよければ、もちろんそれでいいんだよ。ただ俺などは、もっとどうにもならない人間の淵の中へ沈んでしまってるんでね」

「……わたしは？」

「俺の目からすれば、花子はその人間の淵の黒いような緑色のような、もったりした色をベッタリ生れながらに着けているように思われるんだけどね」

「……つまり、わたしが馬鹿みたいな、土人みたいな人間だってわけ？」

「そうでもないんだがね……」

「……あんないい加減なこと言って。わたしがなんにもわからないと思ってるのね」

花子はくやしがりながら、甘えた首を山川の肩にこすりつけてあばれた。

七月も末に近い或る午後、「花子さん、ちょっとお話があるから下へ来て下さらない」と二階の主婦が呼んだ。「話がある」とあらたまって呼ばれるたび、彼女は部屋を失う予感でヒヤリとする。二階は二間、奥の一間との間の襖には、主婦はでかけるさい小さな錠をしっかり掛けて置く。階段に面した部屋は三階へ上下するさいに全部見える、何の仕切りもなくあけはなされたままである。とっつきのよく整頓されたその部屋に坐ると今さらながら主婦のきれい好きが花子をおびやかす。

「昨日の晩はどうもお騒がせしました。弟が夜遅く酔っぱらって来たもんですから」

彼女が先廻りして申しわけをのべると「男の方《かた》が酔うのは別にかまいませんよ」と主婦は言った。「金山もああやってよく酔っぱらって来ては、世話をやかせるんですから。ただ、あの弟さんね……」と言葉を濁らしてから「社会主義じゃないの」とたずねた。

「ええ少し……」と、彼女は覚悟して答えた。

「そうでしょ。わたしもそうだとは前々から思ってたんですが。昨日ちょうど、金山が来てたんでね。弟さんが酔っぱらって南側の悪口をさかんに言ってたの聴いちゃったのよ。金山の工場に弟さんとおんなじ学校へ行ってる学生が勤めててね。その学生からあなたの弟さんの主義のことやなんかも聴いてたのね。何でも委員長か何かで大した働きをしてるんですってね。金山が昨日、急にあんな学生は家へ出入りさせない方がいいって言い出しちゃったのよ。あのひとも頑固でしょう。いいだしたら聴かないのよ。それにあのひと韓国の居留民団の責任者にもなってるしね。その責任があるのよ。わたし金山とは事実上、別れてるけどやっぱりあのひとから金銭上の援助をうけてるし。この家だってあのひとの名義になってるしね。そう言われれば反対もできないのよ。だから急いでなんだけど、あの弟さん、あなたの部屋に泊めないようにしてほしいの」

「ええ、なるたけそうします」

「なるたけじゃなくて絶対に泊めないで下さらない？　金山はわたしと別れるとき山川さんにはいろいろ相談したりなんかしたくらいだから、あなたたち二人には好感を持ってるのよ。だけど弟さんだけは主義の点でね。どうしても困るんですって」

「弟によくそう言っておきます」

「金山の立場も今むずかしいんでね。自分の家の三階に北側の者をかくまってるなんて言われたんじゃ、立場がなくなるのよ」

主婦のものやさしい説明はなおもつづいたが、頭に血がのぼった花子はいつのまにか両手を置いた膝に爪を立てていた。もしも今夜にでも弟が訪ねて来たら、言われたとおりに逐い返せるだろうか。またあの弟がおとなしく帰るだろうか。やっぱり金山という人物は後へはひかぬしっかり者だったんだ。

部屋にもどるとあいかわらずビンゴゲームの声である。「はい、お次の方、投げましてOの十九番、Oの十九番。次は玉は転々としてBの六番、Bの六番」裏側の窓は物干場の向うによい見晴しを持っているが、地面にへばりついているサラリーマンのバラック住宅、右手に紫色のペンキを汚ならしく、古びさせている高い三階の建物、どの窓からも、花子のいるこの小さな裏部屋に向って、住民の好奇の視線が向けられている。アクロバットまがいの体操をやる花子の裸の手脚が、電灯の光りであからさまに浮ぶ。山川の首にむしゃぶりついて髪ふり乱して泣き叫ぶ、その物めずらしい姿態に向って、平凡な日常に飽きた品行方正な主人や悪ずれした少年の視線は、吸いよせられるように集って来る。しかし今日はそれらの視線は、朝鮮半島から日本列島へかけてようやくみなぎり出した息ぐるしい闘争のどよめきの裡に、追いつめられた市民のとげとげしい意地悪さを加えて、破れた彼女のワンピースの脇の下や、下ばきもつけぬピッタリあわせた太ももの間へくぐりこんで来るように感ぜられる。

たるんだ縄にかけられて部屋を暑苦しくしている衣類はどれも冬物である。山川のどてら、花子の赤いセーター、ポケットの裂け目が白く目立つ黒い冬外套、襟や袖口の垢で光る厚ぼったい衣類が、もたもたと重なりあって、風とおしを悪くする。これから三カ月ばかりは邪魔になるばかりのこれらの衣服類をまとめても、行李一つと、留金のきかぬ彼女の古トランクで充分おさまってしまう。いっそのこと荷物をまとめて弟と一緒に、安住できる自由の国とかへ行ってしまってやろうか。北海の荒浪にもまれる小舟の中で、姉弟二人がしがみつきあう光景がまざまざと浮びあがる。

夕食の時刻に店へ出ると、めずらしく客でにぎわっている。久しぶりでビールと焼酎を充分に飲んだ。源三が泊めてくれと今日もあらわれやしないか、それだけがシコシコと胸のしこりとなって、石のように固まっているのだ。洗足池や井の頭公園、水に臨んだ草地を選んで一夜を明かす夜がつづいていると、愉快そうに姉に告げたが、夜露で痛められた肉体が、皺くちゃな学生服の内で老人のようにしぼんで行くのは目に見えていた。

はたして女連れの弟の小柄な姿が、勢いよくガラス戸を押して乱れた椅子のあいだを縫って来ると、レモンの粉でうす濁りした焼酎のコップをカタリとテーブルに置いて、花子は思わず椅子からのびあがった。姉には目もくれず、同志らしい女子大学生と大人ぶった会話をはじめる。

「あなたはほんとに大丈夫？　よかったらわたしのとこへ来ない。心配でたまらないのよ」

豊かな家庭の娘らしい女子学生は、純白のスーツの下から盛りあがっている若々しい乳房のふくらみを、時々片手でもみほぐしながら手入れのゆきとどいた髪の毛を、源三の額すれすれにすり寄せた。成熟直前の同性の肉の弾力や肌の匂いが、そのようにして弟をやんわり包んでいるのを眺めると、嫉妬に似た憤懣が花子を襲った。

「ちょっと、危険だな」と源三は下うつむいて答えている。

「何が？　わたしのとこ大丈夫よ」

「大丈夫じゃないんだよ。あんたの胸や脚を見てると、ムラムラとしてくるからさ」

「ムラムラとしたっていいわよ。わたし源ちゃんなら何されたってかまわない」

インテリ女の赤らんだ頬が欲情で醜くふくらんだようで、花子は眼をそらす。

弟の性慾まで耳さきに感ずると、嘔気に似た気色わるさで、彼女はグウッと咽喉を鳴らした。源三があんな女を好きなはずがない。泊めてもらうためにお世辞を言っているのだ。

「源ちゃん泊るんなら」と口まで出てやめた。まだ都電も省線も動いている時刻である。

乗物が無くなってから転がりこんで来たら、今夜一晩だけはと自分に言いきかせて、弟が女と連れだって行くのを呆然と見送る。

主人はその夜もはげしく妻を殴った。客のなかに警察官がいた、それが原因である。見なれないその客はおそく来て、最後まで店に残った。例によって朝鮮問題で、炊事場や四畳半は朝鮮語がやかましい。店に坐った日本人学生の一組がやはりその問題を熱心に論じていた。あきらかに北軍派らしい学生の論調に、男は背を向けて聴き入っていた。相当な年輩なのに、酔いもしないで学生の言葉にからみ出した。「君はまちがっている」と何度もおしかぶせたが、学生もきかなかった。しまいに男は「早く帰れ」と相手に命令した。「つまらん議論はやめて早く帰れ」学生がその態度をなじると「俺はこういうものだ」と名刺を見せた。「こういう店に出入する人間は全部監督する必要があるんだ」男は開襟シャツに白ズボンで、名刺の肩書きがなければ職業はわからなかった。署の命令ではなく、彼個人の趣味にしたがってふるまっているのかもしれなかった。贋者かもしれなかった。しかしその小事件は主人の朴をひどく刺戟した。

その男が学生をせきたてて店を出ると、花子は通りに面するガラス窓のカーテンをおろした。足もとがふらついて、ガタガタと椅子にもたれた。奥さんの叫び声がきこえ、炊事場の土間に誰かがころげ落ちる音がした。酔ってかすかに鳴りはじめた耳に、犬か猫の路ばたの喧嘩騒ぎのように、ごくあたりまえな、意味のないひびきとしてそれがきこえた。すべてがもの憂く、そのため、鈍重で非情な気分だった。

「お前の仲間はみんな、あんな奴らなんだ」ドスドスと腹か腰を蹴る音がしていた。仙波は適当に気のないとめ方をしている。悲鳴と平手打ちの音がつづいた。「お前があの男を警察から呼んだんだろう」あとは朝鮮語で意味がわからなかった。細君の抗弁も朝鮮語で、泣き声が夫の打撃でグット消え、またしばらくしてそれがほとばしるようにきこえた。「死んじまえ。お前なんか死んじまえ」日本語もまじった。

花子は飲物の差出口から仙波を呼び、ハンドバッグをわたしてもらった。外へ出ると坂の角のわんたん屋の赤い灯も消えていた。電車の走らぬレールは黒々と光り、工事なかばの石だたみの割れ目が傷口のように見えた。夏の売り出しのため、両側の歩道によし簀の日覆いが出来、ひょうたんがたの提灯がさげられている。その電灯ものこらず消されてあった。戸を閉じた商店街には通行人がとだえ、遠くから姿の見えぬ乱れた下駄の音が、ばかばかしく大きくひびいて伝わって来る。

二階には明りがともっていたが、下の横手のガラス戸は外から鍵がかけられていた。外出の多い主婦はその鍵を一つ彼女にわたしてある。ハンドバッグを探したがそれが見つからなかった。昼間の主婦の御説教で頭が混乱し、部屋のどこかに忘れてきたにちがいない。ガラス戸を叩いたがむろん返事はない。電灯がつけられたままだから念のため往来へもどって二、三度あおむいて声をかける。二階ではやはり何の物音もしなかった。一階の事務室には大きな錠前がかかっている。その数字盤をまわしてはでたらめな番号をあわせてみた。ビクともしなかった。店へ引返してもあの騒ぎでは泊まれるはずはなかった。家全体がガラ空きになり、入口の錠がない以上、主婦がもどらなければ野宿せねばならない。もしかしたら主婦は弟と同類とみなして、自分を嫌いだしたのかもしれない。

この家の左手は今は焼け落ちたが有名な料理屋である。その正面には積みかさねられた岩が、ほとんど二階の高さを越えてせり上っていた。客を呼ぶため深山にまねてこしらえたその岩壁をよじのぼれば、三階の裏側のガラス戸があけられるかもしれない。靴をぬぎすてると花子は一つずつ岩の群をのぼりはじめた。青苔のかすかに生えた岩は、あまり湿気がないが、それでも滑った。ゴツゴツした岩肌が胸や腹を押しのけるようにふくれあがっている。蛙のように手足をひろげて這いのぼって行く。焼け残った柳の幹から垂れた枝葉が頬をなぜた。外灯の射しこまぬ上層の凹みには、泥くさい闇がよどんでいる。何気なく右手をかけたその掌ざわりが気味わるくザラリとする。横を見ると名物の大狸の頭部である。焼物の狸は口をとがらせ、いやらしい眼が大げさに開かれていた。「フン、おっかなくないぞお前なんか」掌をはなす前に彼女は茶色の頭を邪慳になぜた。「お前なんかえばったって、何の役にもたちやしない」巡査らしい靴音に闇の方へ身を伏せてから、ようやく最上部に立った。岩壁の裏は、建物の焼け失せたあと、その土台が土手のように夏草を生やして、奥に向ってドッシリと延びている。

三階へはとてもとどかないと一目でわかった。空地から通りへ吹きぬける風が冷い。汗で額にねばりついた髪をかきあげるとき、鼻さきに泥がつく。草の中にしゃがむと夜露で服のすそも脚も濡れた。酔いと疲れで目まいがする。虫が鳴いた。あの狭く汚い三階の一室がたまらなくなつかしくなる。弟がいてくれればと思う。両手の泥をゴシゴシ服の胸でこすった。

斜面にそって立ち並ぶ小さな家々にまじり、巌丈な学校の一角が青い夜空を区切っている。ニコライ堂の十字架が小さく小さく見えた。そのあでやかなネオンの青色はその瞬間なまめかしくさえあった。不自然な、つくり物くさい色彩が、やはり夜空の青を吸い寄せたように見えた。夜空はところどころ銀色にかすみ、薄い雲がヴェールのようにひろがる。濃い雲の流れる線だけが黒ずんで陰気だった。しかし頭上の星空は明るく美しかった。そのはてしない空のひろがりのなかで、微妙にふるえるかと思われる十字架の小さな光りは、ひどく小心できちょうめんに固っていた。「まだいい方だわ、まだこのくらいなら」突然歓喜に似た楽しさが、彼女を包んだ。「朴さんの奥さんは今ごろ泣声も出なくなっているわ」子供のように遠慮なく素足をのばすと、小石や瓦を避けて楽々と身体を地面に横たえた。ブリキ罐が跣足《はだし》の指の先で気がるな音をたてた。「ここなら誰も文句は言わないし、逐い出される心配もないわ。こんな場所に泥だらけに転がっている自分は、やがてはあの能なしの仙波のお嫁さんになってしまうのかもしれない。仙波のお嫁さん？　それも面白いかもしれない。あのひとは案外親切で気がつくところもあるから」駅の方角で星が流れた。それは気ぜわしく滑り下って消えた。アッという間に藍色の闇に溶け入る光の最期が、彼女の胸をせつなくした。また流れて消えた。この不思議な宇宙、このあやしげな世界のどの一隅でどのような戦闘が行われているか、彼女はもはや忘れはてた。口を軽くあけたまま、やがて静かな睡りに入った。

# 白昼の通り魔

私は生きのこりの者でした。私は今、これから三度目に死ぐところですので、「生きのこり」などと、わざとらしく申上げます。生きている方々《かたがた》は、死ぬまではみなさん、生きのこりなのですから、私が生きのこりなどと書くのは、それだけでもう、わざとらしい、大げさなことでしょう。しかし、たしかに生きているあいだ、私にはいつでも、わざとらしい、大げさなところがあったのだから、今となってもそういう態度からぬけ切れないわけでしょう。

私は、心中の片われでした。しかも二回まで。一回は相手の男が死に、一回は相手の女が死に、私ひとりが死ねなかったのです。それほど私が、死にたがっていたのかどうか、私が自分で判断して申上げたところで、申上げる私自身がどうも自分勝手な言い方をしているように、考えられる。私の信頼する小学校の先生や、裁判所の裁判官に、一体どうだったのかと判決していただこうとしても、それは訴えられた先生や裁判官を困らせるだけのことだ。そんなことはしない方が、ヨイコトだと思います。

あの山道の柿の木は、五年前に根ッ子から切られました。山道の柿の木といっても、所有主のある果樹ですから、エンギくそが悪いと言って所有主が、他人にうわさされぬよう切りとって薪にしてしまったのです。切り取ってくれてよかったと、私も思います。源治さんが首をくくって死んだ枝や、私の首の縄がかかったまま折れた枝のあとなど、もう二度と見たくないのだから。「柿の木にせんで、松の木にしたらよかったろう」と、後で言った男の人がいたが、それなら、二人ともそろって死ねるわけで、片われで残るより良いという意味ですから、私にとっても聴きずてならなかった。源治さんにしてみれば、杉はダメだから松とは、すぐさま考えなさったはずだが、柿と決めなさったのは、考えあってのことだったし、私は源治さんの言うとおりにしたがったのであるから、手ぬかりなどありはしなかった。源治さんは、やさ男で病身だった。私は骨組みも太く、目方も重かったりして、私の枝が折れたことでもあるし、私のからだのどこかに、自分では知らないあいだに、まだまだ、死んでなんぞやるものかという執念がこもっていて、それが目方に加わったのかもしれん。私の方には、源治さんだけ先にやって、自分の命だけとりとめようなどという、わるい下心はなかったにしても、私の執念と私の目方が、ひとり勝手に源治さんを裏切ったのかもしれん。

「名誉」という点だって、源治さんと心中すれば、私には不足があるどころか、おつり銭がくるぐらいのものだった。

　せまい、せまい、陽あたりのわるい山だといっても、あばれ川（雨量のひどいあと、いつも川すじが変化するような、始末のわるい川）の河原に近いところには、身分のちがう私ら二、三軒の家しかなかったものだ。あとはみんな、河原から数段高いところに、うまいぐあいに家をかまえ、それからずっと高くなった村はずれに、一軒だけ、私らと同じ身分の低いもん（英助）が、小屋を立てて住んでいた。

源治さんが、十九、私が十六。十六ぐらいでは、生きていることも、死ぬことも、同じように、どういう状態なのかわからぬものであります。生・死と申しても、それがどういう具合に重要なのか、わからぬまま暮して居りますから、したがって死ぐということも、どこか知らぬ遠い所へ旅行するぐらいにしか、わからないものです。去年、スワの湖にはまって、十三の女の子と、八つの男の子が自殺したので、世間ではびっくりしなさった。母親が男狂いして、家のことはかまわないし、父親はとっくの昔に家出してしまって、行方不明だったから、二人の子供が世をはかなんで死んだと、新聞に書いてありました。しかし、その母親も、たとえ男ぐるいで子供を忘れたといっても、毎日ニコヨンの土方に出て、かせいでいたのですから、怠け者ではないし、子供たちにも食物はやっていたのだから、子供をいじめていたのとは、わけがちがう。湖にボートをこぎ出して、姉が自分でボートをひっくりかえして、弟もいっしょに水の底に沈めたという話です。山の中から来て、あのひろびろとしたスワの湖を眺めれば、まるで夢のようで、何とも言われぬほど、おもしろい、よい気持だったのでしょう。暗いとか、けわしいとか、せまくるしいところは少しもなくて、おだやかな水がおどろくほどタップリとあって、春の晴れた日で、風もない、寒くもない、愉快であったばかりでありましょう。スワの町は、溝のように温泉が流れていて、女衆が、湯で洗濯をしたり、大根や菜ッパを洗ったりしているところだし、古い太い桜の木があって、花が咲いていたでしょうし、このまま死んでも、もう思いのこすことはないと、姉は考えたのかもしれません。山すそのなだらかな地面が湖の水とつながっているように、生きていることと、死ぬことが、石段も石塀もなしにつながっていて、区別がないように思っているのだから、死ぬと言ったところで、そう特別の事をやらかすようには、考えなかったのかもしれない。

私たちの時は、夏のおわりの夕ぐれどきで、

「源治さんと死ぬなら、名誉なこったなあ」

「好きだから、死ぬだぞ。ばかたれめ。名誉なこったから死ぬではねえわさ」

「そうけえ」

私は、うす青く、うす赤く染められた夕空に見とれながら、いくら源治さんに叱られても、名誉はメイヨだわさ、と思っていました。

源治さんの家は村長で、村のまん中にあり、田んぼも山林もえっと（たくさん）持っていたのだから、若い身そらで死ぐのは、あほらしいことだった。死ぐほど、男にほれられれば、情にほだされて女は死ぐのだから、私としては言うことはなかったです。今、思いかえしてみても、結局、源治さんは「死にたがり病」にたかられていたのだと、思う。精

神病の兄さんがあって、自分も口をききたがらない、陰気な青年だったですから。たしか源治さんも、精神病だったかもしれない。精神病になると、人間は、男でも女でも、苦しいことは苦しいばっかりで、とても先の見こみはないと、思いつめるそうですから。

私の方は「先の見こみがない」などと、少しも思っていなかった。身分の低いことも、川があばれて畠が水びたしになることも、朝から晩まで河原の石をはこんだり、石だらけの畠をほじくりかえすことも、ちっとも苦しくは感じていなかった。いくら働いても、はたらくことが愉快でなんねえから、もっと働いてやるぞと考えていたのだから。

「去年だったら、おら、死ぐのはいやだったかもしれねえ」

そう言うと、源治さんは、つくづく情けなさそうにしていなさった。情けなさそうにというのは、つまり、お前には俺の心がわかっちゃいねえんじゃないのかよう、という不平不満をあらわしたということです。そんな源治さんが、せっぱつまって死になさるのは、いかにももうらしい（むごたらしい）ことで、トンボの首をねじ切るように、せつないことだった。私の方は、もうらしいところはないと、自分でわかっていました。

去年（心中した年の前の年）、夏のはじめに「あばれ川」は、泥水が泥のまるたん棒のように固まってふくれかえって、うちの畠は台なしにされた。もとから急流ではあるが、あんなに泥の鬼のようになって、泥水のしぶき、泥水の泡をあげて、かさばって流れたことはかつて無かった。

「何もそんなに怒ることたねえだろうに」と言いたくなるぐらいで、あっちの岸へのしあがるかと思うと、その勢いで逆にこっちの岸にぶちかかってくる。せっかく大石小石を取り去って、畠らしくなったうちの畠は、まるで石ころだらけにされてしまって、その上、崖の腹から木だの泥だの岩だのが崩れて、かぶさってきたのだから、私の両親も、私の兄も、すっかり手放しで歎き悲しんで、ぼんやりしていたのだ。そんなときに、私だけが、他の家のもんと心中することなんど、できるわけのものではなかった。

　ホップの栽培と、ニジマスの養殖。この二つのほかに、打つ手はないと、私は考えた。農家経営のむずかしさや、農作物の値だんの上り下りなど、よくは知らない十五の娘っ子だからこそ、そういう、飛び上ったような考えが浮んだのだ。父や母のように、苦労しすぎた、年をとった農家の者には、そういう名案はうかばないものです。名案といったところで、まず例年の三倍ははたらき、金も借りられるものなら、借りねば、とてもできない相談でした。父母は「名案」には、さんせいするが、どうやって実行できるか考えつかないので、私と兄ちゃんが、二人して無い智慧をしぼらねばならなかった。

「金借りるならば、源治さんだな」

と、私は目をつけていた。

　私を好きなのは他にもいた（英助もその一人）が、源治さんが中でも、いっち（一途に）私を好きでたまらないことは、娘としてわからぬことはなかった。もしも私が村から姿を消したりすれば、源治さんは精神病はおろか、他の病気にもかかって痩せおとろえてしまうだろうに。そう思ってもいいほど、私に見とれていて、今にも手出しをしたい、さわってやりたいと、思いつめているくせに、そうもしないで我まんしている。

私にしても、源治さんのような、やさしげな男にやさしくされたいとは、かねがねのぞんでいた。手出しされようが、さわられようが厭がるはずはなかったのだ。かと言って、むやみにいじくられて、喜ぶほどのあばずれでもなかった。だが、いったん男から大金を借りるとなれば、したいようにさせてやらねばと、覚悟はしていた。「カクゴ」などというのは、武士の妻か金持のお嬢さまのすることで、男にどうされるからといって、私どもにそんな必要はなかったのでありますが。

夏帽子、パラソル、軍隊手袋、運動ぐつ、ハンカチーフ、手ぬぐい等は、前から源治さんに買ってもらっておった。夏のブラウス、冬のセーターも頼みもせぬのに買ってあたえるのは、私の貧乏ばたらきに同情するばかりではなく、私を綺麗にしておきたい、飾っておきたいという考えからでしたろう。そんなことは百も承知でしたから、ちょうどいいからかげんに陽やけするようにして、働いておったのです。陽やけしないで、抜きたてのネギのように真ッ白いまんま、百姓することだって、今の世の中じゃあ、むずかしくありません。

桑の葉をつみとって、大籠の中へ入れる。カゴにかぶせるビニールの蓋は、青色のきれいな布でできていて、それを小川の水で冷やしてから、かぶせます。私がその青い色のビニール蓋をかかえて、流れのところへ行くと、源治さんはリンゴの樹に撒布する農薬のバケツに、水を汲み入れているところでした。消毒薬も、水に溶くと同じように青白色で、見るからにあざやかな色をしていた。青い色どうしで、しゃがみこんで、借金の話をした。

「金を貸してもらえねば、もう死ぬより仕方ないわさ」

「お前みたいな、若い娘が死ぬなんて……」

「そんでも、もう死ぬより仕方ねえでしょうが」

「………」

「源治さんは、山林もあり田もあり、まだまだいくらでも、楽しく生きてくことができなさるでしょうが、私らはもう、一家心中するより仕方ないと毎晩、はなしあっているんよ」

「……ぼくはだなア、おれはだなア。あんたのことについてはなア、君のうちや君のことについてはなア……」

「私は、死ぬことは何とも思っとらんのよ。だから死ぬ死ぬ言うて、源治さんをおどかしとるのとはちがうんよ」

「死ぐのは、反対だぞ」

「いくら反対されたかて、死ぐものは、死なんならんよ」

「死なんならんこた、ねえす」

「なして、死なんならんこたねえすでしょうか」

大あらしが過ぎたあとでも、坂地ばかりの畑は、すぐ白く乾いてしまう。その白っぽい土地に夏の太陽が照りつけて、草木の葉も光るし、小石や岩までが熱くなって、ところどころ光っている。乾き切っているために、空気は涼しくて、風になぶられていると、汗がにじんでもサッパリして、よい気持でした。だれかが、買いたての耕耘機《こううんき》を運転して行く。石道をにじりのぼる車輪の音が遠くひびく。カマキリのように鉄の骨組の骨ばったコウンキは、ゴムの車輪でも音がちがうのだ。草木のこんもり茂った崖の下の方でも、リンゴの消毒をするモーターのうなりが、睡くなるようにきこえていた。映画や小説などで、よく見たりきいたりする「情熱的」という気分も少しはありましたが、また一方では、どうでも男を自分にひきよせ、説き伏せなければという、ヒヤリとする冷い決心もあって、私の胸のうちは決してのんきなものではなかった。

親がかりの源治さんに、たとえ貯金があったところで、その金がなかなか自由になるもんではあるまい。米やリンゴの盗み出しは、めずらしくないにしても、現金となったら神さま、仏さまのように、うっかり手をつけられるものではありません。

「ぼくはシノちゃんが、好きだからなア」

と、源治さんが言ってくれたときは、さすがに、野ら着ともんぺ、それに紺の腕アテをした私の身うちは、カッカッとぬくもってきた。

「シノを好きとか、好きでねえとかは関係ねえす。厭らしいよう、まあ、そんな。何もシノが、源治さんに金せびってるのでもないのによう」

「好きだとなったら、せびられねえでも、男は金を出すもんだ」

「ああら、たまげたよう」

　ここらの唐きびは、ひょろ長いばかりで、まだ実が小さいのに、根もとの葉が赤茶けたのもあるが、その唐きびの茎と葉が、ゆらりゆらりと、風にゆらいでいて、私たち二人の心もそんなように揺らいでいたでありましょう。

「……シノは源治さんと、あいぼれになっていられれば、それでいいのよ。金のことなんか、言うでねえてば」

「もしもよ。もしもシノとぼくが、ほんとうにあいぼれだとすんなら、片一方だけを、死なすわけにゃいかないだろうが」

　源治さんの気持はうれしいにしても、私は自分のために男に死んでもらうのは、だらしない。また、女に心中してもらって死ぐ男は、だらしないわと考えていた。貧乏がくるしくて一家心中するのは弱虫。男が女をさそって、または女にさそわれて心中するのは、独立心もないし、新しくなった世の中にふさわしくないと思っていたから、自分が心中しようなどとは、夢にも考えていなかったのだ。

年上の男でも、年下の女には甘えたがる。乳首をねぶる子供のように、どうしようもないほど甘えたがるものだから、その時は甘えさせてやるだと、村のおばさん連が、仕事をしながらおして（教えて）くれた。戦死や切腹は、いさましい。ジキ訴してハリツケにされた、佐倉宗吾もえらいものだ。長野県から京都へ行ってからに、馬に乗っていて悪い武士に斬られた、サクマショウザン先生も、男らしい男だ。女には誰でも、いい女（美女）だと見せたがる気はあって、それはそれで仕方ないが、いい女だって甘えるのは、ほどほどにせねばならない。さもないと、戦死の男、セップク、ハリツケなどの男、斬られて死んだ男にくらべても見劣りがするだろう。だが、女が男を甘えさせるのは、別だん見劣りすることもないのである。

源治さんが私の方へかしいでくるにつれ、私も、源治さんのからだに向ってかしがって（傾いて）行き、しまいにはななめ坐りになって、とりすがっていた。

男と女が、あいぼれになるのが、れんあいである。だから、れんあいだけは、民主主義になろうと、社会主義になろうと、かわるものでないと言いきかせる先生もいる。私の小学校の女先生、倉先生も、そう言ってきかせなさった。私は倉先生の意見に、反対はしない。しかし、昔も今も、れんあいには、いろいろのレンアイがあるのであって、れんあいだから同じことだというのは、まちがいだと思う。あいぼれにしても、月とスッポンのように、火と水のようにちがったアイボレもあるのだから、レンアイならどうせ一つことだと言って、地理も歴史もないように言ってしまっては、よくないのである。

なぜ倉先生の話をするかというに、倉先生もレンアイしたり、心中したりしたからだ。

そして先生と私とでは、よっぽどやり方がちがっているからだ。

とにかく、源治さんから金を借りたあとの私は、養殖の池を掘り（父や兄が三つでよいと言うのに、私は、六つ掘った。池といったって、水はけを考えて、水の路をよくよく工夫しなければならないし、冬の寒さの中で石とコンクリーでかためて、ニジマスの幼魚から飼わねばならないのだ）、また一方では、ホップの性質も研究しなければならないし、働きづめに働いても、仕事がやりのこされていた。水の便利のよい山の河原は、それだけ、水の危険の多い傾斜地なのだ。ここらのリンゴづくりの衆は、青森リンゴの実がひどい風で落ちたりすれば、よろこぶ。このへんの小さな青リンゴでも、値だんがあがるからだ。日でりで他の地方の田んぼがひびわれ、稲が枯れるようなら、ここらの米のできは上々だ。

他人の不幸が、こちらのしあわせになるのは、妙なこと、利己主義のことかも知れないが、そういう妙なこと、利己主義のことも存在すると承知した上でないと、条件の不利な土地では一日だって、百姓ができるもんでない。百姓が成りたたないようでは、れんあいもできるはずがないのである。

金を借りたあと、三晩ばかり、私は源治さんに可愛がられた。可愛がられるのは、こちらも負けずに向うを可愛がることだから、楽しくて楽しくてならなかった。私の肌の色の不思議なくらい白いこと、私の胸や脚のかたちが西洋人の女のように男ずきのすること、髪の毛の色から、汗のにおいまでが、源治さんにはたまらなく良いことを、言いきかされて自信がついたりしたが、三晩だけで、私は源治さんをかまいつけなかった。

「利にさとい（利益をほしがる）女ッ子」だという、私のうわさが立ったのは、そのころからだった。「男をたぶらかす娘ッ子」とも、かげ口された。かげ口といっても、道一つへだててもきこえるほどの大声だ。利にさとい女ッ子にも、レンアイはできるのだ、と私はひとりで思っていた。利益をほしがるのは、身分のひくい貧乏人の生れつきで、かえようがない。カネも土地も、モノも何も所有していないのに、利益をかせぎ出さずに暮されるものだろうか。何も、たぶらかすつもりはない。万という金を一年か二年でかえさにゃならぬのだから、でれでれとしないで、好きな男のことも忘れたふりして、かせいだのであります。

れんあいだけが美しいロマンス物語で、かせぐ話は、美しいロマンス物語ではないというように、どこの誰がきめなさったか。

倉先生は独身で、ヒマがありなさったから、卒業生を自分の家へ呼んで、お菓子やら夕食やらふるまって、お話をしてきかせた。

「恋愛は無償の行為です」

と、言われたとき、男も女も呼ばれた私たちみんな、ムショウが何のことやらわからなかった。

みんなが、とぼけた顔をして黙っていると、

「英助さん、あんたにはわかるだろう」

と、私より二級上の、英助に言いなさった。英助は私とおなじ、身分の低い者で、村の坂道の高みのはじっこに、小屋がけで住んでいた。村では見さげられた青年に、先生が目をつけていなさったのは、英助が女好きのする、骨組のしっかりした美男だったからだ。

英助が倉先生に甘える気持には、私は腹がたたなかった。

先生は身銭をきって英助を東京へ出して、勉強をさせるつもりだった。年上の女の愛情は、まがりくねって、とんでもない出方をするものだから、英助にレンアイの気がなくても、相手の好意にもたれかかりたくなるのも、人情でしたろう。

「わからないことは、ないわね。恋に上下の差別はない、というのは封建時代の言い方でね。先生の言うのは、そうではないのよ。恋はもちろん平等ですから、コイするものは平等で、差別などもともとないことは、わかりきったはなしでしょ。今さら、あんた方に言ってきかせる必要はないのよ。だけど、恋愛はムショウの行為だという点になると、まだまだよく理解されていないようね。無償というのは、損得ヌキのこと、おかえしを期待しないことです。商売や政治とは、全くちがったものです」

「要するに、もっくるげして（まっしぐらに）とんでく（走って行く）ようなもんだね。

いた。

と、英助が言ったので、英助の奴、先生に媚びてうまいことしゃべってる、と私は思って

恋愛というもんは、先生」

私が源治さんと、心中事件をひきおこしたについては、倉先生の意見に影響されたことは、まるきし無かったでしょう。自分とは種類のちがった人間（たとえ、先生でも）の影響なぞ、うけるものではないのだから。

心中した夕方、私は、源治さんの後から山道を歩きながら、まだ死ぬつもりはなかった。ホップの方は、ビール会社の補助金でまかない、会社の検査で一級品ときめられたくらい上出来だった。ニジマスも、見事に育って、おまけに値がよかった。まず、八割の金は、返せるめどがついていた。ビール会社の信用がついてしまった上に、まるまる養殖の池がのこっているのだから、両親はすっかり上機げんであった。うちの兄ちゃんも、あと二割の残金が払えたら、町の料理屋へマスを配達するオートバイを買うんだと、妹の私に感謝して、やさしくしてくれた。

借りた金のかえせるあてはかけねなしについたのだから、金のことで親に責められ、源治さんが死ぬつもりになったのでないことは、神さま、仏さまも御ぞんじのこった。

「おかげさんで、うちの者はみんな喜んでいる」

「そうけ」

と、源治さんは、気のないうけこたえをしていた。

「金のことで、えらく心配かけちまったけど、大丈夫なせる（返せる）からな」

「金のこたあ、どうでもいいさ」

「よくはないよ、ハッキリしとかなきゃあ。いくら、二人があいぼれでも」

「いいんだ。そんなこた」

あばれ川をへだてた、向う山に灰色の雲がのびていた。長いままの食パン（うちでは、切った食パンの切れは、てえら（平ら）なパンと言っているが、これはかたまったまま、切られていないパンのことだ）みたいな形だが、蟹のハサミのように、雲のはじが二つにわかれていた。蟹のハサミといっても、ぼんやりした煙の形だから、ふっくらして、鋭い感じがありはしない。向う山の植林は、県からほめられた杉の母樹が青々と生えそろって、伐られたあとに植えた若杉も、地面をうすく緑色にかぶせている。だが、そのさまざまなみどり色も、坊さんの黒衣のように、うす黒く一色になっているので、向う山のかたちは原始時代の、化けもののように大きい龍か何かの、背なかに似て、うねって横たわっていた。

じょうや（常に）病んでいる源治さんは、その日はことに山ののぼりが、苦しそうだった。

「あんべわるいか」

とたずねても、ああと小さな声で答えるばかりだった。

「日ぐらし蟬の声は淋しげで、気もちがいいが、あぶら蟬の声はうるさくて、憎らしげだなあ」

源治さんが、そうせった（言った）とき、私はすぐには、源治さんと同じこころもちに、なることはできなかったのです。

草の束《たば》や木の枝をしょって、山からもどる婆さんや嫁ッコと、すれちがうと、私は「おつかれでござんす」「おつかれなさんしょ」と挨拶した。源治さんは、まるきしちがった世界を歩いているようにして、ふりむきもしなかった。

何かというと、すぐ笑止《しょうし》い、しょうしいと恥ずかしがっていた源治さんだったから、私と二人肩をならべて歩いているところを見られれば、それこそ笑止いはずなのに、まるでバカになったか気がちがったみたいに、平気でした。

農協（農業協同組合）の有線放送は、そんな山の奥まで、きこえてきた。

「母親クラブ」の集りの知らせを、ずいぶん大きな声で、私とおない年ぐらいの少女が、放送している。その声は、村の火の見やぐらのてっぺんから、きこえてくるのだ。

「うちの母《かあ》ちゃんも、今年の春から母親クラブに入れてもらったんよ」

「そうか……」

「英助のうちでも、母ちゃんがこの夏から入れてもらったんよ」

「……そうけ」

「うちの母ちゃんは、英助んちのもんは、ズルくて出しゃばりだから、入れん方がいいと、そうせってたが」

しばらく黙って坐りこんでいてから、

「ああ、ああ、この世の中はむずかしいなア」

と言って、源治さんは夕メイキをつきなさった。

私は寝ころんで、頭の上のカンバの葉を見ていた。白カンバではなくて、あらあらしい灰の色をしたカンバの幹から、長い枝が出ていて、その枝の葉は、ひどく重なりあっているようだが、実はそれほどでないので、一枚々々が夕焼の光ですけて見えた。光のすけて見える葉ッぱは、いかにも若々しくて、明るい明るい色だった。杉林ぜんたいは、のしかかるように黒くなりはじめていたから、やっと一個処だけ明るくなっている枝葉は、せつないようにきれいなのだ。

「強い者が勝つだ。勝って、いつまでも生きのこるだ」

あたりまえな話をするな、と思いながら、私は、首のところに咬みついたアリをひねり殺していた。

「ぼくが死んだって、英助は生きのこるだ、生きのこってもっくるげして立身出世しるだ。ぼくが死んだって英助やシノちゃんは、そのまま生きているだ」

「なんで、そんな話するのかなア」

「ダザイオサム先生は、可哀そうだなあ。三回も心中して、三回とも失敗して、自分だけ生きのこりなさっただ」

「え？　女だけ、死んだのけ」

「そうさ。女だけ死んだから、ますます苦しくなりなさったのよ」

「へええ。どうして三回も。よくも自分だけ生きていられたもんだな。好かんわ。そんな男。ほっときなよ。そんな男のこと、可哀そうがってやるの止めなさい」

「四回目に、やっとのことで水道にはまって、死になさった」

「まった、心中したのけ」

「そうにきまってるわさ」

「アッチャ、四回とは、しぶとい男だなあ。一体、いくつで死になさった」

「さあもう、四十にはなっていたろうさ」

「なんだ。四十まで生きてれば、心中しても、しないでも同じこったな。ひとさわがせしたもんだね」

「ひとさわがせしようとて、死んだんではないさ。騒ぐのは、さわぐ方がわるい」

「でも、女のひとをひっ連れて死ぐのはやだなあ」

「シノちゃんは、男といっしょに死ぐのは、いやか」

私がだまっていると、「死ぐのがいやなら、ぼく一人で死ぬ」と言った。まさか、これからすぐ首つりすると思わなかったので、私はあわててとめたりしなかった。

「誰かいっしょに、死んでくれる女がいるとすれば、シノちゃんのほかにないと、ぼくは決めている」

「そんなこと、そんな……」

「ぼくだけ死んで、シノちゃんがあとに残れば、ほかの男と結婚するだろう。英助なんかの嫁さんに、なるかもしれない」

「あんな、ひゃくなし（仕方ない奴）、かまいつけるもんじゃない」

「ぼくほど、シノちゃんを愛する男は、これから先もないと思うが」

「……うん、それはほんとかもしれない」

　私は、借金の金額から割り出して、そう考えていた。あれだけの金額を、イヤ味なしに無利子で渡してくれるような男が、死ぬと言っているのに、ぼんやりと眺めているのはひゃくなしのすることだ、とも思っていた。「金のことで、こう考えてるんじゃねえぞ」と、自分に言いきかせた。あいぼれだからこそ、死なれでもしたら、淋しくてなんねえから、「死ぐ」と言われて、胸がくるしくなってくるのは、事実なんだから。

　源治さんは、柿の木に登って、右手の方の太い枝に縄を一本、つるさげた。それから、左手の方の、それより少し細い（しかしなかなか太い）枝に、もう一本つるさげた。せおい籠の中に用意して、かくしてきて、首を突っこむ輪まで、あらかじめこしらえてあったのです。

病気など、ついぞしたことのない私も、どこかへ血がなくなって、全身しびれたようになった。

「ぼくのこと、愛してるなら、ぼくのあとから附いてくるはずだな。もしも、口さきだけで、本心アイしていないなら、附いてこないはずだな」

そうまで言われれば、せめて源治さんにならって、枝にのぼることぐらいしないわけにはいかない。枝にのぼれば、縄の輪ッかに首を入れる、マネぐらいせねばならない。マネといっても、たぶらかすつもりではなく、自然と私の手足が、男の情にほだされて、まアそんな風にうごいたのだ。

その時になると、私の知っている死人、私より先に死んでいった男や女のこと。赤ん坊で死んだもの。川に流れて死んだもの。病気で痩せほそって、幽れいみたいになって死んだ者。小屋が焼けて死んだもの。歩くこともできない老人で、山まではいずっていって死んだもの。他国で戦死したもの。嫁入りして三日目で死んだもののことが、一ぺんに想い出されてきた。死んだからには、みんな見えなくなったのだ。この世にエンがない、人間以外のものになってしまったのだ。死んだあとは、すっかり忘れられて、夜の地面のように、しずかに、しずかになってしまったのだ。

「みんな死んでしまってなア。死んだものは、みんな静かだものなア」

私の脚のふむ、下の枝はしなっていた。

源治さんが、いきなりずり落ちた。源治さんの首を吊るさげた縄は、鉄の棒のように、まっすぐになった。私の枝も、ひどくゆすぶられた。

そして、びっくりして私は、足をふみはずした。痛いと思ったら、気が遠くなったのです。

私の重みで枝が折れた、と書きましたが、もしかしたら、英助が枝を折って私を助けたのかもしれないのです。心中を発見したのが英助ですから。英助は二人のあとをつけてきて、源治さんがぶらさがるまで、どこかにかくれてのぞいていたにちがいない。あとをつけてこなくても、山から下りしなに、下にいる二人を見つけて林ごしに盗み見していたんかもしれない。

河原までかつがれて行くあいだに、私は目をさましていた。股のあいだが、何かの汁か水でねばついているので、恥ずかしいわ、苦しまぎれにもらしたかしらと思っていた。だが、実はそれは、男の精液だったのです。源治さんは死ぐのをいそいで、私を可愛がるヒマがなかったのだから、そのエキは言うまでもなく、英助の奴のものだった。英助は、半ぶん死んでいる私の身体で、うまいことをしくさったくせに、私の家のもんや村の衆に、人の命を救った恩人だと言われて、ほめられたのです。

あとで（今）考えれば、「死人に口なし」「訴えて出ない女を犯しても、強姦しなかったのと同じだ」という、英助の人生哲学は、いわば死にぞこなった、シノの肉体から芽ばえたようなものだった。

「英助が前科者になった原因は、シノが心中をやりそこねたためだ」

これが、倉先生の意見です。

源治さんの葬《とむら》いには出席できなかったので、ひとりで村長の家の墓地に行った。古い桜の木をまんなかにして、苔むした墓石のならんだ、立派な墓地だった。そこの地面は、じゅうたんかエバーソフトでも踏むようにフワフワ、はずんだ。夏草も枯葉も掃除したあと、墓の地面がやわらかいのは、たくさん土葬された者が、その下でくさりはてそうなるのだと思う。サクラやカエデ、クリやクルミの葉が、ひるがえるようにして私の肩に降りかかってきたので、私は声をあげて泣いた。

私が、神戸へ女中奉公に出てからまもなく、英助は、名古屋で心中事件をひきおこした。相手は、倉先生ではなくて、ほかの女の人でした。生きのこった英助と、先生は、しょうこりもなく結婚したのである。無償のれんあいを主張していたのだから、ムショウの結婚も実行したわけで、先生は、言行一致、うらおもてなしの徹底した人物にはちがいなかったのです。英助をマ人間にしてやる自信もあったでしょうし、まさか、あれほどひどい被害をうけるようになろうとは、露《つゆ》知らぬ身だったのです。

源治さんには、すまないことと思いつつも、命をとりとめたことはつまらない事ではない。まだまだ生きつづける張りはあった。むしろ、張りはありすぎるくらいで、私の命を救ってくれたのが英助だとすれば、たとえ腹黒い利己心で助けてくれたにしても、そうそう英助をないがしろにしていたわけではない。強い印象がしみついて、好きでもない英助（それにつながる倉先生）のことを、神戸でもときどき想い出さずにいられなかった。

源治さんを、「白い男」とすれば、英助は、「黒い男」。やさしかった白い男が手のとどかぬ所へ行ってしまったことも、忘れられるものではないが、いやらしい黒い男が、どこかで悪さをしでかして、生きのこっていることも、頭からはなれなかった。

一度、英助のことが新聞に出たことがあった。山梨県の河川工事に出稼ぎに行っていた英助が、洪水で人家が押し流されたとき、濁流にとびこんで少女を救ったのである。山梨県の知事さんに、ヒョウショウされたとかで、長野版にも、それが出た。倉先生からの得意そうな手紙で、それを知らされたとき、私は「ハハア、またやったんではなかろうか」と推察した。「また」というのは、意識不明の私の身体にしたようなことを、英助がまた、気を失って引きあげられた山梨の少女にしたのではないかということだ。

先生が、生徒を連れて関西へ来なさったとき、私は旅館へ面会に行った。先生から、手紙で、ぜひ会いたいからと知らせてきたからだ。

「ひょっとして、シノさんの所へでも、あのひとが立ちよっていないかと思って」

と言われても、私は何の話なのか見当がつかなかった。

英助は三月、半年と家をとび出していて、疲れ切ったようにして、先生（つまり妻）のもとへもどるが、また行先も告げずに家出してしまうとの話だった。

結婚する前に、英助はもう前科一犯（セッ盗罪）だったのです。健康も腕力も人なみにすぐれていて、女好きのするタイプだから、どこへ流れて行っても職にあぶれることがない。それがかえって身のために悪いのだ、と先生は、もとから色の黒い四角な顔が、もっと黒くなって、暗い声で告白なさった。

「先生に、そないに愛されているのに、あの人どうして改心せんのやろか」

私は、一年のうちにすっかりマスターした関西弁で、気の毒そうに言った。

先生の態度は、あいかわらず私を圧迫するようで、気にくわなかったが、どう考えても先生の方が私より、不幸のように思われたので、反抗的にバカにすることはできなかった。

「村の者にはね。私があのひとを性的に満足させ得ないから、それが不満でとび歩いているんだと、言いふらしたりして……」

「ひどい男やないの。ほんまに、ひどい男やないの」

私がうっかり、そう口をすべらすと、先生は死んだ魚のように、ナマ白い眼をむいて私をにらみなさった。

「ひどいことをするのは、男女のあいだでは、必然的に発生するのよ。あなただって、源治さんには、ずいぶんひどい仕打をしたじゃありませんか。それでも源治さんは、あの世であんたを怨んだりしてはいないでしょうよ。先生はね。あんたと英助は、似た者どうしと思ってるのよ」

「源治さんとのことは、誰にもわかってもらえやせん。先生にも、わかってもらえやせん」

「源治さんとのことは、それでいいわよ。もう、すんでしまったことですから。けれど、あのひと（英助）は、現に生きていますからね。あんたのお話では、まだ神戸へは立ちまわっていないそうですが、私はいずれ、あのひとはあんたの所へ来ると思っとるんよ」

「そんでも、うちは、英助さんが死のうと生きようと、かまったことじゃありません。英助さんがどんな事しようと、うちの知ったこっちゃありません」

倉先生は、黒いスカートの下で、短い脚をずらせながら、息をつめて、苦しそうに肩を怒らせていた。

「ヤキモチを焼いてると思われるのはイヤだけど、あのひとは、シノちゃんを忘れられんらしいのよ。そうは口に出して言わなくても、私にはよくわかってるの。たしかに、シノちゃんとあのひとは、あいぼれじゃない。それは、あなたのおっしゃるとおりだけど、あいぼれじゃなくたって、恋愛はできるものですからね」

「英助さんを幸福にしてあげるのは、先生の責任やわ。愛してるもんが、愛する男を幸福にしてあげれば、それでよろしいのや。ほかのもんは、なんの関係もありゃしません」

「もちろん、どんなことがあっても……」

先生は、太い眉（育ったカイコぐらい）を、いかめしくしかめて、言いなさった。

「……私の覚悟はきまっていますから。先生は何も、シノちゃんに厭みを言いにきたわけでもなし、また、シノちゃんを困らせるために来たのでもない。ただね、もしも神戸で、あなたがあのひとを見かけたら、どんな様子か先生に知らせてほしいの。これだけは、おねがいするわ」

「それやったら、約束します」

私は、親切な先生に引率されて、はるばる関西まで修学旅行にこれた、小学生たちをうらやましいと思って、先生をとりまく陽やけした農村の子供たちを、見まもっていた。大さわぎする子供たちは、元気がありあまっていて、とても倉先生のまっ黒な胸のうちを、察してやることはできまい。私なら、多少の苦労を積んでいるから、男にほれて、うまくいかない女の気持は、察してやることができたのです。

前科のある年下の男と結婚して、小学校につとめている女先生の立場は、生活テキにも苦しくて、よっぽど気がつよくなければ、持ちつづけられるもんではなかったでしょう。

「黒い男」は、そのあいだ、関東、関西を股にかけて武者修業のようにして、手あたりしだいに女どもを手にかけていたのです。

忘れもしない、昭和三十二年十二月十七日、午前九時半。旦那さまが出社されたあと、奥さんは寝室にとじこもっていて、石べいでかこまれた広い家の中は、実にしずかでした。大きな邸宅の多いその一角は、神戸でも午前中は、ねむたいような静けさで、御用ききの声が時たまきこえるだけ。村を出てからすでに二年の歳月がたち、都会生活にもなれ、夏冬の衣類もととのえ、親もとへの送金もとどこおりなく、主人夫妻のおおぼえもめでたく、何不自由なく希望にもえておりました私は、ロシヤ民謡など歌いながら、家の北側の風呂場で洗濯をしていたのです。

ダークダックスの四人が、合唱で吹きこんだレコードで、奥さまの弟さん（大学生）が教えてくれた「ともしび」。それを歌っていると、涙ぐましくもなり、スウコウ（崇高）な乙女の祈りを自分でもささげているようで、源治さん、わたし、あんたのために歌ってあげているんよ。うちは決して、ひゃくなしではねえんだからな。と、ひとりでにコウフンしてくるのだった。

夜ぎりのかなたに　別れをつげ
おおしきますらお　いでてゆく
窓べにまたたく　ともしびに
つきせぬ乙女の　あいのかげ

かわらぬちかいを　胸にひめて
祖国の灯《ひ》のため　たたかわん
若きますらおの　赤くもゆる
こがねのともしび　とわにきえず

　裏の勝手口をガタガタさせる音がきこえるので、どこかの犬か子供が外側から、いたずらしていると考えていた。実はそれは、内側から、英助がかんぬきをはずして、逃げ路を用意していたのです。その日が、英助の二十番目の犯罪で、同じ月の十二月に入ってから、山口、広島、岡山、兵庫と四つの県で、強盗、強姦、セッ盗の罪を八つもかさね、前の日には明石市で、自転車と写真機タロン一台をぬすみ、洋裁見習の少女を、マフラーに包んだ石でなぐりつけ、ハンドバッグを奪ったばかりでなく、首をしめて暴行をしかけ、裂傷をおわせていたのです。あとで判事さんの話もきかされ、裁判所に呼びだされたので、「白昼の通り魔」の犯行については、私と倉先生が一ばんくわしいと思います。もしも先生が、さんざん諸地方を荒しまわって逃げのびてきた英助を、何度もかばってやり、養ってやらなかったら、まるまる二年もつづいた英助の犯罪は、とっくの昔に発覚していたはずなのです。

　ミドリ色の上衣に灰色のズボン、新らしい合オーバー、赤靴、黒ソフト。なんとなくチグハグで借り着しているような服装の男が、私の前に立っていた。英助は犯行のあと、かならず盗んだ衣類と着かえていたので、なかなかつかまらなかったのだ。

ひと目で、よくない予感がしたほど、英助はすさまじく荒れはてた青い顔つきでした。朝早くからショウチュウ四合を、酒屋のコップで立ち飲みしたうえ、ほかの飯屋《めしや》でまたショウチュウ二合をのみながら、朝食をすませてきた。飲まなければ、きちがいじみた欲望が起らないし、欲望が起らなければ、生きて行くはたらきがなくなるので、飲むと青くなる英助の顔つきは、なまぐさいみたいに青かったのである。

「どうして来たの。よく、ここがわかったね」

彼が「通り魔」であろうとは、気づくはずもないので、洗濯もののシャボン水をエプロンにたらしたまま、私は起ち上った。

「しらべておいたから、来てみたのさ」

表門、裏口、西の建物、北の建物と見まわしていてから、小さすぎる合オーバーのポケットに手をつっこんでいた。

「どうしても、シノに会いたくなったから来たんさ」

「ああら、うめえことせって（言って）」

「水一ぱい、くれないか」

判事の説によると、湯や水をもらい、デタラメの所番地などきいて、家内の事情を探るのが、英助の手口だったそうです。

「いいうちに奉公して、よかったな」

「手口」ではなくて、ほんとに咽喉《のど》が乾いていたのでしょう、うまそうに水をのみほしました。

せっかくの良い就職口を、英助のためにダメにされるのが厭なので、私は長ばなしをしたくなかった。ショウチュウの匂いがするし、眼つきもおかしい。それに先生の言葉もあって、警戒していました。

「あんた、まじめな暮しをしていないらしいね。ふまじめな男、うち好かんよ」

私は、にぎられた手を振りはなしました。

「なして、先生の所へ帰らんの。先生をほったらかして、方々へ出歩いて、つまらんじゃないの」

「話があるんだ。中へ入れてくれよ」

「いけません。ここは私の家じゃないから」

「シノ。お前、おれにそんなによそよそしくして、いいのか。おれは、命の恩人じゃなかったのか。それに、お前の身体にはなじみがあるんだ。それが忘れられないから、あぶない橋をわたって、やって来たんだ。そのくれえのこと、察しがつかないのか」

英助は手ぬぐいでくるんだ出刃庖丁を、私の下腹におしあてた。

私自身が乱暴されようが、怪我しようが、おそろしくなかったが、心配なのは奥さんのことだった。気の強いスポーツ・ウーマンだから、押しこみでもあれば、おとなしくしないでひょんな血を流すこともありがちだからだ。それを気づかって、大声でさわがなかったのがまちがいで、たとえ刺されても、悲鳴をあげればよかったのです。

風呂場の横の女中部屋へ、あとずさりする私を押し入れ、手首をうしろ手に帯でしばりあげ、出刃をくるんでいた手ぬぐいで、私の口にさるぐつわをかませた。無言の争いのあいだに、スカートがまくれあがったので、彼はすぐさま私のズロースを脱がせにかかった。だが勝手口に近いので、人目についてはまずいと考え、私の身体をかついで、北側の二階にあがった。

姓名も顔も本籍地もことごとく知っている私を相手に犯行するとすれば、殺してでもしないかぎり発覚はあきらかだから、異常な彼の精神（セイシンだかどうか、よくは知らぬが）は、ことさら異常になっていたにちがいない。それとも、心中のあとの肉体関係があるから、私が反抗したり訴えたりしない予算でも、たててきたのか。私はよほど、首に業《ごう》がたかっているのか。英助は私の首をしめて、気絶させようとした。首となれば、源治さんとのことが河原に花火の打ち上げられるようにアタマいッぱいに光の球を散らしてひらいてきた。

もうこうなっては、私の胸のうちのわかってくれる人は、源治さんのほかにあるわけはなし、首をくくった源治さんに、私を助けてくれる力などありはしなかった。

五分だか、十分だか、英助は好きほうだいのことを、気を失った私の身体でやりつづけていた。奥さんが階下で、私の名を呼ばなかったら、一時間でも二時間でも満足するまで、つづけていたろう。彼がまだ満足していなかったことが、奥さんの運命をきめてしまったのだ。

奥さんが一たん寝室へもどり、ベッドにあがったところへ、階段を下りた英助が押し入ったのです。彼はまたもや、出刃でおどして奥さんのズロースを脱がせにかかった。奥さんは「お金はまだありますから」と言って、ベッドからおり、次の間へ行きかかった。「金をせしめておいてから」と考えた彼は出刃をさしつけたまま、奥さんを先に立てて行く。そのとき、やにわに振りかえりざま、奥さんが彼の股《また》のあいだを蹴あげなさった。「ウソをついて憎らしい女め」と、怒り狂った彼は、奥さんの左の首と左の胸を突き刺した。心臓が貫通され、首の左の内がわの動脈と、外がわの静脈を切断され、血がなくなって奥さんは死になさった。

私の首はよほど強いと見え、息を吹きかえしたから、押しこまれていた押し入れから、自分の力でころげ出し、勝手口の地面へ二階からころげ落ちたのです。コンクリで肩と頭を打って、また気が遠くなった。もしも魚屋さんが裏口から入ってこなかったら、寝室をとび出してきた英助に今度は、私が殺《や》られるところでした。突き刺した出刃を、奥さんの胸から抜いていたのですから、たしかに彼はそのつもりだったでしょう。英助は、旦那さんの冬背広上下一そろい、冬オーバー一着を盗んで逃亡し、つかまらなかった。

取調べの刑事さんに、私が英助の名を告げなかったのは、復讐を怖れてではありません。先生との約束があって、手紙を出して「どうしたらよいか」（つまり彼の実名をバラしたらよいか、否か）を問いあわせてからにしようと決めたからです。

私を傭《やと》わなかったら、奥さんは死なずにすんだのだった。英助が私を目標にして押し入ってきた結果、とばっちりで殺されなさった。そう思って、私は大泣きに泣いた。

犯人の年かっこう、容ぼう、犯行については質問されるとおり、くわしく正直におこたえしたのだから、私は別にウソをついたり隠しだてしたりしたのではありません。

次の年、昭和三十三年の一月二十日、英助は横浜で逮捕された。奥さん殺害のあと、二カ月ばかりのあいだに、強盗四つ、セッ盗五つ、強姦一つをやってのけ、第三十番目の犯罪でやっとつかまったのです。

まちにまった倉先生からの返事は、一月二十一日にやっと速達で到着した。「シノさんの自由意志にまかせます」と書いてはあったが、二カ月もたってから手紙をよこしなさったのだから、たらたら脂汗のにじむ想いで、何とかして英助のつかまらぬように願っていたのではなかろうか。自分のところへもどってきてから、自首をさせるか、それとも、自分の口から訴え出るつもりだったのか。

笑止《しょうし》いにも、しょうしいにも、つかまった英助は警察でも裁判所でも、私ども女二人(ひとりは倉先生)が、生きていられないくらい、コッパズカシイことをしゃべっている。

一つは、私のこと。

「シノが源治などにほれないで、おれと結婚してさえいてくれたら、おれはこれほど、ぐれないですんだはずだ。シノが心中したあと、命を救ってやり、気を失った身体に悪さしてから、強姦の味をおぼえ、酒をのむと制止できなくなったのだから、おれの犯罪のすべての原因は、シノにある」

もう一つは、倉先生のこと。

「おれのおやじは、馬くろうをして家に寄りつかなかったが、家へもどると、おれの女房とねんごろになっていた。おれの女房は教師などしていて、ギゼン者だが、おれは彼女の本性をよく知っていたため、彼女のところをとび出さずにいられなかった」

ひかえ室で待たされていたとき、検事さんが仲間どうし、こんな話をしているのをきいて、私はびっくりした。「あいつ、あれで案外、きれい好きだったんだねえ。目をつけてとびかかった相手の女が、月経だったりすると、汚ながって斬りつけたりしているからねえ」「女が苦しがって脱プンすると、途中で止めにしてるな」

黒い男がどんな世迷いゴトを述べたてようと、私も先生も、それを否定したり、それに抗議するつもりはなかった。もう二人とも、黙りこくって、他人にどう思われようとかまわずに、いろいろの考えに沈んでいたかったのだ。

東京の裁判所へ呼び出されてからのもどり、よくはれた春の日、私と先生は同じ汽車で信州へ帰った。

「白昼の通り魔」と顔見知りだったくせに、それを警官におせ（教え）なかった私は、被害者の出たお屋敷に住みついているわけには、いかなかった。英助が遠からず死刑になるとすれば、向いあって腰かけた二人は、二人とも「生き残り」になってしまったわけであった。

暗く、いかめしい先生の顔を前にしていると、ゆっくり東京見物もできなかった心残りなど、消えていました。高崎までのひろびろした、よく肥えた田と畠。カルイサワに登って行く、のろくさい汽車の路。おだやかな春の光を浴びて、私を見つめる先生の目つきは、うるんだようになり、今まで見たこともないほどやさしくなっていた。

白い男の死は、私たち二人を仲たがいさせた。黒い男の死、というより黒い男の黒い犯罪が、私と先生の心と心を溶けあわせたみたいでした。学校を退職してからの先生は、立派にやって行ける婦人ですが、あいぼれの相手とこんな具合にして、死に別れせねばならない先生が、どうやって耐えて行くのだろうか。

「シノは、今になって先生のおっしゃったこと、よくわかるようになった」

話しかけるのを遠慮しても、これだけは言っておきたかった。

「れんあいは無償の行為だ、と先生が言われたこと、先生はコトバ通り実行なさったんよ。シノにはできなかったけれど、先生はできなさったのよ」

先生はしばらくのあいだ、今にも死のうとする女のように、思いつめた、こわばった顔をしていなさってから、かすかに首を横にふった。

「……なぐさめてくれるのは、ありがたいけどね。私、実さいは何も、できなかったのよ」

泣くのをこらえているため、先生の肩と咽喉は、ひっつれそうになっていた。

「……あのひとのためにも、何もしてやることができなかったし。私のためにも、何もしてやれなかったのよ」

「どうして、そんな……」

「そうなのよ。シノちゃんは、心中の片割れになって、ひとから悪口言われたけれど、それでも、あなたと源治さんは、恋愛していたのよ。たしかに、れんあいだったのよ。だけど私の場合は、一体、何をしていたんでしょうね……」

「私、先生は偉いことをした、立派な女のひとだと信じています」

「ねえ、シノちゃん。私だって、偉い立派な女のひとに、なろうとばかりしていたわけではないのよ」

先生は、畑仕事で固くなった掌（私のも、同じことだった）で、私の掌をぎらまえ（にぎり）なさった。

「私だって、れんあいがしたかったのよ」

白樺の林のまばらにつづく、農業には適しない高原を、のろのろと汽車が走って、ときどき水利の不便な荒地や谷の向うに、春の水がたまっていた。林のはずれや土手のかげに、牛や馬が、ひとりぼっちでつながれている。子供が、うれしそうに手をふっている。

「でも、どうして先生みたいな人が、よりによって、あんな男と……。私は、別にどうってことありませんけど。ひどい目にはあったけど、いざ死刑になるときまれば、いつまでも英助のこと、うらみに思ったりしませんけど。でも、先生にはあんなに世話になってる英助が、裁判所であんなひどいこと言って。先生を非難するなんて。私、くやしかったのは、私に対することじゃなくて、先生に対する英助の仕打が、あんまりだと思ったからです」

「……どうして、よりによって。そう言われるのが当然でしょうね」

先生は、後じさりして穴の奥にでももぐりこみたそうな様子で、言った。

「あの人は、それでも、私を殺さなかったわね。白昼の通り魔の手にかかって殺された女の人は、たくさんいるのに。この女の人たちは、ほんの偶然のことで、英助の名前も経歴も知らないで殺されてしまったのよ。いきなり、ただの『暴漢』におそわれてね。でも私は白昼の通り魔が、どんな男だったか、くわしく知っているし。それに、私は、あの男の妻だったんですものね」

「でも、先生。通り魔の奥さんになるなんて、通り魔におそわれて殺されるより、もっとイヤじゃないですか」

「さあ。私は、英助と結婚していた。そうして、殺されなかった。ほかの女の人たちは、英助については何も知らない、他人だった。そして、殺されてしまった。おたがいに立場がちがうんですから、どちらがイヤとは決められないでしょうね。殺された女の人たちは、死ぬまぎわまで白昼の通り魔をにくんだでしょうね。あらゆる人間の中で、一ばんわるい悪魔としてにくんだでしょうね。でも私は、私だけは、どうしても彼をそこまでにくむことができないのよ」

「こんなことにまでなってしまって、それでも英助を愛するなんてこと、先生はおできなさるのかね」

「そうね。愛するなんて、そんなこと言えやしませんよ。でもねえ、シノちゃん。愛するなんてものじゃないにしても、私と英助は結びついているのよ。私だけは、私たった一人だけは、あの男と結びついているのよ」

「誰がどう考えたって悪い奴、ひどい奴、すきになれない奴と、むすびつくなんてことが、どうしてできなさるのかね」

　私の噴き出したツバは、一つぶか二つぶ先生の胸のあたりにとどいたかも知れない。

「現実問題として、英助の新聞記事には、かならず私の名が出ていますからね。私は、職場をすてなくちゃならないのよ。あの人の罪に同情する人なんか、いるはずもありませんし、あの人の死刑を免除してくれと歎願する人があったら、むしろ不思議でしょう。私だって、あの人の罪に同情しないし、あの人の死刑に反対するつもりもありませんけど。でも、やっぱり私とあの人が、結びついていることだけは疑いようがないのよ」

「すると、先生は、たとえ相手がどんなひゃくなし男でも、あの人と心中なさるおつもりかね」

トンネルの暗がりを通りすぎるあいだ、先生はだまっていなさった。

「……心中はできないのよ。そうでしょう。あの人のあとを追って、たとえ私が自殺したところで、それは、あの人にとっても、私にとっても、心中になることができないのよ……」

「そんだったら、先生と英助は何もむすびついてなどおらんじゃないの」

「あなたの気持は、ありがたいけど。でもあなただって、英助とむすびついていない私なんて、考えることができて？　できっこないでしょう。通り魔と深い関係のあった女の先生。それが、あなたのアタマの中にある私なのよ」

「……いいや、そりゃ、ちがう」

「ちがうと言ってくれないで、いいのよ」

「ちがうったら。英助は、英助。先生は、先生だ。ほんとにそうなんだったら……」

「だめよ。あなただって、源治さんと心中して生きのこった女だもの。そのくらいのこと、わからないはずがないわ」

「だって向うの気持は……」

「向うの気持がどうだからと言って、むすびついているものは、むすびついているのよ」

「だったら……。だったら、おらと先生も結びついているのけえ?」

うす気味わるい気持で、私はそうたずねた。すると先生は、淋しいうすらわらいをしながら、

「そうなのよ」と、答えた。

「ほんとに、そうなのかよ」

「そうなのよ」と、再び先生は答えて下さったっけ。

「いつか、私のうちで、あなたたちみんなに集まってもらったとき、私が、恋愛は無償の行為だと話したでしょう。あのとき英助が、それならレンアイはもっくるげして飛ぶみたいなことかねと言ったでしょう。私ではなくて、英助こそ、無償の行為をやってのけたんじゃないのかしら。だって英助は、自分の犯した女たちみんなに愛されなかったんだから」

女どうしの同性心中でもよければ、先生から申し込まれて、ことわることはできないだ

ろうな。と、私は、そう思った。そう思ったとき、源治さんばかりではなく、英助までが、私たち二人の女にとって忘れがたい、なつかしいと言ってよいような、大切な男として、この車内のどこかに坐っているような気がして来たのでした。車内が明るくて、お客が少くて、空いている座席が前にも後にもあったため、なおのこと、そう思われて来たのでした。

「もう私の心は、すっかりシノちゃんに見ぬかれているものねえ。えらそうなこと言ったって、ダメだものねえ」

先生にそう言われると、うれしいのか悲しいのか、塩からい涙が流れてきて、とどめることはできなかった。

（倉マツ子の申し出によって、篠崎シノは女どうしの心中をした。倉マツ子は死亡し、篠崎シノは生きのこった。篠崎は、二度目の心中に失敗したのち、赤痢にかかり、病院で死にかかっていたさい、この手記をしたためた。当人は死ぬつもりであったが、またもや死なないで、今では河原の家へもどり、婦人会の中心人物として働いている。私は篠崎シノさんが、三つの危険な結びつき、すなわち源治、英助、倉先生ら三人との結びつきを、やっとのことで切り抜けたことを、彼女のために祝福せずにはいられない。）

追記。三十五年の夏に執筆した作品に、三十八年の夏、あたらしく加筆してみた。その結果、私は、私の作り出した篠崎シノさんの生存の意味を、はじめて執筆したころより深く理解することができた。

# 誰を方舟に残すか

ノアの方舟《はこぶね》の話は、現在のぼくらに一通りならぬ不安をあたえる。方舟に乗りこむことができた男女のほか、すべての人類が洪水で死滅してしまうというのは、神様のおぼしめしだったにせよ、あまりにも思い切った、判決のように思われる。ことに、方舟の乗員として選ばれる資格のなさそうな（いや、むしろそんな見込など、全く無い）ぼくらには、この選定は実に気がかりだ。

「大洪水」など、まあまあ当分はあるまいという予想もある。また、いつやって来ても不思議はないという推定もできる。そんな「最後の瞬間」に、ノア一族になれるか、なれないか。まずまず、普通の人間、ぼくらの仲間は「乗りこめる組」ではなさそうだ。

大洪水などあろうとなかろうと、人間一度は死ぬんだから、そんなこと心配するのは、もちろんばかばかしい話だ。第一、みんなが（人類の九十九パーセントまで）死滅してしまう時に、自分だけ生き残ろうとするほどの執念は、ぼくにはない。溺れ死ぬのを平然として待ちうける覚悟などあるはずがないけれど、あきらめることなら、人なみにできるだろう。

だが、とにかく文学上の問題として「誰を方舟に乗せるか」は、なかなか興味ある難題ではあるまいか。ノアそっくりの一族が選ばれる。これは、まちがいのないところだ。だが、「ノア」とは一体誰だろうか。

まえもって、注意して注釈しておかなければならないが、この場合の「神様」つまり審査員を、ひろい意味で考えてもらわなければならない。何も、エホバに限るわけではないのだ。めいめい「神様」と考えるもの、多少とも神格を認められる、あらゆる「上位者」であって、さしつかえないわけだ。そうしないと、話が一般的にならない。

本能的には、誰だって（資格はないにせよ）乗りこみたいだろう。そういう気持は、むしろ人間らしくて、決してあさましいと非難できない。先を争ってという、現象も起るだろう。だが方舟伝説によれば、洪水がはじまってから、いくら先を争っても、ほんとうは無駄なのだ。と言うのは、どこで誰が「方舟」をこしらえているのか、普通人にはその建造場所や設計技師さえ、思いうかべることができないからだ。したがって、九十九パーセントの大部分が、方舟とはどんな形をしているものやら、一瞥《いちべつ》だにできないままで、水底に沈むことになる。言いかえれば、乗れる者だけが、方舟なるものの正体を知っているわけだ。どうして「彼ら」だけが知っていて、他の者は知らなかったのか。それは言うまでもなく、彼らが選ばれてあったからだ。なぜ、選ばれたのか。それは「神」の御心にかなっていたからだ。その神の御心という奴が、また彼らにだけ素直にのみこめていて、われら普通人にはぜんぜんつかめないのだ。

小さな「洪水」は、しばしば発生する。それ故、世界いたるところで、一種の選定も、しばしば行われているらしい。

アメリカ映画に、こんな内容のものがあった。

南米の蛮地に、旅客機が不時着した。首狩り蛮人の棲息する、大密林の中央である。飛行士が二人、若い婚約者が一組、老人夫婦が一組、ギャングの大親分の、小さな男の子が一人、ギャングの乾児《こぶん》が一人、政治犯人（死刑囚）が一人、その死刑囚を護送する刑事が一人、ギャングの情婦が一人。

密林から脱出する路は、飛行機の破損を修理する以外にない。

総員あわせて十一人。飛行機が修理されるまでに、ギャングの乾児と、刑事は蛮人に殺されてしまう。十一マイナス二であるから、残りは九人である。いよいよ出発となったが、壊れかけた飛行機には五名しか、収容できない。九マイナス五の、四名だけは、犠牲となって、密林に残らなければならない。

さて九名のうちから、誰を乗組ませ、誰をおき去りにするか。誰がまた、このむずかしい審査の役をひきうけるのか。攻め寄せる蛮人の太鼓のひびきは、もうすぐそばまで迫っている。

意外なことに、この重大な決定をなす最高審判者は、政治犯人なのである。

彼は、独立運動のテロリストで、政治的目的のために、殺人をしでかした男だ。顔つきは物騒であるが、心は案外やさしくて、判断力にも富んでいる。それに死刑が決定しているために、他の連中よりおちついている。彼がなかなか紳士的で、男らしい男だということは、次第に観客に紹介される。そして、この男が「審判者」として適当であるように、観客が考えるのは、彼自身が、密林に残され、蛮人に首を取られる組に、入る決心をしている点である。

死刑囚はピストルを手にして、一人々々、「方舟」に乗るべき男女の名を指示する。絶対命令で、宣告を下すわけだ。彼の宣告する判決が、正しいという感じを観客にあたえなければ、この映画は失敗である。審判者は死刑囚であるようであるが、実はスクリーンに見入る観客たちの感情と常識であると、言ってよい。

その感情と常識によれば、まず二人或は一人の飛行士。これは「方舟」の操縦者であるから、選ばれなければなるまい。

ギャングの大親分の男の子は、将来ギャングになるやもはかり知れないが、子供であるからして、同情されて、選ばれる。

次に二人の女性。婚約の男と一しょに不時着した乙女の方は、誰が見ても、けなげで好かれるタチであるから、問題はない。婚約の男という奴が、実に無能のなまけ者で、エゴイストで、嫌われ者であるだけに、なおさら観客の同情は彼女に集中する。おまけに、彼女と若き飛行士のあいだには、清純な恋愛が芽ばえているのだから、どうしても、乙女と若き飛行士は乗りくませなければならない。

もう一人のあばずれ女、ギャングの情婦の方は、まずくいくと選にもれるか、もれないか危い一線にひっかかっている。これもしかしかよわい（？）女性ではあるし、不時着してからの心がけと働きぶりが良好だったから、飛行機の座席をあたえてやってもよかろうと、感情と常識は判断する。その上、彼女もまた、中年の飛行士（酒で失敗してヤケになっている男）と、清純な恋愛を開始しているのだから、この一組も、無事に機上に押しあげてやらないわけにはいかない。

もうこれで、定員に達した。あとの四人は、どうなるのか。

死刑囚は、脱出しても処刑される特殊条件があるから別として、老人夫婦と婚約の男には、指名された連中と同様、生きる権利があるはずだ。

老人夫婦は、前の二組の男女に劣らぬほど、互に愛しあっている。善良で優秀で、敬愛されるタイプの一組だ。ただ前の二組とちがっているのは、老齢であるという一点のみである。サキが短いということは、蛮人に首をとられていいという理由にはならない。か弱いという特質から判定すれば、男の子より、二人の女性より、老夫婦の方がか弱いと言ってもよい。もうかなり永いこと生きてきた人間だから、まだすこししか生きてこない人間より、生きる権利が少ないなどと、算術みたいに計算できるものかどうか。

この老夫婦は自発的に権利を放棄する。

「サキの長い方々を乗せてあげて下さい」と、辞退する。しかしたとえ、このような感嘆すべき申出が、老人夫婦からあったにせよ、それを承認するかしないか、では死んで下さいと宣告を下すか下さないかは、死刑囚ならびに観客の、感情と常識にかかっている。

　婚約の男の奴は、早いところ乗りたがって、見るもあさましいあばれ方をするので、死刑囚に射殺されてしまう。彼が射殺されても、観客が可哀そうに思わないほど、エゴイズムむき出しであってくれたことは、死刑囚ならびに、見物人にとっては、まことに都合のよい、有難いことであったのだ。さもないと、この男までムリヤリ機上に押し入れてやらなければ、感情と常識が困ってしまうところなのである。（もしも彼が、心正しい好男子であったりしたら、思うだにゾッとする結果になる。つまり飛行機は善良な彼の重みで、墜落するか、誰か一人が彼のおかげで、乗り組めないことになるではないか）

　さて、老人夫婦は死刑囚と共に、蛮人の包囲の中にふみとどまる。機上の「選ばれたる人々」も、見物人も、あっぱれな老人夫婦の犠牲的行為に涙をそそる。かわいそうに、偉いわ、感心するわ、むごたらしいわなどと、うずまく感情の中に沈む。しかし彼らの心中のどこかに、「まあまあ、それでもよかったわ」という、ささやきがきこえる。「まあまあ、それでも、老人夫婦が自発的に死んでくれたおかげで、ほかの者が助かったんですもの。もしもあの老人夫婦でなくて、他の二人が死んだとしたら、もっと可哀そうじゃないかしら。もちろん、あのお二人だって、死なないですめばもっと良かったにはちがいないけれど、まあまあ、あの二人で良かったんだわ」

何があの二人で、よかったものか！

死刑囚ならびに観客が、知らず知らずのうちにおち入っている、この審査基準は、たしかに人類の感情と常識にしたがっている。私自身だって、見終って（実に後味がわるかったとはいえ）、やはり「まあまあ組」の一人だったのだ。つまりこの映画を見て、いくらかでも共感をおぼえつつあった我々は、「ノアの方舟に誰をのせるか？」という、「神様」の判断力にも似かよったものを無意識に、はたらかせていたわけだ。

で、うっかりにじみ出した、その審査基準とは、何であるか。

神様がノアを選ばれたのは、ノアが神様の「お役」にたつ人間だったからであろう。して見れば、人類が選ぶべき「ノア」もまた、人類自身の役にたつ人間ということになるのだろうか。役に立つ！　ああ、何とまちがいのなさそうな、明々白々たる基準であることよ。のちのち、ものの役にたちそうだから、生きながらえさせてやるのであって、人類に奉仕できる見こみのない奴らを、どうして狭い「船」にわざわざ乗せてやる必要があろうか。あまりにも、ばかばかしいほど明確で、厳然たる、この基準には、ちょっとやそっとでは、とても抵抗できそうにないので、考えているうちに無気味になってくる。役にたつことは、すばらしいし、役にたたないことは許すべからざるほど困ったことだ。すばらしいことと、困ったこととのちがいは、これはもう動かすべからざるちがいである。したがって……。

「だが、それにしても、基準はほんとに、それ一つなんですか。それのみが、絶対に正しい基準なんですか」と、ききかえしている余地もなさそうなのだ。

現に、われわれは幼稚園のころからすでに、いかに自分が「役に立つ人間」であるかを立証しようとして、しのぎをけずっているではないか。何千年も何万年も以前から、人類がつづけざまに実行して、しかも好成績をあげてきた「役にたつ者」の情容赦のないふるい分けに、今さら異を唱えたところで仕方がないではないか。

にもかかわらず、どこからか「ま、待って下さい。ともかく、もう少し、そう決めてしまうのは待って下さい」という、か細い声がきこえてくるのである。

重ねて映画の話で恐縮ではあるが、ニュース映画や、テレビ・ニュースが第二の「現実」と化しつつある「今日」に免じて、お許しあれ。

「二十七人の漂流者」なる映画は、まことに奇怪な戦慄をあたえる作品だった。

漂流船、ことに漂流するボートの指揮者は、はなはだつらい役目をひきうけねばならぬ。彼はしばしば、一個人としてはとても決定しかねる事まで、断固として決断しなければならないのだ。タイロン・パワー氏はたまたま、船のこと海のことに詳しい高級船員であったばっかりに、この不運な大役をひきうけねばならなくなった。

おまけにこの映画の製作者は、密林の不時着より、はるかに悲壮な悲劇を、より徹底的にくりひろげる。修繕された飛行機とちがって、満員のボートは、絶えず漕ぎつづけなければ、危険なのである。嵐は、ちかづきつつある。

それ故、このボートの乗員として歓迎される人間は、何よりもまず「漕ぎつづけられる強健者」でなければならない。男女の性別は問わない。悪人であろうと、善人であろうと、倫理的な区別は、漕ぎつづけているあいだは問題にならない。ただただ肉体的なエネルギーの、量だけが、ふるい分けの基準である。もしこの、あまり人情とはかかわりのない、恐るべき「基準」にしたがわないで、弱き者を収容する方針をとったならば、ボートはたちまち転覆するか、救援のあてのない彼方に押し流されてしまうのである。

したがって意志強固なるパワー氏は、ボートの安全を保持するために、一大英断を決意する。つまり「役に立たない人間」を棄て去ることだ。全員が溺死した方が、いいのか。それとも、半数を溺死させても、残りの半数を救った方がいいのか。そこで、彼は判断する。みすみす全員溺死とわかっているのに、なりゆきにまかせるよりは、むしろ弱い者に死んでもらって、せめて強い者だけでも、乗員の命を救った方が正しいと。

この種の判断は、判断を下すのが困難であるのみならず、その判断をもちつづけるのが実に困難だと言わなければならぬ。

パワー氏は（なにしろタイロン・パワーなのであるから）けっして、非人情な冷血漢ではない。それどころか、勇気のある正義漢なのだ。それにしても、負傷した婦人や、子供や老人から先に、次々と海中へ棄て去って行く現場を目撃するのは、気持のよいものではない。ことに、病人や負傷者は、漕がないのではなくて、漕げないのである。薬品や医療器具がそろっていて、手当をうければ、立派に回復して、ほかの乗員よりもっと良く、漕げるようになれるかもしれない。ただ、今の今、漕げないために、思い切りよく棄てられてしまう。

明確そのもののように見えた「人類のお役にたつ」という基準までが、沈みかかったボートの中では、漠然たる、アイマイなものになる。

ボートから陸地にあがりさえすれば、(または平常の社会では)きわめて「お役にたつ」重要人物でさえ、今の今、漕げなければ、それでおしまいになる。たとえば、有名な原子物理学者までが、浮袋をあてがわれて、ボートから放り出されてしまう。彼のたぐいまれなる、人類にとって貴重な才能も、その瞬間のボートの進行には役に立たないからである。

それにひきかえ、エゴイスティックで、口うるさくて、無能で、誰にも好かれない老軍人も、肉体が強健であるために、ボートに残される。

いつもは軽蔑されている、あまり知能の程度の高くない黒人水夫も、棄てられないで残される。

見物は「ひどいなア、ひどいなア」と感じながら、スクリーンに眺め入っている。「ひどいなア」と思いながらも、指揮者パワー氏を憎悪するわけにはいかないから、見物は困惑するのだ。全責任を負って、死ぬ覚悟をしている、悲壮な顔つきのパワー氏は、自分の利益のために、棄てているのではない。生きのこる半数の全体（奇妙なコトバではあるが）の利益のために、心を鬼にしているのだ、ということが見物人にも感ぜられるからだ。

観客は、こころ乱れながら考える。

「これは、なにがなんでも、ひどすぎることだ。普通だったら、絶対に反対しなくちゃならない、ひどいことだ。だが普通のときとちがって、今の今、この瞬間だけは、こんなひどいやり方をする、指揮者の心中も察してやらなくちゃなるまい。このひどい決定が、正しいなどと、責任をもって主張するなんてことは、荷が重すぎるから御免こうむりたい。しかしともかく、ある意味では、このひどい事をやってのけるパワー氏が、男らしい男なんだと考えたって、それはさしつかえないだろう。彼の罪まで、こっちでひきうけるのは厭なこったが」

結局、パワー氏の指導よろしきを得たためか、ボートは暴風雨を突破して、汽船にすくわれる。ただしこの皮肉な映画製作者は、この指揮者の前途に、もう一つのワナを設けておくのを忘れなかった。彼らがすくい上げられた、その汽船には、パワー氏が次から次へと棄ててきた「役にたたない」病人、負傷者、幼児、老婆、物理学者などが残らず、救いあげられていたのである。ひろい海面から奇跡的に拾いあげられ、先着していたわけだ。汽船の甲板から、うらめしげな目つきで、ボートのパワー氏を見下ろしている「棄てられた人々」の姿。また、彼らを見上げているパワー氏の苦悩にみちた、打ちくだかれたような顔つき。

パワー氏は一体、正しかったのか、まちがっていたのか。ボートから棄てられた者も、ボートを漕ぎつづけた者も、救われたからには、それで彼らの未来と幸福をとりもどしたわけだ。しかしパワー氏は？　彼だけは、救われた瞬間から、未来と幸福を失ってしまったのではないか。最高の命令者、決定者として、「残す者」の選定をひとりでやってのけた、このけなげな指揮者は、今では、反対に、棄てた者と残した者との両方から、批判され、裁かれることになったのだ。私は、タイロン・パワーを名優だなどと思ったことは一度もないが、そのラストシーンの、その指揮者の苦しげな顔貌からは、深刻な印象が、鋭い矢になって私の胸に食い入ったのである。

では、われらの大曽祖父、ノア翁の場合はどうだったのだろうか。

二十世紀のモーション・ピクチュアの「動く画面」から、しばし離れて「旧約」創世記の、重々しい、金石に刻んだ如き文字を想起してみよう。

「——ここに於て、エホバ、地の上に人を造りしことを悔いて心に憂えたまえり。エホバ言いたまいけるは、わが創造《つく》りし人を、われ地の面より拭い去らん。人より獣、昆虫、天空の鳥にいたるまで、ほろぼさん。そは我、之を造りしことを悔ゆればなり、と。されどノアは、エホバの眼のまえに恵みをえたり」

「――ノアは、義人《ただしき》にして、その世の全《まった》き者なりき。ノア、神とともに歩めり。ノアはセム、ハム、ヤペテの三人の子を生めり」

「――時に世、神のまえに乱れて、暴虐世にみちたりき。神、世を視たまいけるに、視よ、乱れたり。そは世の人みな、その道をみだしたればなり」

神の命令によって、義人ノアは松の材木で、方舟の建造にとりかかる。長さ三百キュビト、幅五十キュビト、高さ三十キュビトの巨船である。船の内と外とは、瀝青《やに》で塗りかためられた。収容を予定されているのは、ノアの子供たち、子供たちの妻子、および、あらゆる獣、鳥、虫のメス・オス一組ずつである。

大洪水のさいのノア翁の年齢は、六百歳であった。六百歳にして、子供がセム、ハム、ヤペテ等、たった三人にすぎないとは、いささか少なすぎるきらいがある。『三』とはおそらく話をわかりやすくするための、便宜的あるいは象徴的な数字であったろう。六百年間に増殖した、ノア直系の子孫は、容易ならぬ多量に達していたはずだ。

雨は、四十日と四十夜、降りつづいた。

「――洪水、四十日、地にありき。ここに於て、水増し、方舟をうかべて、方舟地の上に高くあがれり」

いよいよ、史上いまだかつてない巨船はゆらぎはじめ、うごきはじめたのだ。

（ここから先は、私の空想力のおもむくにまかせて、方舟とともに漂流することにしよ

う)

甲板には、セム、ハム、ヤペテの三人が立っている。

(いや、方舟には甲板がない。船腹の小窓から、おそるおそるのぞいていた、ことにしよう)三人は、山々をおおいかくして、全地にはびこる大洪水の有様に、驚異の念をもって見入っている。

(長男のセム)。これは、正直で信心ぶかいほかには、何のとりえもない大男だ。

(次男のハム)。考えぶかい、聡明な美少年である。芝居では、えてしてこの種の若者が、問題をひきおこしやすい。

(三男のヤペテ)。これは、悪がしこい現実主義者だ。ぬけ目なく立ちまわるから、案外成功するかもしれない。

「長男のセム　やれやれ、おそろしい光景じゃないか。エホバの神のお怒りはおそろしいと、聴かされては来たが、まさかこれほどとは思わなかった。

三男のヤペテ　あぶないところだったよ、お兄さん。ぼくらも、ノアの子供に生れていなかったら、今ごろはこの物凄い水に呑まれちまってるところだ。

セム　そうだ。おれたちは父上に、いくら感謝しても足りないぞ。今度という今度こそ、おれは父上の力の偉大さを、思い知らされたよ。

ヤペテ　何だ、今ごろになって。ぼくはいつだって、父上の力の偉大さを疑ったことはないぜ。偉大でなくて、どうして六百年も生きていられるものですか。
セム　ハムはさっきから、黙りこくっているな。まるで、たすかったのが嬉しくないみたいな顔つきをしてるぞ。
ヤペテ　放っておきなさいよ。ハム兄さんは何でも、素直に喜んだり悲しんだりできないタチなんだから。
二男のハム　あっ、また一人、溺れた。あっ、あそこでも一人、女が水に呑まれた。
セム　おい、おい、ハムよ。おれはお前が、心のやさしい弟だということは、よく知っているぞ。おれは、お前の心のやさしいところが好きだ。だがなア、ハムよ。心がやさしいばっかりに、神のお怒りの恐ろしさを、忘れちゃならないぞ。方舟のまわりで、溺れ死んでいる人間たちは、あれはみんなエホバの神に見棄てられた者どもなんだ。あの連中に同情しすぎて、エホバの意志をわすれたら、ノア一族まで亡びなくちゃ、ならなくなるぞ。
ハム　アッ、沈んだ。今度は子供だ。可愛らしい男の子だ。小さな小さな女の子の手をひっぱって、今までやっと、泳いでいたのに。セム兄さん。方舟をとめて、あの人たちを救うことはできないんですか。
セム　ばかな事を言う！　そんなことを、父上がお許しになると思うか。
ヤペテ　そんなに同情するなら、ハム兄さんが、自分でとびこんで救ってやればいいんだ。

セム　こら、ヤペテ、黙らんか。ハムがほんとに飛びこんだら、どうなると思う。それはノア一族が、エホバの御命令にそむくことになるんだ。第一、この大波、この激流、この大渦巻、この雨水の大滝を見るがいい。誰が、沈む者をすくえるものか。今のようなことを、父上のお耳に少しでも入れてみろ。このおれが許さんぞ。
ヤペテ　ハム兄さん、あなた、父上の大恩を忘れたんですか。
ハム　忘れやしないよ。
ヤペテ　そんなら、父上の御命令に、おとなしく従っていればいいじゃありませんか。セム兄さんだって、ぼくだって、父上とエホバのお恵みを感謝する心で一ぱいなのに。あなたはきっと、父上の偉大さが信じられないんでしょう。
ハム　父上は偉大だよ。しかし父上は神じゃない。
ヤペテ　ほら、口をすべらした。あなたは父上の権威を疑いたいんだ。ノア一族のほかの者を、ぜんぶ見殺しにした父上の決定に、反対したいんだ。父上の決定に、少しでも疑いをさしはさむ者は、すなわち神の審判を疑う者ですぞ。これほどの大恩をうけながら、ハム兄さん、あなたはその恩人を裏切るつもりですか。
ハム　待てよ、ヤペテ。そういそいで喋らないでくれ。ぼくはただ、ノア一族だけを救うことが、ほんとに父上の意志だったのかどうか。もしかしたら、できることなら、ノア一族の他の者も、救いたかったのではなかろうかと、そう考えているだけなんだ。

セム　どうして、そんなことを！　ハム、どうしてお前は、そんなことを言い出すんだ。父上の意志は、父上個人ばかりではなくて、エホバの御意志なんだぞ。エホバが、自分のお考えで、亡ぼさなくてはならぬと決断されて、あの連中を亡ぼしなさったんだ。そして、ノア一族だけを選んで、救って下さったんだ。お前は、あの信心堅固な父上が、この神の御意志のほかのことなどに、目を向けられるとでも思っているのか。

ハム　兄さん、ぼくだって父上の神にも似た偉大さを信じているんだよ。だがぼくは、やっぱり、ぼくらを生んでくれた父上が、人間らしい人間だと信じたいんだよ。

セム　シッ、しずかに。ほら、父上の御声がきこえてくる。ハムよ、あの大音声をきいたか。あのとどろきわたる、重々しい大音声、あれが普通の人間らしい人間の声だと言うのか。ちがう。あれは、神にも似た人間の指導者の声だ。あの声をきいただけで、おれは我を忘れてしまうよ。たのもしい声、巨人の声、神にも似て、すべての人間を裁く者の声だ。ハムよ。船室に入りなさい。そして、あの御声の下に身をかくしなさい。この異様な大洪水に見とれていると、誰だって心が乱れてくるさ。さあ、船室に入りなさい」

水は百五十日のあいだ、地球にはびこっていた。しかしエホバの意志によって、次第に減りはじめた。七月の十七日、方舟の船底は、ついにアララテ山の頂上に着いた。十月の一日には、山々のいただきが、はればれした顔をのぞかせた。やがてノアの放った鳩は、橄欖《かんらん》の新葉をくわえて、もどってきた。水が涸いたのだ。

ノア一族は、方舟の蓋をひらいて、地面に降り立った。壇を築いて、エホバに感謝の祈りをささげた。そして神様が香《かん》ばしい匂いに気づいてくれるように、潔《きよ》き獣と潔き鳥の肉をたくさん焼いて、その香気を立ちのぼらせた。

これで新規まきなおしの建設の、第一歩がふみ出されたわけだ。

大掃除がすんだばかりだし、今度こそ「悪い種子《たね》」はまじっていないはずだ。しかるに「創世記」の第九章には、すこぶるおだやかでない文字がつらねてある。

「――ここに、ノア農夫となりて、葡萄園をつくることを始めしが、葡萄酒を飲みて酔い、天幕の中にありて裸になれり。カナンの父ハム、その父のかくし所を見て、外にありし二人の兄弟に告げたり。セムとヤペテ、すなわち衣を取りて、ともにその肩にかけ、うしろ向きに歩みゆきて、その父の裸体を覆えり」

次男のハムは、酔っぱらった父ノアの、かくし所を目撃した。そして「目撃した」と、セム、ヤペテに語った。ただそれだけのことが、どうして後に述べるような大罪になったのか。また、セムとヤペテが、父の裸をかくすために、なぜこんな大げさな、恐懼《きょうく》と緊張のそぶりを示さなければならなかったか。このへんの事情は、聖書の専門家に教えを請わなければならない。いずれにしても、義人ノア、大指導者ノアは、わが子ハムに自分の裸体を目撃されて、激怒したのだ。

「――ノア、酒さめて、その若き子のおのれに為したる事を知れり。ここに於て、彼言いけるは、カナン呪われよ。彼は僕《しもべ》らの僕となりて、その兄弟につかえん。また言いけるは、セムの神エホバは讃むべきかな。カナン、彼の僕となるべし。神、ヤペテを大ならしめたまわん。彼はセムの天幕に住まん。カナン、その僕となるべし」

ノア翁は、ハムの子カナンを徹底的に呪っている。その未来の不幸を、あらかじめ断言している。これに反し、セムとヤペテについては、未来の幸福を大々的に保証してやっている。同じ三人の子供のうち、目撃したハムだけが、はなはだしく父の信用を失墜して、嫌われ憎まれてしまったのだ。つまらないことを口走ったのは、ハムの失礼であったにせよ「汝の子孫は、奴隷の奴隷となるがよい。兄弟の奴隷となるがよい」とまで罵ったのは、なぜだろうか。せっかく大洪水をきりぬけて、神に選ばれたノア族の一員として、仲良く建設を開始したばかりではないか。かくし所を見られたぐらいで、どうしてそんなに激怒しなければならなかったのだろうか。

私は「創世記」に、勝手な新解釈をほどこそうとは思わない。また、ノアやエホバの権威を傷つけるつもりは、全くない。ただし、漂流する方舟を第一幕とした、三兄弟の会話をもう少しつづけさせ、葡萄園を第二幕として、ノア対ハムの関係を空想してみたいのである。

葡萄園の天幕の口が、なかばひらいている。

葡萄酒に酔ったノアが、舞台を横切って、天幕までよろめいて行く。彼は六百歳にして、なお筋骨たくましき偉丈夫である。ほとんど「神人」のおもむきがある。ノアは天幕の入口で、周囲を見まわす。警戒心にみちた、鋭い眼光だ。彼は生きのこった人類の指揮者であり、支配者であり、審判者である。したがって、孤独なのだ。あたりに人影がないので、ノアは安心して天幕の中に入り、仰臥する。権威者は泥酔しても、自己の権威を守らなければならない。

父のあとをつけて来たハムが、天幕にちかよる。子供たちは、父の命令なしに、自分たちの方からノアにちかよる事を、許されていない。ハムは父を慕うあまり、あとをつけて来たのだ。酒に酔った父を見るのは、はじめてなので、なおのこと親しみをおぼえたのである。天幕の中で父のうめき声がきこえたので、ハムは立ちすくむ。

ノアの独白。当人は低く呟《つぶや》いているつもりでも、重々しくとどろく声だ。

「誰を方舟に乗せるか。それを決めたのは、エホバだ。おれではないぞ。おれではない？　そうだ。すべては、エホバの御意志なんだ。方舟をこしらえたのは、たしかにおれだ。だが、こしらえさせたのは、エホバではないか。おれは、ノア一族を大切にしている。可愛がっている。だが、どんな一族の酋長だって、自分の一族を大切にし、可愛がるのだ。おれがおれの一族だけを方舟に収容したのは、おれの子孫が良い種子《たね》であって、他の奴らが悪い種子だからか。いいや、ちがう。どうして、おれの一族だけが最上の人間だと、うぬぼれることができるか。えらんだのは、神なのだ。おれではない。ほんとに、おれではなかったのか。だって、そうではないか。偉大なるエホバのほかの誰が、そんな重大な決定をやすやすと、やってのけられると言うのか。おれの支配し統制している、おれの子孫をよく見てみろ。三人の子供だけでもよい。奴らの本質を、よくよく調べてみろ。どうだ。セムは愚直だが、政治性がまるっきりない。ヤペテは、目はしがきくが、陰険だ。信用がならないのは、まあいいとして、とても大人物ではない。いくらか、まっとうなのは、次男のハムか。奴には才能がある。だが才能が、繁栄の邪魔になることだってあるのだ。奴らを生かして、他の連中を溺死させたのは、エホバか、おれか、一体どっちなんだ。おれは指導者だ。すべての責任は、おれにある。おれはエホバに、一族の責任の重荷を押しつけようとしているのではないぞ。おれは、そんな卑怯者じゃないぞ。今、おれは酔っぱらって、うめき声をもらしたな。おれは、うなされているな。ええい！　息苦しい。めんどうくさい。おれは、暑いんだ。酒のためじゃない。おれの権威が暑くるしくて、たまらないんだ」

ノアの衣服がつづけざまに、天幕の外に投げ出される。

ハムは、かつは驚き、かつは喜ぶ。父の苦しみを驚き悲しみつつも、彼は父の人間らしさを発見して、狂喜したのだ。

ノアの独白「もしもおれの子孫から、悪の種子が芽生えたら、どうなるのか。他の連中をぜんぶ洪水で洗い流して、どうやら選び出した、粒えりの種子が腐ったら、どうなるのか。悪の芽生えない種子が、あるのか。腐らない種子粒はどこにある？　そんなものは、どこにもありゃしない。そんならどうして、エホバはおれと、おれの子孫を選び出したのだ。何のために、わざわざ方舟になど乗せたのか。方舟に乗れた者と、乗れなかった者の、どこが一体ちがっていたのか」

ハムは走り去る。彼は今こそ、父の偉大さ、父の苦悩の偉大さを発見したのだ。歓喜したハムは、兄弟に自分の発見を告げるために、よろこびいさんで走り去ったのだ。だが……。

兄弟三人の会話。

「ハム　ぼくは父上のかくし所を見たよ。

セム　何だって。何をお前は言ってるんだ。

ハム　見たんだよ。ぼくは見たんだよ。

ヤペテ　ハム兄さん。あなたは、父上のかくし所を見たと言うの。

ハム　そうだよ。

ヤペテ　どこで一体見たんですか。

ハム　葡萄園の天幕の中だよ。父上は酔っぱらって、何もかもさらけ出して、うめき声をあげているんだ。

ヤペテ　すっかり裸で？

ハム　そうだ。すっかり裸でだ。

セム　エホバよ、弟の暴言をゆるしたまえ。こら、ハム！　でたらめも休み休み言え。父上の裸を見たというのが、お前にはうれしいのか。

ハム　そうです、セム兄さん。うれしいんです。

ヤペテ　お父さんのかくし所を見たというのが、うれしいんだって！　あきれたひとだ。

ハム　お父さんという方が、今こそすっかりわかったんだ。

セム　のぞきこんで、盗み見をして、それで何がわかったんだ。

ハム　父上も、かくし所のある、ただの人間だとわかったのです。

セム　だまれ。ああ、そんな醜悪なことばは、聴きたくない。おれは、お前のような弟を持ったのが、恥ずかしいぞ。お前は父上の権威、ノア一族の権威を汚しているんだ。エホバに向って、唾を吐きかけているんだぞ。おそろしいことだ。ヤペテ、行こう。こんな気ちがいにかまうな」

かくしてセムとヤペテは、葡萄園の天幕にかけつけた。そしてノア翁の裸身を、持参した衣の下にかくした。

酔臥していた指導者は、何も知らなかったのだ。翁が激怒したのは、ヤペテがハムの行状を密告したからだ。

ノアがたとえ激怒しても、三人の中のハムを罰して、ほかの二人をほめそやしたのは、倫理的な理由によるものとは思われない。まさかこれしきのことで、ハムを悪の種子とし、ほかの二人を善の種子と決めるほど、子供じみた老人であるはずはない。

おそらくノアは、同族組織の将来をおもんぱかり、「決定」や「審判」の絶対性をゆるがせないために、全く政治的な理由から、敢えて冷静に、このような演技的な裁きを行なったのであろう。

# ニセ札つかいの手記

今日は、一日で三枚つかった。昨日は、一枚もつかわなかった。一昨日は、二枚つかった。一日おきぐらいに三枚ずつ、新しいのをわたされるから、毎日つかわないで溜めておけば、手もとに十枚以上残ることもある勘定である。だから、溜めておいてつかえば、一日で十枚以上をつかうこともできる。しかし、そんなに溜めておいたことはない。だから自然と、一ぺんに、そんなに何枚もつかうことはないのである。一日に三枚以上、四枚か五枚つかえば、今までのレコードを破ることになるが、レコードを破りたいとは思っていない。

一日おきぐらいに三枚ずつわたされると言っても、月曜と木曜は休日である。一週間に五回わたされるから、つまり週に十五枚である。

もしも月曜から日曜まで、わたされたお札《さつ》をつかわないでおいて、十五枚そっくり返しても叱られることはない。そんなことは人情として、できないことなので、実際に十五枚返したことはないが、十四枚返したことがあった。まるまる一週間なまけていれば、工場でも商店でも、主人に叱られるにきまっているので、そのとき私は源さんが怒るとばっかり思っていた。

「そうか。では、今週はどうしようかな」

と、蒼白い顔をした、栄養不良のような源さんが、痩せたひざ頭の上に痩せた両手で、お札をかぞえおわったとき、私は『たぶん叱られるな。今週はどうしようかという意味は、今週はお札をわたさないで様子を見ようの意味だな』と考えていた。

私はかねがね、『源さんのような人にはなりたくないな』と考えていたが、それは源さんという人が、この世には何のおもしろいこともない、生きてだけはいるが少しも浮き立つように嬉しい感じは、あとにも先にもないという顔つきと姿をしているからだった。

チョコレートその他のお菓子類、おでん、石やき芋、のしいか、やきいか、鯛《たい》やき、おせんべいなどの純日本式の食物のほかに、洋食の店なども進歩しているし、毎朝パン屋（たとえば有名な木村屋）へ行けば、できたての小麦粉の匂いと味のするのや、肉やカレーやあんこやクリームやジャム、しまいにはオコワ飯などの入ったパンも買える。それだのに、全然楽しくないという源さんの気持が、私などには、とてもわかりっこなかった。

源さんは、私が返した十四枚の札をゆっくりとたたんで重ね、上衣の外側のポケットに入れ、それから上衣の内側のポケットから、新しいお札の束をとり出し、その中の三枚を出したままにして、別のをまた内側のポケット（出したときと反対側の内側のポケット）にしまった。

「一枚千円のお札が、三千円になろうとは夢にも思わなかったよ。そうだろう」

「ええ」

「世の中には、思いもかけないことばかり起るから困るねえ」

「ほんとうに、そうですねえ」

源さんの声は、ほんとうに沈んで憂うつそのものの声なので、話の中身だけはうまく調子が合っていても、二人の声はちぐはぐになってしまう。実のところ、私は源さんの話の内容よりも、その前の、お札（古いのと新しいの）の出し入れのやり方が気にかかっていたのだ。お札をつかうのは、お札を出し入れすることなのだし、それが私の職業にもなっているわけだから、こまかい点にも気がつくのである。古いのと新しいのの別と言ったところで、ニセ札は大体できたての新品を、古い紙幣のように見せかけてあって、みんな新しいお札であるわけだが、私としてみれば、先先週わたされたお札より先週わたされたお札の方が、新しいと言わなくちゃならない。で、その先週わたされた古い分の十四枚を折りたたんで源さんが、上衣の外側のポケットにしまった。どうせおんなじ製造元のおんなじ額の千円札なのだから、前に返したのをしまいこまないで、その中の三枚だけ、また私に返して使わせてもいいわけだ。その方が、手数もはぶけるだろう。古いのを、上衣の外側のポケットにしまいこむのは、古いのは外、新しいのは内側と分けてしまう手つづきだとしても、そんなに分ける必要がなぜあるのか、よくわからないし、第一、外側のポケットに紙屑を入れるようにして入れる、その気持もわからない。古い汚い水と、新しい綺麗な水とを一しょくたにすれば、新しい方もよごれるから、困ることになる。しかし、新しい札と古い札をまぜあわせても、（ことに両方ともニセ札の場合は）さしつかえないはずであるが、源さんは、そうやらなければならないようにして、いつもそうやった。

『うん、なるほど。これはきっと源さんのクセだろう。クセや習慣でそうやっているんだろう。知らず識らずのうちに、ああいう具合の順序で、あんな風に区分けするんだな。それとも……』

と考えた私は、

「あの、源さん、一つおうかがいしますが。……そのお札をですね。源さんの上衣の外側や内側に入れたり出したりするのは、何かそういう規則でもあるんでしょうか」

と、たずねた。

「え？　何だって。外側と内側？　何かの規則だって……」

と、無愛想な源さんは、かすれた声でつぶやき、自分の上衣にさわってみている。

「いいえ、別に、重要なことではないんですが。あの、私の返した方のお札と、新しくくれる方のお札とを別々の場所に入れたりして、新しいのと古いのを区別してるんじゃないでしょうか。ただ、そう思ったもんで」

「新しいのと古いのを区別？　そんなことはしていないよ。みんな同じお札だからな」

印刷関係の労働者は、こまかい仕事を根気よくやる方だから、注意ぶかい、気むずかしいところが、眼じりや指先にもしみこんでいて、中には暗い感じのする人もいる。もちろん、明るい元気のよい新しいタイプの印刷工も、たくさんいるだろうけれども、源さんはどちらかと言えば、昔ながらのハンコ屋さん（印形彫《いんぎょう》り）の老眼鏡をかけた老主人じみたところがある。皮膚にも脂っ気というものが全くないし、カサカサに乾いた感じだ。よく谷間にさし掛けた掘建小屋のような靴屋さんが、車の往来のはげしい道路からはみ出して、床板一枚はずれれば、すぐ下の別の家の屋根に落ちそうになって、平気で仕事をしている。そんな店はたいがい、商店街の仲間からはずれて、スリッパや子供用ズック靴しか売れないので、たいがい古靴なおし、靴の裏革のとりかえぐらいを、かがみこんでやっている。他人の足の匂いがしみこんだ革ばかりあてがわれていれば、憂うつになるのはあたりまえで、そういう店の主人は時々、人生に絶望したように憂うつそうな顔つきで、街路や空をながめている。お嫁さんをもらう直前になって、急に自殺してしまった若い靴屋さんを、私は知っている。源さんは、私と同じ三十二歳だから、自殺した靴屋さんほど若くはない。源さんにはもちろん、今すぐ自殺しそうな気配はないが、憂うつそう、そうとう濃厚に憂うつそうであることはたしかだ。他人の足の垢の匂いのしみついた汚い革を、毎日いじくるのとはちがい、まだ他人の手垢のつかないお札をいじくるのだから、そこにちがいはあるにちがいない。

私の役はお札をつかうだけで、つくる方とは関係がない。源さんが、つくる係りであるかどうかも、私は知らない。この人は私にお札をわたす係りではあるが、源さんがつくっている現場など一度も見たことがないのだから、つくれそうな人物とは思うけれども、ほんとうに製造しているのかどうか、話したことも聴いたこともない。

「つくれそうな人物」と書いたのは、つまり「しっかり者」「頭もいいし腕も立つ人」の意味である。源さんは普通の言いかたからすれば、弁舌の方も、歩きかたの方も「しっかり者」でないように見うけられるが、どこか普通の私たちとちがった考えこむようなところもあり、一つことをジッといつまでも手放さずにやりつづけられそうな人なのである。

「こういうお札を一枚つくるのも、いざつくるとなれば、大へんなことでしょうね」

と、私はたずねたことがある。

「日本銀行とか内閣印刷局とか、そういう大丈夫な立派な場所で、名人が大ぜいかかって、とても莫大な費用をかけて、つくるものだそうですからね。それだのに、ふつうの民間人が自分で勝手につくるとは、一体どこでどんな具合にしてつくるのか、想像もつきませんねえ」

「……そうかなあ。そんなに想像もつかないことかなあ」

と、源さんは元気のないため息をつきながら言った。

「想像なんかつきませんよ。つくるつくり方なんて、想像もつきませんよ。このあいだ喫茶店で新聞を読んでいたら（私は月ぎめ新聞は取っていない）、『思いもかけぬ人物が犯人えとして、捜査線上にあらわれるかも知れない』と、警視庁の人が発表していましたからねえ」

「思いもかけぬ人物？　そんなことはないだろう」

「いいえ。そう書いてありましたよ」

「思いもかけない人物なんて、そんなことないよ。自分でお札をつくる人の数は、たかが知れているしさ。調べれば、やっぱり、つくりそうな奴がつくっているはずだからなあ」

二人のつきあいが始まってから、このかた、源さんは私を疑ったり怪しんだりするような警戒心を示したことはない。だから、こういう返事も、警戒心でごまかして言っているのではなくて、無知な人によく説明してやるつもりだったろう。私自身も、つきあうとなったら、どんな人でも疑ったり怪しんだりしないことにしている。疑ったり怪しんだりしたって愉快になれるわけではないし、わざわざ不愉快になることはきらいだからだ。

「そうですかねえ。つくりそうな人は、きまっているんですかねえ」

「そうだよ。昔は、絵のうまい日本画家が細筆を使って書いたそうだ。絵がうまいくらいじゃなくちゃ、あんなむずかしい模様は書けないからねえ。今では写真印刷が発達したから、絵筆を用いないでも、お札がつくれるようになったから、つくれる人の数がふえているにしたって、そんなに簡単にああいうものを自分でつくれるものではないからねえ」

「そうですとも。まったく、その通りですねえ。お金がほしいから、みんなよく働いて、月給や日給や商売の勘定で、お札をもらうのが何よりの楽しみだとしても、まさか自分でジカにお札をつくるなんて、よっぽど精神状態の変った人でなくちゃ、考えつきませんからねえ。それに考えついたって、あのめんどくさい模様を、似せさせないように特にむずかしくしてある模様をねえ。あれをそっくり似せてこしらえるなんて、驚きますねえ」

「精神状態が変っていると言われれば、なるほど変っているかも知れないねえ。しかし、驚くといったような、それほどのモノじゃないだろうなあ」

と、ひとりごとのように言って、この問題については少しも深刻にこだわったり、悩んだりしていないらしい。私は、やすくて有名な満員客止めのギョーザ（餃子）屋で買ってきて、半分のこしてあった焼きギョーザを五個、もう一度フライパンに油をひいて温めなおしてから、酢醤油《すじょうゆ》にゴマ油と唐辛をたらしたのを添え、彼の前に出してあるのだが、彼は少しも食べようとしなかった。自分の秘密については何も悩み苦しむことはなくても、立っても坐っても人間のカタチをして生きているのが、それだけで憂うつな源さんなのかも知れないにしても、このギョーザをおいしがって食べなかった友人は、彼のほかにいないのである。「こんな残り物で失礼ですけど、これは若い奴らに評判のいいギョーザです。古いものでは、お口にあいませんか。もし古いのがおきらいだったら、これから一緒にそのギョーザ屋へ行って、新しい焼きたてを食べましょうか」

サービスの良い私は、たとえ自分がケチの性《しょう》ぶんでも、好きな相手にはできるだけの親切をつくさずにいられない。ことに源さんは、淋しそうにしている恰好が、高級な淋しさで淋しくなっているようで、私より偉い人物のように思われるので、なおさらのことだ。

もともと、このお札つかいの仕事を引受けたのも、あんまり淋しそうな様子をしている源さんにサービスするつもりから始まったことだ。ただ淋しそうな人物というだけではなくて、私の「真価」をみとめてくれて、そして淋しそうな人物であるのが、私が源さんと離れがたくなった第一の理由である。威ばる男が誰よりきらいな私は、たとえ「真価」があっても威ばる気づかいはないし、自分でも「真価」など少しもほしくはなかった。しかし、「あんたは、ぼくの探し求めていた男だ」と言われたときは、うれしかった。私をおだてるためのお世辞と思えば、スウッと胸に入ってくるわけはない。そのとき、源さんの言葉が砂の中へ水が吸いこまれるように、私の胸へしみこんでしまったのは、もしかしたら私の方でも、源さんのような人がほしかったためかも知れない。

私は、源さんからもらうお札などつかわないでも、自分の収入が月に二万円（つまり普通の千円札が二十枚）以上はいる。独身で、身体も丈夫だし、お酒も飲まないから、収入のことであわてたことなど一度もなかった。お札は好きであるし、お札のために身を粉にしても良く働くのは苦にならないが、それほどお札に恵まれなくても、人生を楽しむ術が私はうまいのである。

　それに、源さんのお札をつかえば、つかわない前より計算その他で、めんどうなことは二倍以上になる。フィフティ・フィフティというのか、セッパン（折半）というのか、源さんのお札をわたされれば、その半額は源さんに返さなくちゃならない。お札をつかって買った品物を私のモノとするにしても、三千円わたされれば千五百円の「現金」を、私が源さんにわたすわけで、その二分の一という勘定がなかなかむずかしかった。三枚わたされて、キッチリ三千円の買物をしてしまったとする。いや、三千円まで行かないで二千五百円の買物をしてしまったとすると、のこりの現金は五百円だけになる。しかし私は、源さんに千五百円の現金を返さなければならない。私の「役割」はつかうことであるから、なんでもいい、パッパッとつかってしまえば、それですむかというと、そうはいかない。なるべく安い品物、ピース一箱四十円、セロファンに包んだのしいか一袋五十円買って、九百六十円か九百五十円かのおつりをもらうように心がけねばならない。おまけに私は、煙草は吸わない。

　お札をつくっている人が自分で、そのお札をつかう場合は、二分の一も三分の一もないから、ただつかうだけで、あとの計算などやらないでもすむ。つくっている人と、つかう人とが別々で、わたしたり返したりするから勘定がやっかいになるのである。私が源さんのお札だけつかって、毎月くらしているのなら、それでもいくらか話は簡単になるが、実は私がかせいだ、（つまり源さん以外の人からもらった）普通のお札もつかってくらしているのだから、よほどくわしく計算に頭をつかわなければ帳じりが合わないことになる。
さきほどは、源さんが焼きギョーザに目もくれないところまで書いた。そのつづきは、
「源さんは胃がわるいんでしょう」と、私が言う場面だった。
源さん「胃はわるくないが、朝から何回も下痢をする。五回ぐらいすることもある」
私「やあ、可哀そうだなあ。それは胃も腸もわるいですね。では、よい漢方薬がありますから煎《せん》じて飲ませてあげる。煎じるだけでなく、元の薬を分けて持たせてあげます」
源さん「そんなに親切にしてくれなくてもよい。君はお医者じゃないのだから」
私「実さいに私と私の弟と、弟の友だちが飲んで、効《き》いているのですよ。顔がツヤツヤするほどよく効いたのですよ。ある名漢方医の子孫のお婆さんだけが知っている、秘法の薬ですよ」
源さん「何という名のクスリかね」
私「キセキキュウケツキュウメイシンヤクという名ですが」
源さん（弱々しく）「ぼくは、その名をきいたことがない。ぼくは下痢をしてもいいのだ。下痢をしなくなれば、かえって死ぬかもしれないのだ」
私「ほら、今煎じているのは一袋の八分の一を、また二つに小《こ》分《わ》けしたのです。はじめての人には八分の一でも強すぎるから、その半分だけ煮てあげます」
と言って、八つの古新聞紙の小袋に分けた別のを、また二つずつにわけ、私は十六の小

さな包みにたたむのに忙しい。

源さん（少し怒ったように）「君はぼくに、そんなに沢山その薬をくれようというのか。ぼくの子供は、煎じ薬の匂いをかぐのがきらいなのに」

私「お子さんは、この匂いがきらいですか。では、何がお好きですか」

源さん「うちの子供が好きなのは、酢ダコだよ」

神薬は、いろいろの乾かした漢方の葉ッパや茎や実や根、それに虫の類などをきざんでまぜてあり、ちぎった古新聞紙が破けてこぼれそうになるし、源さんが帰りそうなので気が気でなかった。酢ダコか、それなら近所の飲屋の「大樽《おおだる》」に行けば売ってる、それを子供さんのお土産《みやげ》にもって行ってもらおうと、手のいそがしい私の考えはきまっていた。

源さんが起ち上って、出口の方へ行きかかるので、私はあわててガス栓をとめ、熱くなっている土瓶《どびん》を手にさげ、包んでおいたキセキ薬を上衣のポケットに入れ、彼のあとについてきしたがった。どうせ、その薬はあとで私のポケットから出し、源さんの上衣のポケット、もちろん、お札の入っていないはずの方のポケットに突っこんでやるつもりだった。土瓶の薬はもう一度、大樽のおかみさんに頼んで煎じつづけてもらって、それを店のコップに注いで源さんにのませればよい。

酒を飲まない私が大樽の店の人々と親しいのは、私がひまなとき、この店でギターを弾《ひ》くからだ。私の芸名は丸木・ヴァレンチノ。専門はクラシック・ギターとフラメンコなどだが、映画の主題歌やエルヴィスのロックンなども弾ける。「エルヴィスはイエス・キリストの再来だよな」「軍隊に入ってから一時はどうなるかと心配したけどよ。やっぱし今度吹きこんだのは、涙がでるな」と、若い奴らと話しあっているほどエルヴィスが好きだ。下宿ではレコードの音を高くすると（実は、耳が痛いほど高くしなければ気分が出ない。悪いプレイヤーで、すり切れたレコードで音いっぱい鳴らさなければダメ）叱られるから、音楽喫茶へ仲間で行って、エルヴィスの新盤をかける。我々はベートーベンやモーツァルトの交響楽をきくと、貧血して気持がわるくなるから、すぐ暴力的に止めさせて、エルヴィスと取りかえる。暴力的にと言うのは、私の連れ歩く若い奴らのことで、その一人は私の肉親の甥ッ子である。この甥ッ子は、一昨昨年の安保反対デモのとき、勇ましいことが好きなため、政府や警官に反対する方の組に入り、さかんに叫んだり殴ったりしてあばれていたが、そのうち日当五百円に特別上等の折詰弁当をくれるという話があり、大学生たちが羽田空港により集ったときは、今度は木刀で学生たちを殴りつける役にまわった十九歳の若者で、今では両方ともやめて運転手の仕事にうちこんでいる。こういう甥ッ子を使って、お札をつかわせれば、一日に五十枚、百枚とつかってしまうのに、源さんはこの種の若い奴が好きでないらしく、私に目をつけたのである。顔つきだって、甥ッ子の方が色白で上品で、おとなしそうで、私の方が色黒でゴツいから、甥ッ子の方が誰にでも信用され可愛がられているのに、源さんは私の方を手下にした。もしも「このお札は、君一人でつかわなくちゃいかんよ。このお札を他の者にわたして、つかわせてはならんよ」と、源さんに念を押されていなかったら、私はとっくの昔に、わたされたお札はそっくり甥ッ子にやって、つかわせていたところだった。もしそうやっていたら、甥ッ子は遊び仲間が多いから、めんどうくさくなれば仲間に分けてつかわせて、私も源さんも、源さんのお札を誰が何枚どこでつかったか、まるきり不明になってしまったにちがいない。

「あら、あら、丸さん。このあいだは青森からリンゴをどっさり、ありがとう。とてもおいしいリンゴで、家じゅうばいあいで食べちまった」と、例によって大樽のおかみさんはなつかしそうに私を迎えてくれた。旅まわりをするたびに土地の名物を大樽に送ってあげ、そのかわり、お金のない時は大樽でタダで御飯をたべさせてもらっている。御飯の中では熱いおじやが一番好きなので、「今日あたり必ず来ると思ったから、おじやもつくっておいてあげた。秋刀魚《さんま》のはらわたもあるよ」と、年をとっても良いお婆さんになること疑いなしのおかみさんは、勢いこんで言った。よいお婆さんになるのは何よりむずかしいと見え、たいがいのお婆さんは私のきらいなお婆さんであるが、ごくたまに良いお婆さんにぶつかると何よりうれしいのだ。「あの箱には蜜の入ったのと蜜の入らないのと両方入っていたでしょう。おかみさん、どっちが好き？」ときくと、「蜜の入った方がスキさ。あの蜜はどうやってこさえるのかしら」と言うので「あの蜜は、あれはリンゴの果実の肉の中に自然にできるシミで、あそこがうまいと言いますね」おかみさん「あら、自然にできるなんてことないわよ。昔食べたリンゴには、あんな蜜は入っていなかったもの。工夫してこしらえたのよ」私「いいえ、注射なんかしていませんぜ」おかみさん「いやだな、丸さん、注射すれば針のあとがつくもの。今どきは農業科学者がいて、あともつかないようにして新しい品種なんかいくらだってできるんだから。そのくらいのこと、わけないいんだから」私「へええ、あのリンゴはずっと前からある品種で、新しい品種なんかじゃありゃしないのに……」私は、世の中にはつまらない事なんか一つもないし、つまらない事に重大そうにこだわって大騒ぎしたり、ツバをとばして議論することこそ面白いなアとかねがね考えていたので、おかみさんと二人してそんな対立したような話をはじめられたのが愉快であった。

そのとき私の背なかの方角で「おい、ねえちゃん。おれのお札はニセ札なんかじゃないよ。しらべるなら虫眼鏡か天眼鏡《てんがんきょう》をもってきてしらべな」と言う声がきこえた。やってる、やってると思って振りむくとエプロンを掛けた大樽のねえちゃんが、一枚の千円札を電燈の光で透《す》かして見るつもりで、目の前に持ちあげていた。それがここのねえちゃんのくせであって、そのお客を特に疑っているわけではないし、お客の職人の方も自分のお札が本物であるという自信があるので、少しも気をわるくしていない。この菜食主義者のねえちゃんは、まちがって象になるまで太った白兎のようにまッ白に太っていて、気がやさしくて、ニセ札なら警察へもって行けば三千円になるから二千円もうかるなどとは考えたこともなくて、ただいつでも熱心にそうやるだけなのである。それはもちろん「正義のため」であった。白兎のように白くて軟い肉づきのねえちゃんは、象のように目を細めて調べているが、まだ一枚もニセ札を発見したことがない。大工場では検査係りの工員がいて、どんどん出来上ってくる製品を片っぱしからいろんな器具をつかって検査して、良と不良を選び分けてしまう。そういう検査係りに、ねえちゃんは不向きなのだ。なぜなら私は、もう五枚も源さんのお札を大樽でつかっているからである。「ほらほら、お気の毒さま。ねえちゃん、まっとうなお札を出したお客さんに、そんな失礼なまねをしてすむと思ってるのかい」と、しらべられた職人に言われ、ねえちゃんは泣きそうになっている。「さあさあ、身のあかしがたったからにゃあ、こっちの言うこともきいてもらわなくちゃならねえ。さあ罰として、この焼肉をたべてもらおうじゃねえか」と、職人が歌舞伎のせりふもどきでからかうので、ねえちゃんはヒイーッと悲鳴をあげ、のれんの裏側に逃げて行く。ナマ卵と塩鮭のほか、なまぐさものは一切口にしない彼女は、焼肉をたべるのが死ぬより苦しいからだ。むごたらしくも殺した動物の肉をたべるような、そんな平気で血なまぐさいことの忍べるねえちゃんではなかった。五十人以上の男たちの機嫌のいい話し声が店の中に渦をまいていて、その渦は、洪水の泥水の渦ではなくて葡萄酒や清酒を醸造する大樽の中の渦のように底から湧きあがる泡で気分をせいせいさせる。女の客はたった一人、日本の男よりしっかりした骨組のロシヤ婦人だけで、灰色がかった白髪の彼女は私と源さんと同じ「おから」の小皿を箸《はし》でつついている。ここの「おから」は煮つけの味が良くしみついていて、「おから」とは思えない濃い色をしていて「ツブウニ」ぐらいおいしいからだ。「丸木君は宇宙の話、興味ない？」と源さんは、あたりの騒ぎには全く気をとられずに言った。私「ええ、宇宙の方はまだあまり……」源さん（日本酒のコップを両掌でかかえながら）「そうだろうなあ。ぼくもあまり興味ないからなあ」お札の話をしたくないから宇宙の方へ話を向けたのかと私は思ったが、そうではなかった。源さん「うちの子供は小学校の四年生で、このあいだ宇宙のことを作文に書いていたんだ」私「へええ。宇宙のことだとすると、天文学の方のことですか」源さん「女の子だから童話で宇宙旅行物語を書いたんだ。火星や金星や太陽や月へ、犬を連れて行く話だ」私「おどろいたなあ。そんなに方々一ぺんに行くんですか」源さん「ああ、童話だから失敗しないでどこへでも行けるんだ。地球の宇宙基地と連絡をとりながら『これから金星へ著陸します』なんて通信して、すぐ到著できるらしいんだ」私「おどろいたなあ。犬まで連れて、そんな所へ行く。それは冒険ですねえ」源さん「いや、女の子だから男の子とちがって、冒険モノじゃないんだ。ただスウッと行って上陸するだけだよ。しかし女の子だから火星でも太陽でも、かならず王様と王女様が住んで居るんだな。そしてどこでも、うちの娘と、うちの犬が大歓迎されることになってるんだ。そしてかならず宝物を、お土産にもらって帰ることになってるんだ。いろいろの星へ行くから長い長い作文になっているが、一体、うちの娘とうちの犬はどこでいちばん歓迎されたと思う?」私「わかりませんよ、そんなこと。そんな宇宙のことなんか」源さん「月だな。月で一ばん大歓迎されたらしいな。月では、うちの娘が演説までしたことになっていて、お土産もびっくりするほど沢山もらっているんだ」私はどうも悲しいような、胸ぐるしいような気持になって、だまっていた。と言うのは、源さん一家は源さんと娘さんと飼犬の二人一匹ぐらしで、歓迎されたり土産物をもらったり演説したりするような、はなやかなところなど少しもない、見放されたような淋しい一家だったからだ。私「ああいう別の星なんかへ行って歓迎されるなんて、おかしいですねえ。どんな人間や動物が棲《す》んでいるのか、学者でもわからないそうですからねえ。お宅の子供さんとお宅の犬がみんなに歓迎されたというのは、一体どんな風に歓迎されたんでしょうか」源さん「宮殿へ案内されて、護衛兵も附いて、立派な食堂へ王様と王女様がおでましになったらしいんだ。犬は犬で御馳走を腹いっぱい食べさせてもらったらしいね。うちの犬はいつも下痢をするから、あまり食べさせてもらえないからね。月では音楽隊、ブラスバンドも出てきて仮装行列もあり花火もうち揚げられ、きれいな花と花環もかざられて、それがみんなうちの子供を歓迎するためだったんだ」私「へええ。子供ながらにずいぶんくわしく観察して来たもんですねえ。お土産をもらったところが、また可愛らしいですねえ」源さん「うちの子供は欲が無いようだけれど、やはり欲が深いところもあるんだ。お土産はたいがい宝石、ダイヤモンドか何かで、そのほかに金貨や銀貨をかならずもらっている」私「金貨や銀貨をねえ。火星や金星や太陽なんかで、金貨や銀貨をねえ。よくももらえたもんですねえ」源さん「そうなんだ。金貨や銀貨は貨幣だろ。お金だろ。くれる方もくれる方だが、もらう方ももらう方じゃないか。宝石ならともかくとして、金貨や銀貨をね。お金をね。革の袋にいくつもいくつも……」源さんの声がしめっぽくなったので、よく見ると彼の鼻の両側に涙のスジが流れていた。私「しかし仕方ないじゃないですか。金貨や銀貨はお札じゃなくて、正貨でしょ。どこでも通用できる正貨ですから、くれてももらってもいいじゃないですか……」私は、うっかりお札の話などしてシマッタと思い、急に口を閉じた。源さんも黙ってしまったので、座が白けたりバツが悪くなってはいけないので、私「……ぼくだって、もらえればもらいますよ。ただ金星や火星、とくにあの熱い太陽へ行くなんて、おっかなくておっかなくて……」と口早やに言い足《た》して、おかみさんに「おちょうし一本、熱くして」と注文した。源さん「うちは大金持じゃないよ。だけどそれほど貧乏じゃない。学校で要《い》るものだって、誕生日のお祝いだってみんな世間なみに買ってやってる。それだのに、どうしてあんなにお金をほしがるような作文を書いたんだろう」私「それは源さん。宝物をお土産にもらうのは、童話ではあたりまえなことで、別だん、お金をほしがった作文じゃないでしょう」源さん「いいや。口にこそ出さないが子供のくせして、そういう気持を心の底に貯えてるんだ。ぼくはねえ。むやみやたらとお金をほしがる大人も子供も大きらいなんだ」私「………」私の頭は、肉のスジが何本もねじくれたようになり混乱してきた。小学生のときから大きらいな、むずかしい試験問題が、先生の手でくばられる藁半紙《わらばんし》の答案用紙のはじっこからかいま見えて、それだけでもうアタマが痛くなるような予感がしてきた。源さんは何と言っても、お札をつくっている者の仲間であり、私よりもっと中枢部（おえら方）に近い所にいる上位（段が上）の男である。それだのにどうしてそんなに、むやみやたらとお金をほしがる娘や大人をきらうのだろうか。お札もお金の一種、実に便利で金額のかさばるお金の一種にちがいないのだから、それをつくるからには、そのお金というものがほしいからではないか。ほしくもないのに密造して、ばらまいている人がいるとすれば、それはお札を発行する権利のある政府のほかに、もう一つ別の秘密の政府をこしらえるような大悪魔みたいな連中であって、どうひいき目に見ても蒼白く痩せ細った源さんには、そんな大悪魔どころか、小小小悪魔のおもかげもありはしないのである。しかし、酔ったせいではなく常日頃のままで真剣な源さんの表情を盗み見たところでは、彼が照れくさがったり恥ずかしがったり、江戸ッ子の大げさになって「大キライダ」と主張しているのでないことも明らかにわかるのであった。もう一つ私のアタマの混乱した原因は、源さんのお札をつかっている（まだ二カ月にしかならないが）私が、むやみやたらとお金をほしがっている大人とは、自分自身どうしても考えられないことだ。私が源さんに、その意味で軽蔑されるいわれのない人間だとすれば、宇宙旅行の長い長い作文を書いた源さんの娘ッコだって、決して軽蔑されたり叱られたりしていいわけがない。第一、源さんの娘ッコは、金貨や銀貨をどっさりお土産にもらいはしたが、ちっともつかった様子がないではないか。酢ダコが好きだというからには、チャンと地球に住んでいる、おとなしい日本人の女の子であって、それが遠くて遠くて正体もつかめないような月や金星から、よその国（つまり地球の外）の金貨や銀貨をわざわざ苦労して運んできてくれたというのに、その父親が娘はヘンな気持を心の底に貯えてるんだなんて、そんな冷酷なことをよくもよくも言えたもんだ。そんな具合にして心理の混乱してきた私は、不本意ながら源さんに対して、よそよそしい気持を起しそうになっていた。私（思わず声を高めて）「源さん。お金をほしがることが悪いなんてことは絶対ありませんッ」源さん（いぶかしそうに憂うつそうに私の顔をシゲシゲと見つめ）「むやみやたらとだよ。むやみやたらとお金をほしがるのは、よくないよ。それじゃ世の中に秩序というものがなくなるからなあ」私「チツジョですって。そんな日本語は生れてからこの方、私は使ったことありませんけど。でもここで無理やりどうしても、その厭味なチツジョという言葉を使わなくちゃならないとすれば、そんなら誰がどうやってどこでチツジョを破ってるんだか、わからないという、そういう意味でつかいたいもんですねえ」

　ねえちゃんが、煮たって噴きこぼれた私の土瓶を取扱いに困って持ってきてくれたので、私は隅に並べてあったコップの一つを取り、黒くなるまで濃くなった薬の汁を注ぎ入れ、「さあ、これを飲んで下さい」と、源さんの手のそばへ押しつけた。「これを飲めば源さんの下痢だらけのおなかの秩序がなおります。源さんと私は今や一心同体みたいになっているんだから、源さんの身体の秩序が乱れては私も心配なんです。私だけが丈夫すぎるくらい丈夫でも、源さんが下痢から余病が出て、もしものことがあったら私は人生が厭になりますから」源さん「飲むよ。飲みますよ。だけど丸木君はそれほどまでにぼくのこと心配してくれないでもいいんだがなあ。ぼくと君との関係は例のことだけでつながっていると思ってくれてさしつかえないし、その方がいいんだがなあ」私（口惜しそうに）「……源さんは決して冷たい人じゃないのに、ときどき冷たいこと言うなあ。例のことだけでつながっているなんて。源さんがわたして私が受けとる。私が返して源さんが受けとる。そりゃ私と源さんの関係は簡単みたいですんでしまって、それが毎日つづいているだけで、兄弟でも親類でもないし、例のことだけということになるだろうけど、例のことだけでも大へんなことではないでしょうか」源さん「大へんなことだなんて思ってもらいたくないんだよ」そう言われてみれば私だって、例のことを大へんなことだなんて考えていはしなかった。源さんからわたされたお札をつかうのは、別に人殺しでも泥棒でもないし、恐かつでもゆすりでもなし、刃物ざたやスパイや密輸入でもないのだ。見つかりさえしなければ普通のお札を普通の人がスルスルとつかって暮しているのと同じようにそれほどアクセクしたりジタバタしたりしないでただスルスルとやっているだけのことだ。また、たとえ見つかっても、立身出世などしないでギターを弾いているのが一ばん好きな私は、刑務所へ入れられても出てくればまたギターを弾いて暮して行くのにさしつかえないのだから、それでよいのだし、世界各国の刑務所はいつも満員だそうで、それほど多勢の人間が入っている所へ私だけ入ってわるいということもないはずである。それに世の中には、それを厭らしい考えで、やきもちの感情や手柄《てがら》にしたい気持でニセ札を発見したがっている人もあるだろうが、大樽のねえちゃんのようにほんとうに「正義のため」だけで発見したがっている素直な人もいて、そういう良い人に発見されたら怨《うら》む方がおかしいのである。いやいや、悪い人に発見されるとしても、まず一枚が見やぶられるのは良い人に発見される場合と同じことで、悪い人だから発見してはいけないなんて道理もありはしない。良い人も悪い人もみんなお札を大切にしていて、大切にしているからホンモノでなければニセモノだと判定して、ニセモノの犯人を探したくなるのである。もしもお札が大切なものでないとしたら、もちろん、そんな犯人なんてものも出てくる気づかいはないし、たとえ出てきたとしても誰だってハナもひっかけはしない。そして私は、ギターさえ弾かせてくれるなら、誰からもハナもひっかけられないでもかまいはしないのだ。

源さんは何回にも分けて、やっと神薬を飲みおわりアーアーアーと長い歎息《ためいき》をついた。飲みおわったと見て安心したとたんに、ああ、この薬はお酒を飲んだりしたら効かなくなるのだったと想い出したが、もうあとの祭りであった。私も負けずに大丼《おおどんぶり》いっぱいのおいじやを平らげると、オチョコ一ぱいのお酒も飲まないのに、汗が流れるほど酔っぱらった気分になってきた。事実、もう私の四角ばった顔は熟柿のように赤くなっている、その私に「二十五歳になるまでに十万円貯《た》めようとしても、なかなかできるもんじゃないなあ。なあ、ヴァレンチノよう」と話しかけてきた青年があり、私はハハア、牛乳屋さんの次男だねと、すぐわかったのである。大樽の向い側の牛乳屋は、日に牛乳十本、ヨーグルト三本をこの店へ配達していて、そこの働き者の次男がすごいほど真面目な青年であることを、私は知っていた。

「十万円と言ったって、一万円札なら十枚。千円札なら百枚なのによう。それがなかなか貯められないなあ。おれは身体だけは丈夫だからな。うんと牛乳のんで栄養をつけてるから、働くのはいくら働いてもちっとも苦にはならないけど、貯まらないなあ。贅沢もしないし、道楽もしないし、働く一方だけどなあ」私「……あなた、牛乳、どのくらい飲むの?」牛乳屋の次男「おれは、米の飯なんて日に一回しか食べないかわりに、牛乳なら日に十本ぐらい飲むなあ。夏なんかの最高は、日に二十本」私（びっくりして）「それは、食事がおごりすぎるなあ。何もそんなに飲まないでも」次男（得意そうに）「うん。だけど結局、病気して医者にかかること思やあ、その方がトクなんだぜ。飲むならヴィタミン入り強力牛乳の方がいいよ。あれはグッと効き目がちがうんだ。飲むなら『強力』だよ。おれが言うんだから、まちがいない」私「焼き芋なら、牛乳より経費がかからないのに」次男「だめだよ。焼き芋なんて。犬だって日本犬ならヤキイモ食うけどなあ。西洋犬はヤキイモなんか目もくれやしない」私「源さんのうちの犬は、ヤキイモきらいですか。やはり牛乳を……」源さん「うちの犬は牛《ギュウ》と豚《トン》の合いびき（ひき肉）を食べるよ。それから牛乳も」次男「ほら見ろ」私「それはそれとして、あなたみたいな働き者が十万円たまらないなんて、ウソだろう」牛乳屋「ヴァレンチノとちがって、おれは子持ちだものな」私「……一万円札なら十枚。千円札なら百枚。たとえ十枚とか百枚とか軽く言っても、ほんもののお札だからな。手もとに残らないのは無理もないかな」牛乳屋「ほんものニセモノと言ったって、ヴァレンチノよ。お前、ニセ千円札百枚集められると思ってるのかよ。ニセなら百枚で三十万円じゃないか。三倍だよ、な。ほんものの札ですら手もとに残らないんだぜ。ましてニセ札なんか三倍もむずかしいや。ほんものは毎日どこにでもころがってるよ。手から手へ渡って消えちまうにしてもだよ。おれなんか一日に本物なら二十枚や三十枚あつかってるさ。ニセモノときたら目を皿のようにしたって、まだ一回もお目にかかったことねえや」私「すると、にせものの方が本物より……」牛乳屋「きまってるよ、そんなこと。ニセ札は数が少くて、めったに見つからない貴重品だからニセモノなんだろ。だから必死になってみんな探してるじゃねえか。本物を探すバカありゃしないよ。本物のお札は、ありきたりの平凡なお札さ。日給千円の大工や左官なら、それが一枚もらえるよ。もらえるけど、別にどうってこたないさ。千円の働きをして千円の金額として千円のお札さ。ところが、いくら親切な親方にたのんで、ニセ札一枚下さいなんて願ってもだな、そんなものくれる親方は絶対ありゃしない。みんな、ありきたりの平凡なお札を『これ受け取っときな』とくれるだけだろ。ヴァレンチノだってそうだろ。あんた旅まわりして方々歩くらしいけど、どこの興行師だってお客だって、お祝儀やチップにニセモノくれたことないだろう?」私「ああ、そりゃないよ、そんなことは。たぶん、ないだろうな。もっとも私は、もらったお札を調べたことないけどな。お札はお札で有難いと思うだけで調べるなんてそんな余計なことは、考えたこともないからな」牛乳屋「丸さんなんか、虫眼鏡やケン微鏡をあてがったって調べてみる方のタチじゃないからな。鼻の上に二つくっついてる眼の玉だって、ろくに使ってやしないんだから。いつだって夢に夢みるここちでさあ。けっこう愉快に夢遊病者みたいにさまよってるだけだからな」私の視力は弱かった。片眼はほとんど視力ゼロなのだから、彼の発言は正しかった。しかし「夢遊病者」と批評されたのには、私は不服だった。私が地方へ旅するのだって、向うにしっかりした目あての仕事があって行くので、ふらふらと夢遊するわけではないし、夢遊病者なら商売上の礼儀や掛合い、つきあいや計画などおかまいなしに夢の世界を歩くだけだが、私は目上の人（親方、興行師、ギターの先生、お客さんすべてを指す）の家へ上るさいなどは、自分の下駄やゾウリは向う向きにそろえ、その上に自分の帽子か手ぬぐいを載せておくくらい気をつかっているのだから、気ちがいみたいな病人とはちがうのである。芸能人は紹介者、マネージャーに頭（ピン）をはねられるのはよく承知の上でその覚悟もしていて、決してあわてたり騒いだりしないのに、病人にはそんな覚悟などあるはずがないのである。むしろ源さんの方にどうも（彼をけなすわけではなく、良い意味で）この病気のケがあるらしいのに。

「ハイ、このガンモは、本物のガンモ。それから、このコンニャクも、本物のコンニャク」

と、大樽のおかみさんは、驚くほど長い箸を釣竿《つりざお》のように垂して、湯気の立つ、見るからにおいしそうなのを、私と源さんの皿の上に下ろしてくれた。

「うちの牛乳だって、本物だよ、おかみさん」と牛乳屋さんが、負けずに言うと「そうよオ。うちの大根や、うちのキャベツだって、みんな、お前さん、正真正銘の大根であり、キャベツでありますからな」と、八百屋の主人も負けずに言った。「そうさあ。もしも本物じゃなかったら、誰がそんな牛乳を飲むかよオ」「そうさあ。もしも本物じゃなかったら、誰がそんな大根やキャベツを食べるかよオ」と、二人は、顔と顔を近よせて敵対するようにして言った。紙でこしらえたガンモ、ゴム製のコンニャクだったら、私だって食べられないが、このガンモとコンニャクの箸ざわり歯ざわりは本物だけにイイなあ、と思いながら、私は舌鼓を打って食べていた。

「だから、食べるモノ、飲むモノには要するにニセモノは通用しねえってことになるんだわさ」と、大工職人は、二人の仲裁をするように言った。「要するに品物は、ニセだったら通用しねえんだ。お札は品物じゃねえ。だから、ニセ札でも通用するんだわさ」「アレ。お札は品物じゃないんですかねえ」と、私は言わずにいられなくなった。「ひどい。ひどいなあ。お札が品物じゃないとすると……」大工さん（少しケンをおびた顔つきで）「千円という字が印刷してある紙きれじゃねえか。あんなものが、品物であってたまるかよ」私「しかし、印刷してある紙と言えば、紙は品物だから、つまり品物のように思われるがなあ」大工さん「アタマのわるい兄さんだなあ。紙なら紙とハッキリしてれば、それはカミという品物なんだ。ところが、なんだい、あの千円札という奴は。紙のくせにオサツですって面《つら》してるから気にくわねえんだ。要するにだ。カミのニセモノがお札なんだ。わからねえのかなあ、それくれえのことが」私「ひどい。ひどいなあ。紙のニセモノがお札とはなあ」大工さん「ひどい？　何もそう、ひどがるこたねえじゃねえか。ひどいだってえ。偽善者みたいなこと言うなッ。お前さんが何も、千円札の味方するこたねえじゃねえか。それとも、なんだ。お前さんがそんなに千円札をかばうところを見ると、お前さん、千円札の元締か製造販売本舗《ほんぽ》でもありなさるのか」私「……千円札といえば、そうとうのシロモノだからなあ。だから、それをそういう風に軽蔑したみたいに批判するのは、ぼくはどうもむずかしいですよ」大工さん「だから、そんなボクなんかどっかへやっちまえよ。千円札がなんだってんだい。私はホンモノの千円札でありまするッて、あのイケシャアシャアした態度が気にくわねえんだ。そうだろう。そうだろうと思わねえなら、お前さんは千円札のマワシモノだぞ。なんだい、あんな奴。私は紙でありまするッて、紙のニセモノでありまするッて正直に打ち明けてくれれば、こっちだって、ねえ、なにもそうそういじめようとは思わねえよ。おれなんか全く千円札をもらってよ。その千円札を糞だめかドブに漬けて、コンブみてえにしてから使ってやろうと思ってるんだ。なあにが、あんなにえらそうにして、手マチン二千円、ハイ二枚なんて、当然の権利のような顔をして、おれたちの手にわたされなきゃならねえんだよ。聖徳太子の顔で、おどかそうとしたって、こっちゃあ、知ってるもんかい。こわくねえぞ、おれは、お札なんか。あんな、うす汚いモノを沢山もってるか、もってねえかで、かみさんや奥様や娘ッコたちの評価、やさしく言えば評ばんが良くなったり、わるくなったりするという、その根源をそもそも、要するに、考えないでおいて……」私「根源というのを考えるのは、むずかしいから厭だなあ。コンゲンなんて、そんなあんまり大きい大問題を出してこられても、ほんとうに弱っちまうなあ」すると、大工さんは気むずかしそうに、プイと横を向いてしまった。私がわざと、彼をからかって困ったような振りをして見せたと、かんちがいしたからなのだ。

その夜、帰宅してから、戦死したO氏の作曲した「くちなしの花」「遠い泉と近い湖」「古代琴歌《ことうた》によるフーガ」を弾いてから、つくづく想ったことは、世間の人がお札について、私の予想もできぬくらい、まじめに、くわしく研究しているな、ということだった。製鉄所の、そうとう上の役にいたO氏は、少年の私のギターを指導してくれた人で、まず新しい指の動きを工夫し、それを基礎にして、作曲した人だから、少し練習しないでいると、指がとまどってしまう難曲が多く、大汗かいて弾きながら「ほかのことは何とも思っちゃいないが、Oさんを戦死させたのだけは、大東亜戦は良くない」と想い、また一方では、お札に関してのみんなのいろいろの意見が、ボールペンで走り書きした楽譜のように入りみだれて、きこえてきた。ニセ札事件が発生してから、もう一年半になるのに犯人が逮捕されないため、世間の人の「お札」に対する関心が深くなった。ニセ物があらわれたため、ホン物についてもよくよく考えるようになった模様だ。私自身が、政府の発行したのでない、源さんのお札をつかうようになってから、まだ二カ月にしかならないが、それにしても、ふつうだったら、もっと真剣に「お札」について考えねばならぬのに、どうしてもその気になれないのは我ながら不思議でたまらない。これは自分が不道徳な人間だからかなと、ほんの二、三分は反省することがある。だが、不道徳な人間になることは、この社会に生きて行くのにソンだと私は思っているし、よその人から「不道徳な奴」と思われたくもない。また、私には今さら「丸さん、お前は不道徳な奴だな」と非難する仲間もいないから（そういう仲間とはつきあわないから）安心と言えば、安心でもあるが。源さんと私が結びついたのは「運命」であって、その「運命」がなければ、私は別だん「ニセ札つかい」になる必要はなかった。「運命」というものは、そこらどこにでも転がっていて、人間が人間の赤ん坊として生れるのも、また、人間は生れたときから「死刑」になるために生れてきていることも事実の運命なのだ。

私が煎じて飲ませた漢方薬が、効いたか、効かなかったか、約一カ月間、私にはわからなかった。と言うことは、約一カ月間、源さんが私の家へやって来なかったことである。それは、そのあいだ、源さんが私に「お札」をわたさなかったことであり、私が源さんのお札を使えなかったことでもある。

源さんの住所を、私は知っていた。石塀だけ焼けのこった、道路より一段高い邸宅の、かなり広い敷地の隅っこに、貧弱なバラックの小さな家が建っていて、そこが彼の住家であった。しっかりした石塀のほかに、槍型《やりがた》にとがった鉄棒をならべた門の扉が残っていて、その中へ私が入ったことはなかった。冬のあいだ、枯木と枯草と枯葉で包まれたような、その住家のまわりは閑静であったし、「風流」とか「ロマンチック」とか言いたくなるようで、私も住んでみたいなと思うような場所であった。いつかテレビを見ていたら、怪人二十面相の根城である洋館が「アジア問題研究所」の看板をぶらさげて、画面にあらわれたッけが、そういうようなたたずまいの一角なのである。枯木のほかに、息をふきかえした古木もあって、建物の方は妖怪博士（これもテレビ番組）の隠れ家に似ていないが、門からのぞくと、荒れた庭が似ているのだ。その淋しい庭の古木の中に、桜の木がまじっているのを知ったのは、黒い幹や枝を飾るようにして、光りかがやくほどどっさり桜の花がひらいているのを見つけたからだ。源さんにも、源さんの女の子にも、もったいないほど見事に咲きひらいて、ユサユサと街の風にゆれているのを、甥ッ子の運転するブルーバードから降りたとたんに発見した。門前で待ちあわせる約束だったから、警笛を鳴らすまでもなく、憂うつそうな親子は、サクラなんかとは全く無関係のようにして、面白くもなさそうに車に乗りこんできた。

子供好きの私は、源さんの女の子をピクニックに連れて行ってやると申し出ていたが、源さんの方から申し込みがなかったのに、昨夜急に隣の部屋に電話がかかり、遊園地のような所へ出かけたいと催促があったのである。例の「仕事」の方は、一カ月や一年、中絶したところで私は少しもさしつかえないし、源さんの方も強引に押しつけるタチではないのだから、その点で源さんとの関係が切れたってよいのだが、私はこの親子の無愛想で淋しげな顔を見たくて仕方なかったのだ。

「タマ動物園かな。タマ・テックにするか。タマ霊園がいいかな」と、問いかける私の言葉も、いいかげんに聴き流して、借りた車を甥ッ子はぶっとばした。この質問は、本来なら源さん親子に向って発すべきだが、どうせこの親子は、目的地を決めて答えてくれるような相手ではなかった。私は、そこらの店を、さんざ探してやっと見つけた、すばらしく明るい空色（気が遠くなりそうなほど、高い空の青色）のセーターを、いかにも芸人らしく著こんでいた。そして、おそろいに買っておいた同じセーターを、源さんに「これ、どうでしょうか。よく似あうかも知れませんが」と、さし出した。もうそのころは、車内には、車のラジオのジャズ曲（ただし歌入りでない）が鳴りひびき、車の窓からは、春めいた風と光が洪水の如く突き入ってきて、うしろの座席の親子は、めいわくそうに沈黙していた。源さんは、すなおに上衣をぬぎ空色セーターを著てくれた。女の子は、すぐ怒ったように「お父さん、似あわない」と批評した。「ひと様がせっかく下さったのに、そんなこと言うもんじゃない」と、源さんは子供をたしなめたが、たしかに空色セーターのパッと明るい色が、源さんをいじめているようで似あわなかった。

甲州街道を突進して、右側に鉄条網の張られた広い場所があり、その向う側はどこまで続いているのかわからないほどの構内は、あたり一面掘りくりかえされていて、日本のか外国のか知らないが、とにかく軍隊の建物らしいのが、いくつもいくつも建築中であり、その反対側には、山のお花畠のように目にあざやかな花の植えられた畠もあり、黒い土だけの畠もあり、そこまで来るとエンムもなくて空気がすがすがしい。私は、空気なら、どんな空気でもありさえすれば良い方なので、源さんが「ここらへんは、空気がいいな」と、鼻の孔をうごかしたときも「そうですとも」と、返事しただけであった。

左へ曲ってタマ川の橋をわたると、タマ・テックとタマ動物公園の両方へ分れる路がある。もっとも、テックと動物公園は近いのだから、どう路をまちがえようが便利なのである。

テックの門の前の駐車場には、小型車やライトバンが四、五台置かれてあるだけ、お客は少いらしい。源さんは「これでキップなぞ買いたまえ」と、すばやく三枚の千円札を私にわたした。「これ、例のですか」と私がたずねると、源さんはうなずいた。クリーム色ともカーキ色とも形容できる制服と制帽のおじさんが、千円札をうけとり、入場券を四枚、そのほかにモナコやラスベガスの賭博場で西洋人がつかう、あの丸いプラスチックの「代用貨幣」の入ったケースを四つくれた。青、赤、黄の三色の、玩具のような、その「代用貨幣」を、女の子は気に入ったらしい。おじさん（彼はきっと、テックの敷地を所有していた何人かの百姓のおやじの一人なのだ）が、私の千円札をためつ、すがめつしているので、赤いセーターを著た甥ッ子が、いらいらして「バカだなあ。おれたちの服装を見ろや。一人はまっ赤《か》、二人はまっ青《さお》なセーター著てるじゃねえか。こんな派手なりしたのが三人も来て、ニセ札つかえるかよ。第一、帰りに出口でつかまっちまうじゃねえかよ」と怒鳴り、おじさんは「すみません。クセになってるもんで」と、お辞儀をした。

入口がガランとすいていたように、中も奥もガランとすいていた。と言うのは、小山、あるいは丘の重なりあった凸凹地に、つくりたての遊園地は、赤土の土手に芝生も生えていないところ、舗装してない通路、こわれた機械などがあって、まだ完成していないままなので、設備としてはスキマだらけということでもある。児童のよろこぶ、自分でうごかす乗物は、丸型、長方型、ひょうたん型などのコンクリート舗装の区画に、ペンキ塗りも新しく置かれてある。自転車で来た附近の子供たちは、プラスチックの「お金」をもっていないので、乗っていない。彼らは、入場券も買わずに、もぐりこんだのかもしれない。甥ッ子は、けたたましい爆音を立てて三台のオートバイが、急上昇したり急降下したりしている、赤むけになった泥だらけの坂の方へ自分だけサッサと行く。女の子は、テレビ歌手のようにイカスかっこうした甥ッ子が気に入ったらしく、彼の走って行く方角に見とれていた。丘の重なりと、丘の重なりに囲まれ挟《はさ》まれた、児童乗物の場所には、赤白だんだら、青白だんだらのパラソルやテントの下に、椅子テーブルが散らばり、気分をラクにさせるようにできている。女の子は、どの乗物も気に入らなかった。「何回でも、好きなだけ乗っていいよ」と、源さんに言われているのに、どれも一回で止めてしまう。伐りのこされた松や杉が、地肌もあらわにされたテック場内の、高い頭や肩の部分に残っているし、丘の一つに登ってながめまわすと、場外には松や杉や雑木林が、波のように重なる丘と小山を、うまい具合に色どっていて、あたりは実にしずかだった。

登ったり降ったりしなければ、どこへも行かれない地形なので、すこし歩いてから見わたすと、風景がすぐ変って見えてくる。高くなったり低くなったりする、どこの地点でも、源さんは感心したように、あたりを見まわしていた。女の子の見つめる方角はきまっていて、それは、赤むけの泥坂道を、ころがり落ちたり、横だおしになったり、やっとのことで頂上まで登りつめたりする、オートバイ上の甥ッ子の、甲虫、いやテントウ虫のような姿であった。地面にくいこみ、地面をかきむしるオートバイは、もがきにもがいて、登り下りに成功したり失敗したりしていて、これではどんな地面もたまるまい、バカバカしい行動だと思われても、遠くはなれて、埃っけのない空気のゆっくりと流れてくる丘の上に立って眺めていると、なんとなくひきつけられるところもあるのであった。

女の子は「あのお兄ちゃんに、オートバイに乗せてもらいたい」とせがんだが、源さんは許さなかった。

丘のてっぺんの食堂で、アイスクリームをなめながら「うちの子には、競争心というものが全くないね。夢見ごこちでフワアアッと生きているだけだ」と、源さんが謙そんめいたことを言った。私は、私の性格も女の子の性格に似たりよったりだと考えていたので「それも、わるくないじゃないですか」と、源さんをなぐさめる、（実は、おだてる）ため言うと、源さんは「しかし、それじゃあ生きて行くのがむずかしいだろうなあ」と、言った。

オモチャのような色つき「代用貨幣」は、使用しただけ計算してもらって、現金で支はらう。残りは出口で返還しなければならないので、女の子は泣きべそ顔になっていた。「ルーレットのゲームがあるでしょう。あれには、三色のウソのお金が附いているから、あれ買ってあげるよ」と、私は彼女をなぐさめた。彼女のみならず私も、あの丸くて軽い、ギザギザの入った綺麗な「お金」をいじくるのは好きであった。通用しない、玩具用の「お金」は、錆びても汚れてもいないし、皺もよっていなくて、いじくっていても、新鮮なリンゴや胡瓜《きゅうり》をなでるようで気持がいい。西部劇の銀行強盗が盗み出して馬の腹につける、あの革袋。あるいは、黒いラクダ皮のキンチャク袋に、アラビア式の金文字、金色の絵の刻印の入った奴。それの小型が子供用に売られているから、その中へ入れておいて出して遊べば、なおさら感じが出るのである。

桜の花の色は、一本立のとき、並木でつらなるとき、近くの瓦屋根、遠くのワラ屋根、空に雲があるとき無いときで、濃くなったり淡くなったりした。動物園でも、黒豚や水牛やイノシシのいる湿地や、「カモシカ」と札だけあって動物の姿の見えない岩壁のあたりでは、桜の花の色も、まとまって白くなったり、桃色に溶けて流れるようになっていた。女の子や源さんをもふくめて、四人が感心したのは大ワシとヒマラヤ熊であった。大ワシの夫婦は、黒い羽根をおびやかすようにひろげて、しばらく飛んでから停止すると、黒い悪魔みたいに猛烈に威張っていて、自分たち以外の連中は全く寄せつけないところが、一同を喜ばせたのである。ことにオスの方は、一匹、一羽、一人をも許してはやらんぞと言いたげに、カッと鋭い両眼を見ひらいて四囲をにらみまわすと、サクラの花の色香など、どこかに消しとんでしまいそうに恐ろしかった。恐ろしいけれども、あんまり立派なので、どうしても金網にすがりつくようにして見つめずにはいられなくなり、源さん親子は息をひそめて柵をはなれようとしなかった。「強い奴がいるなあ。凄い奴がいるからなあ」と、源さんがつぶやいたとき、「強いからと言ったって、どうせ同じことさ」と、私は反対したかったが止めにした。

　動物園に入場するときも、私は源さんのお札をもう一枚つかっていた。あともう一枚あるから、有料駐車場のカネを三時間ぶん払って、食堂でカツ丼やハヤシライスや焼豚を食べ、土産物の店で金色の馬を女の子が買ったにしても、とても費《つか》いきれやしない。

　ヒマラヤ熊は、丘の南側に陽あたりよく、夫婦むつまじく住んでいる。そして二匹とも、お客さん好きらしく、お坐りして、両足を前に投げ出し、全く同じかっこうして、割に小さい口から桃色の舌をのぞかせて、正面むきに並んでいるので、とても人気を呼んでいる。よくも、そんな姿勢で、いつまでもジッとしていられるものだと感心しない者はいない。お隣に住んでいるアフリカ産の大猿は、ふてくされたように、白く乾いた泥を顔じゅうにまぶして、まるで地下にもぐりたいような寝姿をして人間の方など見向きもしない不機嫌な有様なのに、ヒマラヤ熊夫婦は（心の奥底の方は推察できないにしても）、愛嬌よく上機嫌らしくしているのは、なぜだろうか。

「陽あたりのいいあいだは、ずうっと、ああやっているのかな。陽がかげれば、いくらなんでも、ああいうかっこうして、こちら向きになっていられるわけがないな」

と、源さんがつぶやくと、甥ッ子は「古くさいなあ」と言いたげに、肩をすくめた。

　うちの甥ッ子の、源さんを馬鹿にした態度は、しまいまで変らなかった。源さんは、あまり若い衆（それから老人）には興味がないらしく、何を言われようが淋しそうな表情をかえなかった。そして女の子ときたら、もうすっかり甥ッ子にほれこんでしまって、父親のことなど眼中になくなっていた。

タマ霊園には、サクラの凱旋門、サクラのトンネル、サクラの団地、サクラの長屋があるみたいに、サクラだらけであった。花の道と花の道がぶっちがいになっていて、花の下に立って見まわすと、どちらの方角もサクラ色にかすんでいる。墓地と言っても、道がわからなくなるほど広いから、白や黄色の小さい花の咲きみだれている、風とおしのわるい所もあり、赤い椿の花や、花びらの大きい白い花の落ちている風とおしの良い所もある。一ばん風とおしのいいのは、芝生のある広場だ。

その広場だけは、桜の樹のかわりに、ふつうの樹木にかこまれていて、サクラ臭くない(サクラに匂いはないけれども)空気が流れていて、墓石も見えないし、ゆっくりとできるのである。

そこで甥ッ子は、女の子とドッジ・ボールで一さわぎしてから、ぐったりと休んでいる源さんの傍に腰をおろし、ぴっちりズボンの、うしろのポケットから、折りたたんだ、小切手をとり出して、自慢するように、私に見せてくれた。わざと自慢しないように見せかけていても、タマ霊園の休み場所で見せびらかすからには、自慢したがっているにきまっているのだ。

「お前、景気よさそうに、こんなモノ見せるくらいなら、ずっと前に貸してやった二千円、返さなくちゃダメじゃないか」

と、私が叱りつけると、彼は「これが二枚もあるんだから、安心しな。その金額を読んでみな。小切手というものは、お札よりずうっと便利なこと、叔父さんなんか知らねえだろ」

「知ってるさ、そんなこと」と、私は年長者らしく彼をたしなめてから、一枚はうす桃色、一枚はうす青色の小切手をうけとって見ていた。一枚の数字は、拾壱万五千円と黒ペンで書いてあり、もう一枚は数字機械でスタンプした青数字で、五万六千円と刻印されてあるし、二枚ともハンコの朱肉だとか、会社名と個人名の、ものものしい署名の色があざやかで、お札よりはるかに綺麗で、はなやかみたいなので私は圧倒された。

「これがあるんだから、千円貸してくれよ。今日は銀行が休みなんだ。だからさ」と、彼が掌を出したので、私は、残っていた源さんのお札を一枚、掌の上に載せてやった。「なら、あした三千円そっくり返してくれるんだな」「O・K。利子一割つけて、三千三百円やるよ」「それにしても、お前なんかが、どうしてこんな小切手なんか」「小切手なんか、たかが紙じゃねえか。おどろくこたねえよ」と、彼は小切手の由来をはなしてくれた。

彼が国道二号線を、オートバイで疾走していると、下手くそ新まいの大学生の運転する自動車に追突された。彼の身体は空中に舞いあがり、三メートルはなれた路面まで飛んで行ってから、気を失った。彼が急ストップしたのは、金持紳士の車が正面から、路線をはずして出っぱってきたからだった。したがって、彼は、大学生と金持紳士の両方から、賠償金をもらうことができたわけだ。彼の乗っていた、おんぼろバイクは、三万円そこそこの品物だったから、めちゃめちゃにつぶされたのは好運だったことになる。

「あなたは、六本木族ですか」と、源さんはたずねた。

「ちがうな。族じゃない。ゾクにロクな奴はいない」と、彼はかるくあしらってから「おい、おれ、こないだ小説よまされたんだよ。題が『月』って言うんだ。なんでも、天才的な小説家で、とてもシャレたこと書きやがる小説家が、六本木あたりのこと書いたのさ」と、源さんを相手にせずに私に言った。「あんな小さい活字で、しちめんど臭いこと読まされて、ええソンしちまったよ。ばかばかしいも、いいところですわい。そうだろ、六本木あたりの古い教会の中で、いい若いもんが月かなんか眺めてよ。ロウソクまでつけてさ。もったいないじゃねえかよ。それに、意味くっつけるから、厭なんだ。何も、ことさら意味くっつけるこたねえじゃねえかよ。あの小説家、三十とか言ってるそうだが、五十一ぐらいじゃねえのかよ。さもなきゃ、あんな年寄くさいこと神秘がって書くはずねえものな。年寄だよ、他にすることねえ老人にかぎって、神秘がったり意味くっつけたりするんだよ。意味が、どうしたってんだい。月が好きだったら、月の世界へでも行ったらどうだい。行く気もないくせして。ああいうの、読んでて恥ずかしくなるなあ。当人は、ならねえのかなあ。道具立がなきゃあ、生きてる気がしねえってのが、そもそもまちがってらあ」

「……お前は丈夫なだけで、バカなんだよ」

「そんなこと言ったら、叔父さんだって、丈夫なだけでバカじゃねえか」

「お前、おれのわたした千円札、しらべないでポケットに入れたな」「うん」「しらべないでいいのか。ニセ札かも知れないんだぞ」「……千円は千円だろ。しらべろと言うんなら、しらべてやろう」

彼は、つまらなそうに調べて、匂いまでかぎ「どうせ、本物にきまってるさ。叔父さんがニセ札もってたら、見なおしてやるよ」と、しまいかけたので「おい、よくよく見たか」と念をおすと、「おれはテスト・パイロットになれるぐらい眼はいいんだ」と、自信たっぷりに再びしまいこんだ。女の子は「テスト・パイロットと、ジェット・ファイターはちがうの？　わたし、テレビのジェット・ファイターが好き」と、甥ッ子に媚《こ》びるように言った。

「おれなんか、そんなの、どっちがどっちだって知っちゃいねえや。それよか、おれが自家用機買ったら、飛ぶとき、あんた乗せてやる。先約が殺到してるから、同乗は多少おくれるけどよ。機種はパイパー・スーパー・カブと決定している」と言われたので、女の子は、今にも大粒の涙があふれでんばかりに、感激の瞳をかがやかした。

日が暮れかかると、やはり公園や遊園地ではなくて墓地だなあ、と思わせるように冷えてきて、桜の花の白いところが、きつく浮かびあがってきた。だまりんぼの女の子は急にはしゃぎはじめ、甥ッ子を相手に縄とび、ドッジ・ボールなどしていた。めずらしくしんみりした気分になり、いくぶん涙もろくなったような私は「しかし、源さんは、よくつかまらないもんだなあ」と言ってしまった。そんなこと言わない方が良いことぐらい、いくらうっかり者の私でも知っていたのだが。

「お札のことかね。お札のことなら、ぼくはつかまらないよ。つかまるはずはないからねえ。つかまるなら、丸さんがつかまってから、それから、ぼくがつかまる順序じゃないかなあ」「そうか。そういう順序になりますかねえ。そうだとすれば、源さんがつかまることはあり得ませんね。だって、ぼくはなかなか、つかまりそうにありませんから」「君は、すべてを善意に解釈しているからね。楽天的とはちがうけれども、モノを信ずる方のタチだからなあ」源さんは、甥ッ子が投げる固いドッジ・ボールで、女の子がツキ指しやしないかと心配している様子だった。「モノを信ずる方のタチだなんて言われても、私は反対しますね。私は、三つも四つも何トカ教の新興宗教に入っていますが、それは皆、ひいきにして下さるお客さんにすすめられて、つきあいで入っただけですからねえ。今さら、信じていないんだと強調はできませんが、さりとて、信じているとは義理にも言えませんよ」

「きみ、もう、ぼくのお札をつかってくれなくていいよ」と源さんが言い出したとき、私は、あたりが急に暗くなり、青ぐろいお墓の石がみんな意地わるく冷笑したようで、ゾッとしたのだった。「なんですか、源さん。そんな、むごいこと」「……いや、誤解しないでくれよ。きみを信用しないと言うんじゃないんだ。君の人間を信用しているから、キミを好きだから、そう言うんだ」「ヘンじゃないですか、そんなの」「ヘンに思われても仕方ないんだけど……」「ヘンにきまってますよ。源さんとぼくの組合せは、立派なものだと思っていたのに。この組合せが、どこか、いけないんですか。いけないなら、いけないで、その理由をきかせて下さい」「……あのねえ。もちろん、これはぼく自身の、つごうのためなんでね。丸さんの人格とは、無関係の話なんだよ」「でも結局は、源さんはアノお札を私につかわせたくなくなったんでしょう。遠まわしに、言ってるらしいけど、要するに私を仲間はずれにしようとしてるんでしょう。つまり、あんたは私と無関係の他人になってしまいたい。そう、言いたいんでしょう」「きみとぼくが無関係の人間になるなんてこと、あり得ないじゃないか。そうだろう。君自身だって、そう思ってるんだろう」「そうですとも。源さんが私に、お札をわたす。私が、それをつかう。それでいいじゃないですか。そうやって二人が死ぬまでつづけて行ったって、かまわなかったはずじゃないですか。情勢の変化とか、株式の変動とか、そんなもんで急に、私とあんたの仲が切れるなんて、私は許しませんよ」

源さんが私に説明してくれた、断絶（エンキリ）の理由は一、源さんの手もちの「お札」がなくなったこと。二、源さん一家が引越しすることであった。私には、その理由が二つとも、満足な「理由」にはならないと判断された。それに私は、事実がわるければ、理由がどんなに備わっていようと、納得できない性分《しょうぶん》であった。ギターの名曲、ことに世界各地で流行して、いつまでも人気の衰えない傑作には、「悪魔みたいなサワリの部分」がある。その悪魔みたいなサワリの部分では、弾いている人も聴いている人も、そこで悪魔の大きな黒いマントに包まれ、あるいは悪魔の舌か注射針でくすぐられて全身がしびれ、ほかのことは考えられなくなる。「そら、ここが悪魔さなあ」と、ギター弾きどうしが、二、三人あつまって楽しんでいて、おたがいに心の中でニタリと笑うような瞬間がある。私は、源さんから「お札をつかってくれ」と頼まれたときには、悪魔の声とかなんとか、そういう非常事態は少しも感じなかった。しかし「もう、お札をつかわないでいい」と言いわたされた瞬間、たしかに「悪魔みたいなサワリの部分」に首をつっこみ、電気ショックでしびれたようになったのであった。

(源さんを、悪魔と感じたのではない。念のため、註釈。)

「丸さん。君は何かしら、ぼくのお札をつかったことで、とんでもない影響をうけるとか、変化を発生したわけじゃあるまいね」

われら二人(つかわせた者と、つかわされた者)の肩や膝のあたりに、夕暮の風が、しきりに平等に、白い花びらを吹きつけている。

「影響、うけました。変化、発生しました」と、私が大声で断言すると、源さんはギクリとしたらしい。「きまってるじゃないですか。受けもしない、発生もしないなんてこと、あり得ないじゃないですか」

「……それは、そうだろうけど。たとえば、どんな……」

「私の心理状態なんか、そんなに調べることないでしょう。廿日鼠《はつかねずみ》やモルモットじゃあるまいし。実験されたくありませんからね。ネズミやモルモットなら、急に餌《えさ》をうんとくれてやったり、また突然、食料の給与を停止したりしますけどね。人間に対して、ギブしたかと思うと、すぐテイクしたりして、試すのは非人道的もいいところですからね」「すまない。すまない。怒らせたのは、すまないよ。だけど、では君は、ニセ札をつかうことを望むようになったわけかな。ニセ札を、ほしいと思うわけかな」「ニセ札なんか、もともとほしくありませんよ。ただ、源さんのわたしたお札をつかってあげたいと思ってるだけですよ」「ぼくに同情して、ぼくを激励するために?……」「同情とかゲキレイとかなんとか。そんな話、止めにしましょうや。あんたが私を、信頼した。私があんたを、信頼した。それだけでいいんだし、また、それだけだって口に出して言っちまったら、いやらしいじゃないですか。つきつめれば、かがやかしくも忘れがたく存在した、貴重なる事実はですね、源さんのお札が、我ら二人を結びつけたことですわ。ね。だからして、源さんのお札は、永久に存在してくれなくちゃ困るじゃないですか」「ぼくのお札と君は言うけど。アレは別に、たいしたものじゃない」「知ってますよ、そんなこと。しかしながらです。しかしながら、源さんと私の真の関係を知っているのは、アノお札だけですからね。源さんの女の子も、私の甥ッ子も、大樽のおかみさんも、われら二人の秘密のむすびつきを、まるで知っちゃいませんからね。警察の署長さんも、大蔵大臣も、まだ嗅ぎつけちゃいませんからね。ですから、アノお札、アレはタダモノじゃありませんよ。日本銀行とか内閣印刷局とかいうモノが、あるそうですね。私は一回も、お目にかかったことはない、近づいたこともないが、そういう偉い場所があるそうです。そこらあたりから、千円ばっかりじゃなく、五千円も一万円もどしどし泉が湧き出るようにして、お札がわきだしてくるらしいですね。しかも一枚一枚に、赤ん坊の名前のように、立派な番号までくっつけてね。郵便切手には番号も振ってないし、型も小さいし、印刷もお札ほど手がこんでいないから、やっぱりお札の方が大物ということになりますか。しかし、タダのお札なら、何百枚、何千枚わたしたって、わたされたって、源さんと私の関係はできなかったじゃないですか。源さんのお札があればこそですよ。アレがあってくれたことが、ありがたいことなんですよ」

いつのまにか、甥ッ子と女の子は遊ぶのをやめて、私たちの方を遠くから眺めていた。ヒマラヤ熊の夫婦を見物する、お客さんたちのように、彼らは私たちを見物していた。源さんと私は、動物園の熊の夫婦のような、そんなわかりきった安心な組合せでもないのに。

源さんは、苦しげな顔つき、苦しげな腰つきで起ち上った。彼のズボンのおしりには、芝生の芝が、くさった針が、ふくれた髪の毛のようにこびりついていた。帰りの車の中で、源さんは「ぼくは本物が好きだ。ニセ物はきらいだ」などと、割り切った、正直一途《いちず》みたいなこと言ったりしていたが、私は、源さんの顔つきや腰つきの苦しげなことの理由、彼の本心などわかりたくもないのである。

「ぼくのお札。これ一枚しか残っていないが、記念として君に、これあげておく」

「ああ、そうですか。これ、ほんとの源さんのお札の一枚ね」

私は、わざとよそよそしい口ぶりで、イヤがらせのように言った。

「そして、コレつかったあとで、おつりはどこで返しますか」

「それは、いずれ、あとでこっちから連絡するよ」と答えてくれたものの、ああ、もう源さんは私に会うつもりはないな、という予感が、赤い裏地をチラチラさせる黒いマントのように私の上にかぶさってきたのだった。

新聞には、ニセ札をつかった「犯人」の、モンタージュ写真が載せられていた。そのカオ写真は、もちろん私のものではなかった。ニセ札の発行元は、日本や外国のほうぼうにあり、それを使う「犯人」も何人もいるとすれば、そういうことになっても不思議はないのであった。眼鏡をかけ、黒いハンチングをかぶった、そのモンタージュ写真の男は、ずるい色男のインテリ臭い男で、見るからに私の好きなタイプではないから、あんな男に、源さんのお札がつかえるはずはなかった。源さんのお札をつかっているのは、私のほかにあるはずがない。だいたい、あんなモンタージュ写真の男みたいな、人間を愛しそうもない、人間を利用したがっているような、人間のスキにつけこみそうな奴に、特別の「お札」をつかう権利も資格もありはしないではないか。ああいうのは、「犯人」としては、ニセの犯人にちがいないのだ。ニセ札をつかえば、犯人だからと言って、誰でもホンモノの犯人になれるわけではないのだ。ああいう、ニセの犯人は、つかまったところで、ニセの価値しかありはしないのである。ほんとうの犯人は、どこにいるか。私だって、ちっとも、ほんとうの犯人でありはしない。私はただ、源さんを好きになり、源さんを信頼しているギター弾きにすぎない。すぎないけれども、一寸ノ虫ニモ五分《ブ》ノタマシイで、お豆腐を十倍にも百倍にもふやかして、体積ばかり太《で》かくして、それでごまかそうなんてことは、やりたくないんだ。もしも、オサツが、灰色の人間と人間の灰色の疑いをナマコのようにくねりつける、そういうオサツであるならば、本物のオサツもニセのオサツも、良いオサツであるわけがないではないか。もしも、私が逮捕されれば、このへんの事情は、いくらか明らかになるであろうが。ただし、私を「犯人」と指定できるのは、源さん当人のほかにありはしないのである。その源さんは、私と、エンを切りたがっているのだ。

　宮城をとりまく、あの青ぐろいお堀と、お堀をとりまく坂道は、東京でも唯一の景色のよい所であると言う。青ぐろいと形容するのは、まちがいである。青ぎいろい藻や、もとからの白鳥や、黒鳥の子の白鳥や、赤や黒のコイや、枝ぶりのよい松。それからボートだとか高速道路建設のための起重機その他のキカイ類だの、高い石垣の古い色だの、その石垣のおとした新しい影の色だの、いろいろとあって、それはとても高尚な日本式の大都会の色どりになっているんですから。エンム、煙霧。排気ガス、匂いのあるけむり。いろいろと、風景をぼやかしたり、意味づけたりする、してくれるモヤがあったりしましてね。

「まあ、お前、待ってろや。こっちは、いそがしいんだ」

と、若い好男子のおまわりさんが、迷惑そうに言ったのは、決して不親切のためではなかった。交通事故が二つも発生し、一つの方には怪我人まで出ているので、目がまわるほど忙しい最中である。「ブルーバード、うすみどり色。ああ、番号は見ておいたんだね」と、彼は、バスの運転手の訴えをききとっていた。「め、五九五六。それで、若い女性が運転していた。君のバスのナンバーをひっかけたが、そのまま彼女は停車せずに、走り去った。番号がわかっていれば、車の所有主にかけあえば、すぐ話はつけられるよ」「おねがいしますよ。見習中に事故を起したら、本採用にさしつかえますからねえ」田舎から出てきたばかりらしい青年は、必死の目つきで青年警官にたのみこんでいる。自家用車にしろ、トラックにしろ、ナンバーさえ明瞭なら、所有主はすぐに調べられる。「お札は、いくら番号が明記してあっても、所有主がわからないからなあ。所有主がこんなに次から次へと変って行く品物が、一体、この世の中にあるもんだろうか」私は、源さんが記念にくれた「最後の一枚」を、ポケットの上からおさえながら、心ぼそくとまどっていた。

あれから三週間、源さんからは何の音沙汰《おとさた》もなかった。お札を手わたすべく、源さんがあらわれてくれないかぎり、私にとって、源さんという「男」が、この東京、いやこの日本に存在しているという確信の手がかりも怪しくなるのである。彼と私のつながりを証明してくれるのは、この「最後の一枚」のほかにはない。私がすでにつかってしまった「お札」たちは、もはや私の掌から永久にはなれていて、何十枚、何百枚つかったんだと、いくら叫んだところで、誰も信用してくれるはずがない。他人が信用してくれなくたって、かまいやしない。しかしながら、自分までが信用しなくなってしまったら困るのである。

さっきから「このお札、ニセ札だと思いますが」と申出ようとしているのに、警官は電話にかかりきりであった。事故をひきおこして逃亡した女性の住所が発見されたらしく、「では、め、五九五六はお宅の車ですね。運転していたのは、女性だそうですが。え？奥さん？　ハハア、奥さんですか。で、まだ帰宅していないんですな。いつごろ帰りますか。わからない？　それではと。どこへ行ったか、行先は？　それも、わからない？　あなた、奥さんの旦那さんでしょう。それでも、わからない？……」と話していてから、好男子の警官は、声をひそめて運転手に「向うは、チャンとした紳士らしいよ。大丈夫、賠償金は払ってくれそうだよ」と、なぐさめの言葉をかけている。好男子でない、もう一人の中年警官が、血を流した事故現場から、あらあらしくもどってきたので、私は「これ、ニセ札だと思いますが」と、源さんのお札をさし出した。衝突の現場は、こわれた車をとりのけたり、白い粉の線でとりかこんだり、距離や方角を測定したり、写真をとったりで、めんどうな仕事がかたまっているから、私の申出など、うるさがるのはムリもないのである。「おい、君。運転してたのが女性だからと言って、甘くしちゃいかんぞ」と、中年警官は先輩らしく、青年警官をきびしくとがめている。「君は好男子だから、交番にくる女性には人気があるらしいがね。女性ドライバーこそ、みな有閑人種だからな。ビシビシ、取締ってやらなくちゃいかんのだぞ。君は、何しにきた？　また、ニセ札ですかい」と、彼はベテランらしくジロジロと私の人相風態を観察した。「協力してくれるのは、ありがたいんだがね。なかなか本物のニセ札は持ってこないんだ。いや、御苦労さん、それで」と、彼は私の住所氏名をききとり、つまらなそうに源さんのお札をうけとって、手帳のあいだにはさんだ。

私は、親兄弟にも隠していた秘蔵の宝物をうばわれた、小学生のような気持で、ありすぎるほど活気のある交番をはなれた。交番の外側には、開業しているホテルや、建ちかかっているホテルが、大きすぎる邪魔物のように立ち並び、その街路には、大ホテルに関係のありそうな人、なさそうな人が入れまじって歩いていた。自動車を売りさばく店。自動車を修繕する店。自動車の部品をうる店。それらのガソリンくさい、白や赤のペンキもめざましい店の前を、ガソリンと排気ガスの濃厚な匂いを、もうその匂いのこもっている街にもう一回送りこみながら、自動車の群が次から次へと走りすぎていた。鉢植えの花や観葉植物や、西洋式の陽よけや、白く塗られた鉄の椅子や、狭い場所を広くみせる外国式の道路ぞいの、お客さんの脚まで見える喫茶店。おもしろい英語の文字看板を、クリーム色の壁に浮き彫りしたキャバレーやレストラン。そういうものは、いかにも厳格に、まちがいなく存在していて、一歩も後へひかないように道路の両側にそびえたり、うずくまったりしていた。それにくらべれば、「最後の一枚」などは、問題にならないのかも知れなかった。あの、じじむさいヒゲなどはやして、木片にすぎないシャクなど手にしている「聖徳太子」と、このまばゆい、いがらっぽい、けむりだらけの街が、何の関係があるのだろうか。ニセの聖徳太子も、ホンモノの聖徳太子も、とっくの昔に忘れられて、ただ彼は、横顔を印刷されて、手から手へ渡されているだけで、日夜とどまることを知らぬ、このおもしろおかしい私たちの暮しの事故現場に、よそ者としてまぎれこんでいるにすぎないのであった。ああ、おなつかしき聖徳太子さまよ。どうぞ、私と源さんの結びつきを、あなた様の術力によって、いつまでも保てるようにして下さいませ。あなた様の肖像が、ありありと写しとられている、日本のお札の一枚一枚が、せめてその所有者、その使用者の胸に、消しがたい印象をのこしとどめるように、とりはからって下さいませ。あまりにもゾンザイに、あまりにも非人情に、お札の海の波に乗って、泳ぎまくっている人々に、せめて源さんが地上に生きていて、その人を私が知っていることを、思い知らせてやって下さいませ。もしも、明日、警察署に出頭して、あの最後の一枚が、「ナンデモナイジャナイカ」と突きかえされたら、私までが波の底に沈んでしまうではありませんか。

「……まあ。坐りたまえ。君らの心理状態を、かねがね知りたいとは思っているんだが。なかなかひまがなくてね」

考え深そうな主任さんは、そう言って、窓ぎわの椅子に自分も腰をおろした。窓の外には、五月のみどりもみずみずしい大木が、枝を何重にもひろげている。警察署の二階は、その時分（翌日のおひるごろ）は街中よりはるかに静かで、気持がよかった。

「君はどうしても、この千円紙幣が、タダのお札ではないと言うんだね」「ハイ。そうです」「うん、それでなくちゃ、わざわざ交番へ届けるわけがないからな。それは、そうだろう。その気持はわかるよ。しかし専門家の鑑定によれば、これは明らかに本物の千円札なのだ」「えッ。それは……。そうすると私が、ニセ札でもない物をニセ札と言いふらして持って来たことになるじゃないですか」「ああ、そうなるよ。だが、こちらは何も、君を責めようとしてるわけじゃない。君のような人間は、そうめずらしくはないんだからね。君が当局をからかったり、私らの努力に水をさそうとして、故意に悪戯をしたとは、考えていないから安心したまえ。だが、ほんとうの紙幣を、ニセの紙幣と思いたがる、君たちの、その心理状態だね。それは、参考までにきいておきたいのだ。まあ、このお札は、君にかえしておく。これは、別に、参考品として保管しておくべき物品じゃないからね」

「エッ。では、このお札は、参考品にもならないんですか」「ああ、お気の毒だが、そうなんだよ。参考品というのはだな。たとえばエジプト展の展覧会場に、エジプトのミイラと一しょに日本のミイラを並べておく。その場合、日本のミイラは参考品として陳列された、と、そういう具合に言うべきだからね。本物の千円紙幣のまわりに、何枚の本物の紙幣を並べようと、右も左も同じものなのだから参考にはならんのだね。一枚一枚が別の札ではあるが、本質はおなじものなのだからね。……」

仏像のような、ふっくらした主任の顔は、剃りのこしたヒゲの一本一本まで見わけられそうなほど、ちかぢかと私の眼の前にあり、うすくなった髪のあいだから、頭部の皮膚の色までが、よく見てとれるのである。いくつもつながって並んでいる事務机につもった埃、平たいインク壺の二つの凹みに貯えられた青と赤のインクの乾き方までが、いやになるほど全部見える。その明るさ、そのハッキリした光景の中で、私の頭のはたらきは次第に鈍く、暗く、あいまいになりはじめていた。

「……君らの心理の中には、いつニセ物をつかまされるかわからぬという、不安、恐怖がひそんでいるのではないかね」という、大福餅の表面のようにやわらかく、おとなしい声がきこえ、それから、ホオロクルクルルッ、クルックホオロホロという鳩の鳴き声がきこえてきた。山の麓の田舎家にでもいるようにして、いつまでものんびりとつづく鳩の声にききほれていると、とめどもなく気分がゆるんできたばかりでなく、ホオロクルクルクルッ、ホンモノクルクルッ。クルックホオロホオロ、ニセモノホオロホロと、鳩の声までが、音を変えて、いりみだれてくるようであった。

「……ニセ物をつかまされやしないかという、不安、恐怖。そんなもの私はありません。それよりも、むしろ……」

「それよりも、むしろ何かね」

　仏像の顔の眼じりと口もとが、ジワジワジワジワとゆるんだように見える。

「……むしろ、特別のものがほしいんです」

「ふうん、特別のものがね。いいかね。お札には、本物とニセ物の二種類しかないんだよ。もしも本物が普通の品ならば、ニセ物が特別のものだ。もしもニセ物が普通の品ならば、本物が特別のものになる。君のいう特別のものとは、そのどちらかね」

　首すじの力の失せた私の首は、自然と左の方へかたむき、これではならぬと真っすぐにすると、次は右へかたむきかかった。

「私は、特別のものがほしいんです」

　私の口がロボットの口のように動いて、そんな言葉をくりかえしているのが、ひとごとのように私にわかる。

「それで、その特別のものが手に入ったのかね」

「ええ。手に入りました。このお札です」

困ったように主任が太い首を振ると、それがまるで、私が困って私の首を振っているように思われる。私は、親切な年長者を困らせたくはなかった。また、自分が困るのもきらいだった。さりとて、何もかも忘れてしまう、と言ったような変り方も、このさい、したくなかった。頭が痛むわけでもなし、嘔《は》き気がするわけでもなし、ただ、あたりの風景とか、物と物、人と人とのつながり具合がマのびして、だらしなくなったような状態になっていただけの話である。こういう状態は、もしかしたら「永遠」とか「真理」とか「絶対」とか、なにやかや重大そうなことにかかわりがあるのかも知れなかったが、重大なことを、あいにく私は好きでなかった。何もかにもが、白茶《しらちゃ》けて、粉をまぶしたようだった。ズボンの裏ポケットに押しこんだ、あの最後の一枚までが、白茶けて粉っぽくなってしまったように思われた。

——本物を、ニセ物だと称して、わたす。本物を、ニセ物だといつわって、つかわせる——。

そんな男で、源さんはあったのだろうか。ニセ札を本物のふりしてつかう男があるとすれば、ほんとうの札をニセ札と思ってつかう男があっても、不思議ではない。不思議ではないが、やはり、それは少しは不思議ではなかろうか。でも、人間のやることにはすべて原因や理由があり、原因や理由があるからには不思議とは言えないのだから、やはりこれは不思議でないのかも知れなかった。源さんのえらんだ男。それは、私だった。今となっては、そのほかに確かなことは何一つありはしないのだ。

勢いよく、まっ二つに破いてやるか。それとも、のろのろじりじりと、ロウソクの火でもやしてやろうか。どうせ、大切に保存しておいたところで、誰も源さんのお札とは認めてくれない一枚なのだ。呼び出しがかからないのに、源さんの自宅を訪問するのは、きらわれるもとであるが、どっちみちきらわれてしまったからには、勇気をふるって押しかけてゆき「源さん、これをどうしてくれるんです」とイチャモン（文句）つけてやろうか。

源さんの家の敷地が、道路より一段高くなっていることは、前に書いておいた。かなり広い、円い敷地が、道路より一段高くなっているのだから、それは、まるでお砂糖や、クリームがはげてカステラのこげ茶色の部分がむき出された、クリスマスケーキのような形をしていたわけである。私が、芸人にはふさわしからぬヒゲだらけ、ほこりだらけの顔で、近寄って行ったとき、そのお菓子のような地面は、真二つに断ち割られていたのである。半分は高速道路を建設するための、起重機や、タンクの如き泥除け機械や、働きもののダンプカーなどが、寄ってたかって削りとり、運び去って、跡かたもなくなっていた。源さんと女の子が住んでいたはずの小さな家も、もちろん見えなくなっていて、鉄のトビラのついた立派な門だけが、置き忘れられた鉄製の玩具のように残っていた。ピクニックの日に、満開の花をつけていた桜の古木は、まだ残されてあるが、とっくに花の散りはててしまった今では、もう桜の木とも見えなかった。そこらあたりは、東京オリンピックを目ざして動員された若い人夫たちが、大声で叫びあったり、ふざけあったりしていて、とても活気のある、いそがしい場所に変っているので、私などが立ちどまって眺めていたり、ウロウロと歩きまわっているわけにはいかなかった。明日は、ヌード歌舞伎バラエティー一座の巡業に加わって、北海道へ旅立たねばならない私であるからして、東京には未練がなかった。親方（もちろん源さんではない。本当の興行元だ）から、支度金として三千円もらっていたので、私はおうような気持になっていた。大樽のオジヤで腹ごしらえをする予定だったので、今日のはどんな味だろうな、と楽しみにしながら、都電へ乗った。三千円入ったハトロン封筒から、お札をとり出して、何の気なしにいじくっていた。その時間の電車は、すこぶる空いていて、私のほかには二、三人しか乗っていない。源さんのお札を使っていた間、私は一枚も調べたことがなかった。その日に限って、親方さんからもらった三枚を日向に干すようにして、手のひらに乗せていた時、その三枚を調べる気持になったのは、どういうわけだったろうか。一枚ずつ鼻のそばまで持ち上げて、穴のあくほど見つめていると、三枚目が、どうもほかの二枚とちがっているのに気がついた。印刷の色彩や、線のきざみ目などが、何となく変なような気がするのだ。私はその時になっても、ニセ札というものには、何の興味も抱いてはいなかったが、その一枚だけは、ほかの二枚とはどう考えても、別種類の千円札のように思われたのだ。

大樽の店に入ると、例の菜食主義のふとったねえちゃんが、飛ぶようにしてオジヤの丼を持ってきてくれた。フウフウと息をふきつけ、汗を流して、サツマイモとアゲ玉と卵の入ったオジヤを食べ終ると、私は「ホラ、千円札だよ」といって、電車の中で注目した、あのいかがわしい千円札を、ねえちゃんに渡した。ねえちゃんは、にこやかに笑って、その札を白エプロンの前ポケットにしまった。「北海道へ行ったら、またリンゴを送ってね。蜜の入ったのが、私もお上さんも大好き」といって、いつもの用心深さは忘れ、私の渡した千円札は調べようともしなかった。「わたしは、丸さんを信じているわ。たとえどこへ巡業に行ったって、丸さんは決して大樽のオジヤを忘れないと信じてるわ」と、彼女はテープでも舞台へ投げるようにして、私に言ってくれたではないか。たとえ、本物のニセ札を何百枚使っても、私には、源さんのお札を使ったときほどの、躍ったようないい気持は、永久にやってこないであろう。ということが、次第に重みを増して、よく分ってきた。よくわかってきたからと言って、それで私の一生がどうなるということはないにしても、源さんのお札（たとえ、それが本物のお札だったにせよ）を、つかわせてもらったことは、名誉のこと、うれしいことだったなあと思われてくるのである。

このへんの商店街は、もうセミが鳴き出しそうな暑さだった。新緑のみどりの色だって、うんと濃い青色の空の下で、街のあちこちに目立ちはじめていた。ピンク色のエプロンの女中さんが、真紅のセーターの女の子をかかえて、その中途はんぱの緑色の中を歩いて行く。青や赤や黄のアドバルーンの数も、ふえていた。五月なんだ。五月には物の色が、とりわけ美しく見えるものなんだ。死んだOさんが、あの名曲「遠い泉と近い湖」を作曲したのも、この季節だったんだ。

# 編者あとがき

高崎俊夫
（映画評論家）

今年（二〇一二年）は武田泰淳の生誕百年にあたる。武田泰淳と言えば、生涯を賭して〈革命〉〈戦争〉〈転向〉〈滅亡〉という気宇壮大なテーマを追求した第一次戦後派を代表する作家としてあまねく知られている。そのせいか、ややもすると、『ひかりごけ』『風媒花』『蝮《まむし》のすゑ』『異形の者』『わが子キリスト』などの人口に膾炙《かいしゃ》した作品の印象から、荘重で宗教的で難解な作家というイメージがひとり歩きしている面がなきにしもあらずである。

しかし、私にとっては、武田泰淳とは、まずなによりも、数多くの、ユーモアと恐怖、奇想に満ちた、めっぽう面白い小説を書いた希有な作家にほかならない。とりわけ、数年前、『タデ食う虫と作家の眼――武田泰淳の映画バラエティ・ブック』（清流出版）という彼の映画エッセイ集を編集したせいもあって、その独特の魅力的な作品世界には〈映画〉

からの決定的な影響が垣間見えるような気がしてならない。

武田泰淳自身、「映画と私」というエッセイの中で、幼少期に映画と出会い、その「しびれるような魔力から逃れることができなくなった」と書いている。また、パリのシネマテークについては「グロテスクにしてロマンティックな魔術、妖術、奇術の宝庫で、かつての妄想が秘力をよみがえらせようとしているのに立会うような感じがしたのである」と無邪気に信仰告白しているほどだ。

今回、新たに、武田泰淳の短篇集を編むにあたっては、前述の著名な作品群ではなく、もはや全集以外では読むことができないような、「グロテスクにしてロマンティックな」、つまり、一種、〈映画的な〉味わいをもつ貴重な作品を選りすぐってみることにした。

たとえば、『白昼の通り魔』は、一般には、大島渚監督の同名の映画の原作としてのみ知られているといえよう。大島監督がインタビューなどで、幾度も「一人の男と心中して生き残り、別の男に二度犯され、一人の女と心中してなおも生き残った篠崎シノという若い女の物語です。文学的にはだれ一人認めていないけれど、武田泰淳のすごい傑作だと思います。この傑作に対する感動が出発点になっている」と述べていたのが強く印象に残っていた。

一九七〇年代の半ば頃、自主上映会で、この映画を初めて見て感銘を受けた私は、なんとか原作を読みたいと思ったが、当時、この短篇を収録した単行本『ニセ札つかいの手記』（講談社）はもはや古書店でも入手困難であった。大島自身、「『白昼の通り魔』について」というエッセイで、当時、この映画をやろうと決心して、仲間が直ちに本屋に走ったが、東京中で四冊しか見つからず、役者で読んでいたのは超読書家の殿山泰司だけだったこと、『映画芸術』の編集者が版元に一冊しか残っていなかった見本用を持ち帰り、そのまま雑誌に掲載したと回想している。その後しばらくして、偶然古本屋で、その短篇が掲載されている『映画芸術』のバックナンバーを見つけて一読し、心底驚いた。

原作は篠崎シノの手記という体裁をとっているが、映画の中で、通り魔の英助、彼の妻となる倉マツ子先生、シノの心中相手の村長の息子・源治と、シノとの間で交わされる濃密で忘れがたいダイアローグは、すべてほぼそのまま原作通りで、というより原作ではさらに異様な凄みを帯びて迫ってくるのだ。とくに源治とシノが、方言丸出しで太宰治の心中事件の話題に興じながら、いつしか、ふたりが柿の木の枝に縄を吊り下げて首をくっている光景が現れる。さらに、仮死状態となったシノが薄れゆく意識の中でかつて見知った死者たちを想起するくだりの戦慄的なまでに妖しい美しさはどうだろうか。

大島渚監督の『白昼の通り魔』は、膨大な短いショットを積み重ねた、ハイキーなモノクロの審美的映像がきわだっており、なによりもそれまでの彼の作品にこびり付いていた堅牢な図式性と周密な論理を消し去り、もっと生々しい、因果律を超えた、得体のしれない〈魔〉的なものを画面に浮かびあがらせようと試みていた。そして、それらの方法意識のすべては、根源的な部分で武田泰淳の原作にインスパイアされたものである。

未完のままに中断してしまうケースが少なくない武田泰淳の作品の中では珍しく、『白昼の通り魔』には、次のような追記がある。

「三十五年の夏に執筆した作品に、三十八年の夏、あたらしく加筆してみた。その結果、私は、私の作り出した篠崎シノさんの生存の意味を、はじめて執筆したころより深く理解することができた。」

武田泰淳にとっても『白昼の通り魔』は会心の作であったことが分かる。とくにふてぶてしくも謎めいたヒロイン、篠崎シノにまつわる粘りつくようなセクシャルなイメージや、初期の深沢七郎の「ポルカ」ものに通じるフォークロア的でどす黒いユーモアは、モダーンで観念的に研ぎ澄まされた大島作品とは異なった独自の味わいがある。

『「ゴジラ」の来る夜』は、いよいよゴジラが上陸するというときに、資本家とその美人秘書、労組の指導者と天才的な脱獄囚、宗教家と『ゴジラ』映画のグラマー女優による特攻隊が編成される。彼らは無人の病院にたてこもり、なぜか互いに殺し合いを始めるというサイエンス・フィクションである。武田泰淳は、この数年前、水爆投下のボタンを押した人物の戦争責任を取りあげた『第一のボタン』という未完のSFを書いており、二年後には、同じ第一次戦後派の中村真一郎、福永武彦、堀田善衞が共同で東宝映画『モスラ』の原作である『発光妖精とモスラ』を書いているから、一九六〇年前後は、冷戦の緊張下、純文学の作家たちが痛切にSFを志向するムードが高まっていたのかもしれない。

　当時、花田清輝は、「科学小説」というエッセイにおいて、H・G・ウェルズやスウィフトと比較しながら、この作品の文体を強く批判し、「『第一のボタン』のなかに霧のようにただよっていた仏教的ニヒリズムが薄れてしまうと、水爆投下後の風景のような、惨憺たる廃墟があらわれたというわけだ」と皮肉っぽく書いている。しかし、「透明ゴジラ」が現れて、大がかりな街の破壊と殺戮が開始されるや、ふいにエホバの哄笑が聞こえ、啓示に満ちた鮮やかな幕切れに至る、騒々しいドタバタ喜劇のような語り口は、この第三次大戦前夜の不安をアレゴリカルに描く諷刺的SFには、意外に相応しいのではないかと思う。

　『誰を方舟に残すか』は、ジョン・ファロー監督、ロバート・ライアン主演の『地獄の翼』と、リチャード・セイル監督、タイロン・パワー主演の『二十七人の漂流者』という今やまったく忘れられた二本のアメリカのB級映画をサカナにしたエッセイふうに始まる。とくに豪華船が沈没して、一艘の救命ボートに大勢が乗り込み、人数が多すぎて転覆してしまうために、船長のタイロン・パワーが老人、女性、怪我人など、弱い者から容赦なく海に下ろしていく『二十七人の漂流者』のエゴイズムとモラルの相克をめぐる武田泰淳の考察は冴えわたる。前半は卓抜な文明批評的映画論、後半はノアと三人の子セム、ハム、ヤペテを登場人物に据えた「旧約」創世記談義に終始する奇怪な作品である。少なくとも、

『二十七人の漂流者』という映画は、この短篇によって永続的に記憶されよう。

「女の眼鏡はごくかすかな音をたてて割れました」というさりげない一節から始まる『めがね』は、ある近視同士のカップルがいて、女が眼鏡を破損したことがきっかけで、〈その恋が二人のわるい目の上に成り立っている〉ことが露呈する奇妙な掌篇である。やがて、女は喀血し、入院する。ふたりの会話に、帝銀事件の容疑者が描いた、「心眼」と題された盲目の女の絵のエピソードが登場するあたりから、この作品は〈視覚〉というテーマをめぐる不気味な幻想譚へと変容する。武田泰淳は同じく「めがね」と題するエッセイの中で、子どもの頃から連続活劇に熱中し、映画館に通いつめたせいで、眼鏡が手放せなくなり、眼鏡をはずすと誰の顔も同じに見えること、戦地に行く際、いちばんの心配は眼鏡を紛失すること、砕くことだったと述懐している。〈視覚〉が脅かされる恐怖は常に武田泰淳のオブセッションとしてあり、こんな形で作品に結実したのだ。

そんな〈幻視者〉としての武田泰淳の力量があますところなく発揮された傑作『空間の犯罪』は『流人島にて』などに連なる一種の復讐譚である。「不具者」の八一がヤクザの親分黒岩矢五郎に侮辱され、「ガスタンクにでも上ってみろ」という自分に投げかけられた言葉を呪詛のように受け止める。以後、高い所に上るという不可能事に思いをめぐらす主人公は、ふとした偶然で、友人の新聞社の屋上に上り、初めて高所からの眺めに陶然となる。さらに、ガスタンクの頂上に上り詰め、下界の黒岩に向けて絶叫するクライマックスは圧巻のひと言に尽きる。武田泰淳は、ここで高所恐怖症特有の〈病者の光学〉がとらえた下界の街の光景を悪夢のような壮麗な幻想として描き出す。その厚みある創意豊かなイマジネーションは、Ｅ・Ａ・ポーやＧ・Ｋ・チェスタートンの瞑想的な恐怖譚を想起させるほどだ。

ＳＦ、哲学風コント、映画論、幻想小説等々、本書に収められたバラエティに富んだ短篇は、どれをとっても〈戦後文学の巨人・武田泰淳〉という旧態依然のイメージを良い意味で覆すような、読むことの愉悦をたっぷりと味わわせてくれる逸品ぞろいである。

〈作品初出一覧〉

めがね　『別冊小説新潮』昭和二十六年一月号に「めがね物語」として発表、のち改題し、『女の部屋』（昭和二十六年三月　早川書房）所収

「ゴジラ」の来る夜　『日本』昭和三十四年七月号に発表、新日本文学全集23『武田泰淳集』（昭和三十七年十二月　集英社）収録

空間の犯罪　『別冊小説新潮』昭和二十四年四月号に発表、『愛と誓い』（昭和二十八年七月　筑摩書房）所収

女の部屋　『世界』昭和二十五年十月号に発表、『女の部屋』（昭和二十六年三月　早川書房）所収

白昼の通り魔　『小説中央公論』昭和三十五年十月秋季号に発表、『ニセ札つかいの手記』（昭和三十八年八月　講談社）所収

誰を方舟に残すか　『新潮』昭和三十二年九月号に発表、『昭和三十二年後期　創作代表選集21』（昭和三十三年四月　講談社）所収

ニセ札つかいの手記　『群像』昭和三十八年六月号に発表、『ニセ札つかいの手記』（昭和三十八年八月　講談社）所収

本書は『武田泰淳全集』全二十一巻（昭和四十六〜五十四年、筑摩書房）を底本にいたしました今日の人権意識に照らして、本文中に不適切と思われる表現やことば、病名などが見られますが、著者が他界していることと、作品が書かれた当時の時代背景、作品の文化的価値を鑑みて、原文のまま掲載いたしました。

（編集部）

中公文庫

# ニセ札《さつ》つかいの手記《しゅき》
## ——武田泰淳異色短篇集《たけだたいじゅんいしょくたんぺんしゅう》

2012年8月25日　初版発行
2020年6月5日　再版発行

著　者　武《たけ》田《だ》泰《たい》淳《じゅん》
発行者　松田陽三
発行所　中央公論新社
〒100-8152　東京都千代田区大手町1-7-1
電話　販売 03-5299-1730　編集 03-5299-1890
URL http://www.chuko.co.jp/

DTP　ハンズ・ミケ
印　刷　三晃印刷
製　本　小泉製本


Published by CHUOKORON-SHINSHA, INC.
Printed in Japan　ISBN978-4-12-205683-1 C1193

## 中公文庫既刊より

各書目の下段の数字はISBNコードです。978－4－12が省略してあります。

た-13-8
**富　士**　武田泰淳
悠揚たる富士に見おろされる精神病院を舞台に、人間の狂気と正常の謎にいどみ、深い人間哲学をくりひろげる武田文学の最高傑作。〈解説〉堀江敏幸
206625-0

た-13-7
**淫女と豪傑**　武田泰淳中国小説集　武田泰淳
中国古典への耽溺、大陸風景への深い愛着から生まれた、血と官能に満ちた淫女・豪傑の物語。評論一篇を含む九作を収録。〈解説〉高崎俊夫
205744-9

た-13-9
**目まいのする散歩**　武田泰淳
歩を進めれば、現在と過去の記憶が響きあい、新たな記憶が甦る……。野間文芸賞受賞作。巻末エッセイ「丈夫な女房はありがたい」などを収めた増補新版。
206637-3

た-13-10
**新・東海道五十三次**　武田泰淳
妻の運転でたどった五十三次の風景は――。自作解説「東海道五十三次クルマ哲学」、武田花の随筆「うちの車と私」を収録した増補新版。〈解説〉高瀬善夫
206659-5

た-15-10
**富士日記（上）新版**　武田百合子
夫・武田泰淳と過ごした富士山麓での十三年間を克明に描いた日記文学の白眉。昭和三十九年七月から四十一年九月分を収録。〈巻末エッセイ〉大岡昇平
206737-0

た-15-11
**富士日記（中）新版**　武田百合子
愛犬の死、湖上花火、大岡昇平夫妻との交流。昭和四十一年十月から四十四年六月の日記を収録する。田村俊子賞受賞作。〈巻末エッセイ〉しまおまほ
206746-2

た-15-12
**富士日記（下）新版**　武田百合子
季節のうつろい、そして夫の病。山荘でともに過ごした最後の日々を綴る。昭和四十四年七月から五十一年九月までを収めた最終巻。〈巻末エッセイ〉武田　花
206754-7